ジョージ・スタイナー

むずかしさについて

加藤雅之
大河内昌
岩田美喜
共訳

みすず書房

ON DIFFICULTY
AND OTHER ESSAYS

by

George Steiner

First published by Oxford University Press, New York and Oxford, 1978

Japanese translation rights arranged with
George Steiner c/o Georges Borchardt, Inc., New York through
Tuttle-Mori Agency, Inc., Tokyo

ドナルドとロイス・マキノンに

目次

序文

行政的、官僚的な習わしにしたがって、「中間報告書（ワーキング・ペーパー）」や——とくにアメリカ風の言いまわしとして知られる——「所信表明文（ポジション・ペーパー）」といった用語が広まっている。これらの用語は、知的な議論における一定の段階や手法を定義するのにも役立つかもしれない。「中間報告の」あるいは「自分の立場を明らかにした」論文は、包括的かつはっきりした主張のかたちで、なんらかの視点や分析、提議などを前面に押し出す。そして、ある決定的にむずかしい段階で、あるいは新しい方向性がそこから配置されるような転機においてその学問分野の現状を明らかにしようとする。しかし、その包括性と断定性は明らかに暫定的であり、その眼目は暫定的な立場にこそある。これらの論文は、訂正を求め、修正を求め、共同的な意見の相違——理性的な言説への期待はこれにかかっているといっても過言ではない——を求めているのだ。「中間報告書」「所信表明文」とは、それが書かれた相手から、議論を深めるような回答と継続審議を引きだそうとするものなのだ。

本書に収められた論文は、いずれもこの趣旨に沿って書かれたものである。言語理解という総体的な研究分野のなかで、そもそも意味とはなにかという問題に関する近年の哲学的、言語学的な手法について、これらの論文は「フロンティア」めいた議論をいくつか提示しようと試みている。「フロンティア」という単語は、ここでは二通りの今日的な意味をもつ。本書で論じられる問題は現在の思想や学問の最前線にあり、まだ明確にも十全にも理解されていないことばかりだ。だから、なすべきことは、できるかぎり鮮明で実りあるやり方によって系統立った問題を設定することである。かくして本書には、エロティックな感性と言語的な慣習の関係について、それが文学に反映され不明瞭になっていくすがたを論じるものや、内的発話の歴史と形態構造、われわれが自分自身に向ける言語の流れという事実上前例のない主題をあつかった論文が収録されている。「フロンティア」とはまた、これらの論考の分析や例証が、多種多様な学説や研究分野の交わる境界線上に布置されることをねらった言葉でもある。「むずかしさについて」は、哲学的であると同時に文学的な考察をあつかったものだ。テクストの現状について論じた第一章は、政治学的なモチーフと社会学的なそれとに接している。これらの論文はそれぞれ言語学、詩学、そして精神分析の分野で発展した謎解きのテクニックのあいだにある複雑な重なりあいを、いくばくかでも明らかにしようという試みなのである。

ひとつの例外を除けば、これらの論文はみなある時期に集中的に生みだされたものばかりであって、拙著『バベルの後に』(一九七五)で検討した問題やそこで提示したモデルに密接に由来してはいるが、だからといって本書に厳格な統一性があるなどと主張するのは意味のないことだろう。しかし、雑多で特殊な表現の数々に一貫性を与えるものとして、ふたつの主題をあげてもいいかもしれない。

第一の主題はプライバシーだ――内部と外部、声ある者と声なき者、パーソナリティと発話に関する公的領域と私的領域などのあいだで、エネルギーと力点の重みがどのように変化するのか、という主題である。古典文化の基礎をなす、内向性、統制のとれた記憶、瞑想の明晰さというきわめて重要な資源が、外向的人間と完全なる発話という新しい理想によって浸食されつつあるなどということがありうるのだろうか？　第二の主題は読書行為の技術的、心理的、社会的地位の変化である。書かれた言葉に対する現行の実践や態度に、われわれが自然な直接性と喜びをもって作品――われわれの識字力の礎石となる言語構造――を読むことをむずかしくさせるような流儀がなにかあるのだろうか？ダンテ読解の論文はこの疑問を具体的に示すためのものであり、最終章は、分節化された想像力による新しい媒体への変遷の形態かもしれないものについての推測――推測の域を出るものではない――である。もちろん、このふたつの主題と、その基底にある既存の価値観の分散という考えは、多くのことを示唆している。

わたしは、これらの議論が、必然的にひとつの専門分野内で仕事をすることを好む専門家のみならず、一般読者の興味をも喚起してほしいと願っている。より大きな問題を提起することは、事態を悪化させる危険性がある。かといって、こうしたことをまったく問題にしなければ、悟性の力がゆがめられて、皮肉のぶつけあい、ないしは孤立した断片になってしまう。いま、政治的、知的議論の多くの領域でこうしたゆがみがめだつようになっており、意見の相違を生産的で人間的なものではなく、不毛なものにしている。なぜこんなことが起こりうるのか、それに対して（もしもなにかができるなら）われわれはなにをすべきなのか――思うに、それが本論集の主要な関心事である。わたしのこれでの著作のほとんどすべてがそうであったように。

――一九七八年一月
ジュネーヴにて
GS

I　テクストとコンテクスト

もしも「文化」についての議論が——たんなる形式的、学術‐報道的な修辞の問題としてではなく、修辞的なゴシップでもないものとして——おこなわれているとすれば、それは「テクスト」の本質に関わるものになるだろうし、真摯に議論を進めるつもりならば、そうあらねばならない。文化を定義したり、それに反論したりする決定的なところで、「テクスト」がどのような現状にあるか、われわれがテクストにどう関わっているのか、といった問題が論じられる必要がある。明らかな難点のひとつは、こうした問題には次のような事柄が必然的に伴うことだ。すなわち、文化の基層をなす諸現実、「文化」と、それに競合するほかの社会的な結びつきの、または観念のモデルとが共存する条件への理解が必要になるのだ。「テクスト」とわれわれの関係の分析は、まさにそれを解明しようとするものである。換言すれば、この議論にはつねに堂々めぐりの危険がある。どのようなやり方で「読書の文化」が根づいているかを特定し確定するためには、まず文化の「読み」を確定しないといけないの

1976

だ。だが、理解を理解するための学問である解釈学は、次のように教えてくれる。たとえこのような堂々めぐりがじつに居心地悪く、論理的な非難を免れえないとしても、それ自体「テクスト的」な対象を有する言説、きちんと分節化された論評にとって、それは避けられない——それどころか、ひょっとしたらぜひとも必要な——属性なのである。

難点は、議論の循環性にばかりあるのではない。この問題——われわれの現代文化における「テクスト」をとりまく状況——を「考え通す」ことは、その限界、その方法論的な完全性、いわゆる「正典」テクストがもつ権威ないしそれに対する拒否等々がいずれも不明確な、理論上、実践上の領域のすべてに関わることになるからだ。共同体内におけるあれこれの場所や区域でおこなわれる読書慣行について考察すること、保全、複製、伝播、消去、さらには抑圧の技法について熟考すること（これらの技法によってテクストの字義どおりの入手可能性が決まるのだ）——こうした論題は、大まかにいえば社会学的なものだ。感得のプロセス、なにかを理解し応答するという行為——こんな雑駁な定式文句では、おそらく恐ろしく複雑な衝動と秩序形成の力学や弁証法を含んでしまうだろうが——もまた、社会的なものだ。物質的事象としての書物に社会・経済・政治的な基盤があるのと同様に、読書行為にも同様の基盤がある。こうした認識は、ヴィルヘルム・ディルタイとともに始まり、ヴァルター・ベンヤミンによって洗練の域に達した。テクストの社会学や、テクストと人間との関係の社会学があるならば、もちろん同様の心理学もある。読書行為のなかで、または読書行為を通じておこなわれる注目、回想、言語化などの構造は、画一的でもなければ安定してもいない。現代美術史家がわれわれにおおいに教えてくれたところによれば、歴史上、人間の知覚は視覚的、触覚的に発展してきたのであり、遠近、量感、歪み、色や仕草が意味する符号などに関して、目には本質的な「歴史性」があるという。読書の心理学的形態――われわれのテクストの「摂取」（ベン・ジョンソンが使った言葉だ）を系統立てている意識の反射作用――も、もちろん、これに劣らず時間的に構築されたもので、やはり生得的ないし環境的な選択の数々が複雑に組み合わされてできた産物なのである。美術や音楽の様式史においてそうであるように、ここでも、「もっとも単純な」認知の瞬間ですら、相互作用的で不断に活動を続けるさまざまなプロセスが関わっている。これらのプロセスは、一方では神経生理学的なところから始まり、他方では記録に留めるのが不安定でむずかしい事象、すなわちその当時の流行や社会的接触、偶然目にした出来事などに拠っている。しばしば引用される聖アウグスティヌスの観察に、彼の師は、知るかぎり唇を動かさずに本を読める最初の人だったというのがある。また、エラスムスはときに、印刷物が思想のまさに直接性に与える影響について言明しているし、フランスのロベール・エスカルピの著作は、年齢や視点などさまざまな異なった切り口から、大量消費社会における読書の現状について論じている。これらの考察は、ほんの一例にすぎず、読書およびテクストと人間の関係に関する社会学や心理学（基礎的な段階においては神経心理学）、さらに社会心理学――こうしたお題目に収まりの悪さと重複があること自体が困難さの症候だが――は、いまなお初期段階にある。だから、書物、紙、インク、活字の歴史学はあるのに、読書の歴史学がないのだ。

わたしはこれまで「読書」と「テクスト」という言葉を、あたかも両者を一緒に使うことは同語反復であるかのように使ってきた。だが、周知のように、そんなことはまったくない。いつの時代においても、ある一定の期間を統計学、人口動態学的に調査してみれば、圧倒的な読書の比率は「テクスト」とはほとんどなんの関係もない。この場合の「テクスト」とは、わたしが進めている議論で定義される意味におけるものであり、それは（かりに学問の現場が）正式に言葉で表すより先に、人の感受性に提示され、働きかけてくるような定義だ。たいがいの読書行為――その証拠がはなはだ多いことを示すためだけに九五パーセントとでもいっておこう――はコンテクストのなかで生起するのであり（ここで、「テクスト」と「コンテクスト」の、不透明だが決定的な近似性にも注目してほしい）、おのおのの目的に応じて具現化されるのである。ただし、その目的が一過性で功利主義的、機械的でかつほとんど夢遊病めいたものとしか呼べないこともあるが。プログラム化された忘却というものが、明らかなかたちで、また寓意的に定まるなかで、森林はパルプへと移りゆく。何百万トンもの紙、印刷物、インクが、あっという間に忘却の彼方に流されていく、日常的なサイクルをくりかえす。この無意味の構造は、逆説的にそれとは対照をなすすぐれた技術力や経済政治上の重要性とあいまって、文芸という事業にまで、遠く（高低に関する言い方が許されるなら「高く」）届いている。「テクスト的」でありたいという野心を抱いた何冊もの本が、パルプへと変わっていく。この振りわけは、即時になされる（アメリカにおいてはとくに、多くの小説が初版刊行後数週間もしないうちに、安値で叩き売られる）こともあるが、それなりの時間と再評価を経ておこなわれることもある。新聞や雑誌の記事は、問題の多い「半減期」を自覚している。しばしば、新聞雑誌の記事がそれを生み出す一因となるように、新聞雑誌の記事も内部に自己崩壊のメカニズムを有しており、崩壊の力はしばしば事件の緊急性や内容の正直さに比例している。ただし、歴史家が第一次史料としてそこに立ち戻り、精妙にその背景などを調整するならば、記事、論説、ルポルタージュなどが「テクスト」になることもあるだろう。

そのうえ、明らかにくだらない雑文ですら、総体的、複合的な読書の形態に大きな圧力を加えてくる――各個人のうちにある時間や感情の持ち合わせという点でも、社会全体のそれとしても。普遍性の誘惑――「公衆」のすみずみにまで届くこだまの誘惑――は、もっとも秘密主義できわめて意図的に少数派の立場をとる人々を除けば、あらゆる作家に影響力をふるっている。厳粛さ、想像力に富む活力、文体の自律性など、どの基準からみても「偉大」であると同時に大変な人気を博した作家という具体例や、その例証となるような神話の数々――ディケンズのような、バルザックのような、またはトルストイのような作家たち――が、文学と文学の現状をめぐる批評的な議論にたえずつきまとっているのだ。短命なるものの歴史、大衆娯楽としての読書の問題が「テクスト」の問題と切り離しては考えられないこと、「低俗なもの」は、統計的にも、また社会的ふるまいの点からみても、低俗であればあるほど遍在するので、「高踏なるもの」を圧迫し、そこに浸透してゆくが、それと同時に高踏なるものからも影響を受けることを、われわれは漠然としか理解していない。こうした分野における実質的な研究は、Q・D・リーヴィスの先駆的な研究書『フィクションと一般読者』以来ほとんど皆無だからだ。「共鳴」効果と、真に弁証法的な相互の再定義とを提起してくれるので、がらくたのような作品はしばしば傑作の鏡映しになる。それもあって、物語詩、メロドラマ、ゴシック小説、散文小説のほとんどすべてといった特定のジャンルでは、がらくたと傑作の境界線はつねに不安定である。そのため、テクストの階層と非テクストの階層が教養体系の全体構造のどこに位置するかを定義しようとすれば、それは多少なりとも抽象概念、概念の実体化ということになるだろう。ただしこの実体化は本来怪しいもので、これに代わる現実の侵入を、あらゆる点から受け入れる柔軟性をもち続けるときのみ弁護可能というしろものだ。

だがそれでも、「印刷物」と「テクスト」を区別したり、実用主義的な転用語としての「本」と「テクストたるもの」の実務上の媒体としての「書物」の区別を、暫定的に信じてみようというレベルにおいては、たしかにわれわれはその意味についてわかっているし、またわかっていなければならない。そのような知識、そのような理性的本能が頼りにしているのは、公平無私なこと、意味論レベルであること、それから作家と読者（または、書物がそこにあるからといってまだ読者ではない人）のあいだの、通常は無意識のうちに交渉がおこなわれる期待と応答の契約関係などといった、鍵となるさまざまな相関物である。これらの相関物のまさに決定力となるのは、文化史および高踏的な読書の歴史だろう。ここから、簡略な認識もしくは作業仮説が導きだされるかもしれない――「テクスト」とは、それと同じ技量で、また同じようにやむにやまれぬ気持ちで、いま読んでいるものと比肩しうる「テクスト」を書けると理性的に考えるような人が読者である場合に、生成されるのだと。読むという行為は、本質的に、作家のテクストとの、気晴らしになると同時に対抗的でもあるような関係なのだ。これは、最高に活発で協働的だが、それでいて互いに反目しあう密接な関係であり、それが（実際的とはいわないまでも）論理的に結実したものが、「応答するテクスト」である。

そのような読書が、現代の心理、社会的様式のなかで自然な居場所をもっているだろうか？　それは文化の概念とどのような関係があるのだろう（コンテクストのなかのどこに「テクスト」はあるのだろう）？

ここ三十年にわたってわれわれの生活をとりまいてきた政治思潮のおかげで、見えにくくなってしまったが、少なくとも明確な答えがひとつある。共産主義社会で公言されたマルクス-レーニン主義とそのイデオロギー語法は、骨の髄まで「書物的」だ。マルクス主義世界では有効な力の始源、権威、連続という図式は、自分たちの同一性の感覚および日々実践している批准や否認を、正典とされるテクストから得ているのだ。マルクス主義教育と、マルクス主義を解明的、予言的な現実原則にしようという試み（聖典から「前進」しようというすべての試み同様、これも生得的に曖昧なのだが）を牽引する力学を構成するものこそ、テクストを読む行為——しかも、解釈学的、タルムード的、論争的に、わずかな語義の違いや解釈上の精密さについて、ほとんど病理的なまでに読み込むこと——なのである。マルクス自身の著作の推進力となっているのも、もっとも深い意味で「テクスト的」な、古代の経験主義者たちや、ヘーゲル、フォイエルバッハに対する批判なのだ。それらにとってかわるテクスト——プルードン、デューリング、エルンスト・マッハ、ボグダーノフなど——を批判することが、マルクスとエンゲルスに始まってレーニンの『経験批判論』と『哲学ノート』にいたる数々の理論書の総体の根本的な動機であり、また遂行上の様式となっている。マルクス主義的感性と政治的、社会的な適用における主要な行動様式は、引用と再-読である。テクストを再-解釈——それ自体が新しいテクストの集積を生み出すプロセスだ——することによって、このイデオロギーはつねに前進しているし、新しい環境にも適用可能になっている（「新しい」とはいっても、目的論的に考えれば、すでに正典のなかに潜在的に書きこまれていたというわけだ）。権力者が重要な理論書を著すというのは、最高権力の機能における義務である（または、つい最近まで義務だった）。スターリンが党の基本方針について書いた書物や、一九五〇年代の言語学論争のころに著した書物は、この点において、そう軽視されるべきものではない——少なくとも、スターリンという人間に関する知識から鑑みて、ついわれわれがそう願ってしまうほどには愚劣なものではない。スターリンはまた校合者、精読者、「テクスト主義者」でもあり、その哲学的憎悪が、彼に大量の本を執筆させたのである。

ローレン・R・グレアムがその独創的な研究『ソヴィエト連邦の科学と哲学』で示したように、その結果生まれたのが、ソビエトの知的生活に浸透し、(西洋ではほとんど記録されていない範囲だが)繰り返された恐怖政治を生き延びてきた、議論をするさいの精妙かつ自己完結的なまでの議論の強靭さである。だが、この本質的な書物重視主義は、イデオロギーだとか学校教育だとかいった範疇をはるかにこえている。書物への偏重が権力と公的な言説の媒体だとしたら、それに劣らず、反体制側の媒体でもあったのだ。ここに挙げている先行例は明らかにボリシェヴィキ以前にさかのぼるものであり、ロシア史を全体として定義づけるような抑圧の構造そのもののうちに潜んでいる。しかし、その源泉がなんであれ、その効果は明白だ。抵抗の詩、小説、諷刺喜劇、地下活動的な民衆詩などは、これまでずっと反乱の主要な行為であったし、現在もそうだし、これからもそうであり続けるだろう。検閲の手落ち、国外からの発表、官僚が短期的に態度を軟化させた時期の出版などによって、こうした抵抗文学が公の表舞台に届いた場合でさえも、プーシキンとツルゲーネフからパステルナークやソルジェニーツィンにいたるまで、ロシア文学はつねに地下出版のかたちをとってきた。個々の人間の苦しみ、個人の才能の根絶が支払う代価は、つねに莫大であった。ゴーゴリのような人物を破滅へと追いやる執拗な心理的圧迫や、マンデリシュタームのごとき人物の粛清を、埋め合わせられるものなど何もない。しかし、逆説的に獲たものもまた卓越している。これほど熱心に読みの行為をなす社会も、作家がこれほどかけがえのない存在感をもつ人々も、ほかにはない。詩人のもつイメージによってこれほど脅かされる抑圧もあるまいし、書かれた言葉、テクストに対して、残忍冷酷な警戒というかたちの賛辞を送った者たちもほかにはいないのである。帝政ロシアもスターリン主義も、ともに比べようのない反啓蒙主義、懲罰主義の組織だが、みずからが抑圧するのに比例して、敵対的なテクストに対しては脆弱で、テクストに揺すぶられてしまうような組織でもあるのだ。トルストイ、パステルナーク、ソルジェニーツィンのような事例が示しているのは、国家と作家個人の声（コンテクストとテクスト）のあいだにある力の均衡は、あるレベルでは、かなり同等に近いということである。西洋のどんな政体が、一篇の詩にたじろいだりしよう?

恐怖政治とその苦難という平面の下に潜ってみれば、ロシアの生活は（多くの東ヨーロッパ諸国の生活と同じく）「書物重視主義」であり、そこには文字文化の価値観が染みわたっているのである。古典作品は山のごとくに版を重ね、先を争って求められ、読まれる。人々は、非常に多くの詩（そして非常に多くの新しい詩）をそらんじており、それが口の端から口の端へと伝えられていく（この点で、口承の伝統は政治状況による必要性と絡み合っている）。文学全般、小説がおかれた状況、演劇などについてのさまざまな議論は、とくに学究的なわけでもなければ、感受性の生活に関する専門化された周辺的な問題でもない。これらの問題は、諸事の核心にあるべきものとして扱われているし、感じられてもいるのである。その影響については、あまりに広く浸透しているし、かつ曖昧なので、安易に概括するのはとてもできない。しかし、人道的な必要性、哲学的な重要性、そして単純に次元の違いという観点からみて、たとえばトーマス・マン以後の西洋文学と、ブロークとマンデリシュタームから現代までのソビエト連邦において、そのもとで生みだされた文学を比較することは、どう控えめにいっても、落ち着きが悪い。

引用、コメンタリー、暗記とミメーシスによる知識などによって「正典作品」と格闘することは、西洋式の教養（リテラシー）——中世後期から古い秩序が危機にさらされた近年にいたるまで、西洋では当然ながら効果的な統制力をもっていた、市民的礼節にもとづいた諸文化——の屋台骨であった。西洋におけるパブリック・スピーチの諸形態や、教育を受けた人々の個々のアイデンティティをかたちづくり、系統化してきたもののかなり多くは、一方に聖書および教父の著作、他方にギリシャ－ラテンという正典テクストであったし、またヘブライ的な系統のテクストとヘレニズム的な系統のテクストとが繰り返す、ときに批判的、ときに連結的な相互作用であったのだ。オウィディウスやホラティウスによる、重要なテクストの永遠不滅をうたった結句は——結句そのものがホメロスやピンダロスの超然とした決まり文句を再生産しているのだが——キリスト教教育、古典教育、自己実現の呪文のような常套句となった。そして、この傾向が論の帰結として行きつくのは、数々の戦に勝つよりもむしろ『若きウェルテルの悩み』の作者になりたかったというナポレオンの主張や、全宇宙の目的は「大書物（*Le Livre*）」（あまりにも完全で、真実と存在論的形式をすべて組み込んでいるがために、あらゆる「コンテクスト」を包摂し、その結果無効にしてしまうような「テクストのなかのテクスト」を意味する）の創成にあるとするマラルメの仮説である。

このような価値観のヒエラルキーがいまや浸食されているのだということ、聖書や古典への言及、明晰な形式、象徴的でもあり明白に修辞的でもある「秩序と階層」——これはルネサンス、啓蒙主義、および十九世紀の知的‐社会的‐政治的な構造の土台だった——といった、かつては共有されていた慣習が、いまやほとんど瓦解していること、そもそも、そうした価値観を求めて祈ること自体がエリート主義の郷愁の一端にすぎない云々、こうした見解が昨今のありふれた議論の骨子となっている。「テクスト」の暗記によって身につく知識は、いまや学校教育を席巻している組織的健忘症によって一掃されてしまった。聖書や祈禱書、典礼への引喩や儀礼的な細則の大きな流れに精通していることなど、いまではほとんどみられない——それこそ、チョーサーからオーデンにいたる英文学の話法や暗示がもとにしているものだというのに。古典への一連の言及、引用、パスティーシュ、パロディ、模倣など——そのなかで、カクストン版のオウィディウスからT・S・エリオットの「夜鳴鶯に囲まれたスウィーニー」にいたるまでの英詩が発展してきたのだ——が廃れてしまったのと同様、聖書に関する知識もまた急速に、アカデミズムの領域で凍結状態になりつつある。「テクスト」は、脚注という高足の上に載せられて、直接性から、生命力にあふれた個人の認知対象からますます遠ざかっているが、それでいて脚注のほうはいよいよ初歩的なものになり、かつては読みのイロハだったような情報を伝達してなんら恥じるところもないといった体たらくだ。ギリシャ語とラテン語は、ついに「死語」になってしまった。だが、これほど目に見えるかたちではないが同じくらい重要なのは、われわれの母語のうちに、表面上の意味は理解するにしても死んでしまったものがあるということだ。中心を占める歴史的確実性、相互参照の密度の濃さ、透徹した構文上、意味上の精緻さ（これらはもちろん、ギリシャ趣味やラテン語的特徴に関連しているが、それ自体としてもありあまるほど豊かな生を享受していたのだ）などが死んでしまった。ジョイス、エリオット、パウンドらによる文書蓄積のエネルギーと、彼らの作品の特徴である引喩の多層構造は、かつては文化という契約のもとに書き手と読み手がともに自然に利用できた知的資源の喪失を悼む葬礼なのである。

　こうした変化の原因について、果てしない議論が続けられてきた。あまりにいろいろな原因が絡みあっているし、われわれ自身もそれらに相当巻き込まれているので、自信をもってひとつの診断を下すことはできない。ただし、「高踏文化」や「高い教養（リテラシー）」といった古い枠組みの崩壊が、貴族、高級官僚またはブルジョワによる権力原則というヒエラルキー（それこそ高踏な文化が体現し、表現し、伝播していることなのだ）が部分的に瓦解したことと切り離せないのは明らかだ。二度にわたる世界大戦とインフレによる古い秩序の部分的な破壊や、種々の様式のポピュリズムと「大衆文化」（自己矛盾を内在する用語ではあるが）に物質的エネルギーが注がれるようになってしまったことに伴って、体系的、外面的な存在としての「超越的なるもの」が付随的に衰退してしまったのだ（神学的な意味においても、美学‐哲学的な意味においても）。現在至高の教養（リテラシー）となっているのは科学である。じっさい、われわれの精神的資力のうちでもっとも周到な部分や、もっとも進取の気性に富んだ部分は、みな科学的知識に携わっているし、この傾向は少なくともまるまる一世紀は続いてきたようだ。しかしこうした教養（リテラシー）は、言葉を中心にしたものではない。「テクスト」のほうを向いてはいないのだ。「テクスト中心主義」や（ひどく虫が好かないが言い得て妙な言葉を使えば）「ロゴス中心主義」の危機を示す症例やその原因はほかにもいろいろあるが、それらは明瞭に社会学的で心理学的な領域に属するものだ。とくに西洋におけるテクノロジーが発達した共同体での、日々の生活をとりまく物理的環境をあつかう経済学の見地からいえば、個人がむかしのやり方で膨大な蔵書を獲得することなどありえそうにない。人生のペースの早さ、周囲の騒音のレベル、情報や娯楽を提供するさまざまな代替メディアによる競合的な刺激（ソビエト連邦には著しく欠けた複数性だ）――こうした事柄が、真剣な読書には必要とされる、凝縮されたプライバシーや沈黙という投資には不利に作用しているのだ。テクストにみずからを捧げること――学者の背中を丸め、その目を霞ませる、眩暈がするほどの集中――は、犠牲心にあふれていると同時におそろしく利己的な態度でもある。こうしたことをおこなうには、静寂と自分のためだけの空間という聖域が必要であり、それはもっとも近しい者をすら撥ねつけるのだ。家族の共生、世代間の融和、隣人愛といった現代人の理想は、人を受け入れ、一緒に集い、みなと交わることを是とする。音楽は、演奏するにせよ聴くにせよ、こうした社会的‐情動的な要求を満たすものであり、読書とはそのねらいを異にしている。新しい人文学の教養（リテラシー）とは、われわれがかなり理解できる範囲でいえば、テクスト中心ではなく、音楽中心なのだ。雄弁は胡散臭く、形式張った発話は、その発話が明晰に表明し飾り立てた、政治的、神学的、道徳的な嘘で麻痺状態にある。もはや正直者は、歌うか、もぐもぐつぶやくしかない。

　このような価値観の変容に対する反応は、原因の分析が多岐にわたっているのと同様、さまざまである。そうした種々の意見の一方には、それをことほぐ立場がある。臭い死者たちは消えてしまえ。すべてを新しくするのだ。直接的な存在の純粋さとわれわれとのあいだに受け売りの権威を差し挟むことで、書物はあまりに長いこと、われわれの思考、まなざし、生活そのものを支配してきた。博物館などくそ食らえ、あんなものは押しつけられた栄光の霊安室だ。芸術は路上に花咲いて、雨が降ったら跡形もなく消えるがよい。それもまた、不断にエデンの影を求めるなかで再生されるのだから。額縁式の舞台も取っ払え。観客も舞台に参加して、芝居のなかに織り込まれるのがいいじゃないか。指揮者と楽譜の横暴を壁際まで追いつめろ。人は自分流にふるまい、演奏する義務がある（こうした千年王国の至福を思わせるようなスローガンや態度が、すべてダダから始まったのであり、しかも西部戦線での狂気の沙汰としか思えない殺戮と完全に時期を一にしているというのは、もちろん偶然ではない。理性の眠りは悪夢を生むだけではない。理性が眠ってしまえば、完全なる再生、アダムとイヴの堕落以前の自然状態に還るという古代以来の夢想が活動を始めるのだ）。これと対極にあるのは、これらを荒廃とみるストア哲学的立場である。

こう語りながら、わたしが念頭においているのは、読書がなんの役に立つのか、読書行為と文化や社会の可能性とのあいだにはどんな関係があるのか、をあつかった一連の議論である。これを簡単にいえば、「テクストに関するテクスト」となろうか。それぞれ異なる視点から書かれ、少なくとも部分的にはお互いを意識していないところもあるけれども、時が経てばいずれ、これらの文章群はひとつの重要な集団を形成するものとみなされるようになり、その重要性はいよいよ高まることであろうと、わたしは信じて疑わない。以下に具体的な作品を挙げよう。一九〇九年に出版されたシャルル・ペギーによる『歴史と異教の魂との対話』の最初の部分。ハイデガーの著作からは、主として一九四〇年代に書かれたヘルダーリン論のいくつか、ニーチェのいう「神の死」とアナクシマンドロスの格言に関する論文とをあわせて二本（これらは一九五〇年に『杣径（そまみち）』という題で出版された）。それから、一九七二年に出版されたフィリップ・リーフの『教師仲間』。さらに、ドナルド・カーン＝ロスが『アリオン』誌上（一九七三）で表明した、アメリカの教育と社会における古典の役割に関する考察もこれに加わる。これらのテクストのあいだには、しかるべき区別をつけなければならないし、その基調をなす深遠な一致をどう定義するのかに関しては、細心の研究が必要になるだろう。しかし、各々の根幹にあるのは、識字能力――ペギーによって表現されたような正典的「テクスト中心主義」という点に鑑みて生起する識字能力（リテラシー）＝教養――の概念作用なのである（ペギーの散文は、継ぎ目のない、脈打つような文体なので、引用するとなるとつねに恣意的で不満足なものになることをおことわりしておく）。

読む者であることをけっしてやめてはなるまい。学びのためや仕事のために読むのではなく、読むために読む純粋なる読者であらねばならない……一方で読むすべを知り、他方で読むことを欲する者は、つまり、作品を率直に眺め、受け入れるために読む者だ、作品を率直に読む者は、それを読み、それを受け入れ、豊かな食物をみずからの糧とするように、みずからの栄養とし、それによって成長し、みずからを価値ある者たらしめる。それは、内的に、有機的にそうするのであって、それでもって仕事をするためではけっしてない。社会のなかで、時代のなかで自分を価値ある者たらしめるためではけっしてない。読むすべを知る者たちもまた、結局、読むとはどういうことか、それは、内部に入ることなのだということを知っているのである。

現代人のおかれた境遇の診断者である上記の学者たちはみな、十全たる読書行為とはなにを意味するかというペギーの定義を共有している。

よくなされた読書、誠実な読書、単純な読書、つまり、よく読まれた読書というのは、一房の花のようなもの、花から生まれた一個の果実のようなものだ。……われわれがテクストについて抱く表象は、人が（そしてわれわれもまた）演劇作品について抱くそれと似ている。……それは、やはり、真であり、真実であって、とりわけ、テクストのリアルな達成、作品のリアルな達成そのものだ。それは、仕上げの戴冠、コロナの発する格別の恵み、……達成であり、糧であり、補完であり、栄養の完成である。いわば食物摂取の完成と栄養吸収の総合だ。単純な読書とは、読む側と読まれる側の共同行為、共同運動である。それは、著者と読者の、作品と読者の、テクストと読者の共同行為、共同運動なのである。

わたしがあげた学者たちはみな、最後にはペギーの信念に同意して、このような読書には恐ろしい責任がともなうのであり、作品のもつ隠されたものを開いてみせるような本質は、ここにかかっているのだということだろう。

したがって、読書とは、文字どおり、親密で内的な協力であり、共同作業である。特異にして至高の共同作業である。読書とは、したがって、参加して引き受ける責務であり、強く、至高にして、特異な責務、人を狼狽させるほどの責務なのだ。かくも多くの偉大な作品群、偉大な人々、あれほどに偉大な人々が生みだしたかくも多くの作品群、それらが、いまだに、われわれによる、……われわれの読書による完成、達成、戴冠を受け入れることができるというのは、じつに驚くべき運命、ほとんど恐るべきといってよい運命ではないか。読書とは、われわれにとって、なんと恐ろしい責務であろう。

ハイデガーの以下の言明にみられる誇張法が有効なのは、まさにこの責務のおかげなのだ（カーン＝ロスは明らかにこの言明を支持している）。

以下のことを、誇張して、しかし同様にそれが真実であるという重みをもって、断言できる。西洋の運命は、ギリシャ語の存在（ἐόν）という単語の翻訳＝移し替えを前提としているのだ。また、翻訳を真実に移し替えることの成否は、どの程度までギリシャ的な意味での存在を言語に生かせるかにかかっているとも断言できる。

いま述べた状況、また先ほど引用したストア哲学的な警告者ないし慨嘆者たちと、「急進的牧歌主義者」とでも呼べそうな人々とのあいだの論争を検討するにあたって、ごく仮説的ではあるが、若干の結論を以下に提示することが望ましいと思われる。

「テクスト」とは、権威のコンテクストがあってこそ、栄えるものだ。種々の源から、そのような権威が発生しうる。まず、ある教義、すなわち超越的な価値体系のもつ形而上的な権威がある。また、ある教育体制と、意識的に共有された自己発見的教授法の慣用語法から生まれる教育学的権威がある。政治的権威は、あらゆる色合いのものが可能だろう。もちろん、こうしたさまざまな項目は、相互に関連しあっている。これまでみてきたように、「テクスト性」と（ペギーが定式化した）読書の特質とその中心性のいくばくかは、まさにマルクス主義のソビエト連邦的な共同体のもつ権威主義的な基本構造のうちに存在している。ここにはなんの逆説もない。マルクス主義とは、教養（リテラシー）と教育という理想を掲げている点で、大いに「反動的」なものなのだから。この点が肝心なのだ。ペギーの洞察は、ハイデガー、リーフ、そしてカーン゠ロスの場合と同様に、きわめて保守的な基盤から発生しているのである。彼らの説は、エリート主義的な謹厳さと憂鬱の伝統――近代の流れとしては、この伝統は、ド・メーストルとジュリアン・バンダにみられるような啓蒙主義とフランス革命への反論から始まる――からじかに引きだされたものだ。リーフは、われわれの時代の学界‐報道界の雰囲気における「テクスト」への背信行為に、顕著な「聖職者たちの反逆」をみているが、このとき彼はバンダの議論をそのまま踏襲しているといえよう。カーン゠ロスの疑念――彼の提示する教育モデルの幻滅的な切迫性――には、ジョン・ヘンリー・ニューマンのいう「合意の文法」の暗示以上のものがみられる。またハイデガーがドイツ政治の全体主義幻想――「神秘‐原初的」な意味でも、国家社会主義（ナチズム）的な意味でも――に深く関わったことはつとに悪名高い（だがじっさいのところ、この問題は不確定なことも多く、いくつかの点では自己矛盾を抱えてもいるので、概説的に扱うことはできない）。

ほんものの教養（リテラシー）と権威主義的な価値体系との相関関係の問題に正面から向きあうことでさえ、ポピュリズムの語調にみられる決まり文句、その麻薬のような幻想の数々と、陽気で卑俗な言葉づかいを即座にはねつけることを意味するのだが、じつはこれらの徴候こそ、西洋における文化や教育に関する議論の現在の傾向を特徴づけるものなのだ。古典の、または「むずかしい」テクストの連綿とした働きかけ（こうした働きかけが、言葉で表現可能な文化と、ものの名前に関する共有の符号とを構成してきたのだ）と、平等主義の理想、または経済社会的な再分配理論的な理想の追求とのあいだには、お墨付きの一致など存在しない――われわれは、そう認識することから始めなければならない。しかも、そのような一致を保証するものなど何もないというだけでは足りない。じっさいは、両者のあいだにめだった類似点すら存在しないのだ。「文化的なもの」と「民主的なもの」、「古典」と「社会的正義」の関係は、せいぜい、ぎこちないといったところだ。両者は妥協の範囲内で、心を慰めるような修辞法のうちに共存することもあった。だが、こうしたものは経済的な余裕と、かつては優先事項を選ぶ絶対的な必要がなかったという事実によって認められてきたのだ。いまや時勢はより厳しくなったので、内在的な矛盾が顕在化している。われわれの要求するもの、すなわち独創的な思想を生む根本的刺激である不断の問いかけと醒めた「無責任さ」に対して、「テクスト」はまことに無尽蔵である。しかしまた「テクスト」は、はじめのうちは（そしてときには長きにわたり）「閉ざされ」てもいる。テクストへの接触とは、天賦の才能と特権的な環境があって実現するものであり、お金をかけて訓練し、社会的にもその時間が保証されて成り立つものである。「閉ざされた」テクストがいかにして、「開かれた」大学で繁栄しうるのだろうか？　少数派にあたるほんものの読者の欲のなさと、平等主義的な主張をおこなう人々の要求とのあいだの、現実的に望みうる一致点とは、どのようなものなのだろう?

まとめよう。ほんものの読書（よく読まれた読書）の雛形とは、いかなるものであれ基本的には政治的な雛形である。そして、「テクスト」の政治学とは（非常に運がよくて満遍なく人々が恩恵にあずかるときを除けば）自由論的なものではないのだ。

ここから、ある種の実用主義的な結論が引き出せるようだ。「テクスト中心主義」の慣習ないしは「古典」の理想主義的な因襲を大衆に強要する試みは――現在わが国の多くの大学でなされてはいるが――自滅的な偽善である。こうした試みは（すでにそうなってしまっているのだが）、教師の側にすればかなり安っぽいご都合主義か自己背信に、生徒の側からすれば無関心か過激主義（これは暴力的な仮面をつけた退屈のしるしだ）につながるにちがいない。しかも、リーフの言葉を借りれば、「ヒッピーの後には暴徒がやってくる」――この流れについては、ドイツの大学で近年起こった歴史がその暗鬱な証言者となってくれる――だけでは済まないのだ。暴徒は、自分たちのためにわざわざ開け放たれたドアを通ってやってくるのであり、そのドアを開けたのは、ともに永遠の若さを分かち合うという見込みに目が眩んだ専門家や、最新の傾向をみるに長けた者、田園詩趣味の道学者たちなのだ。狼と一緒になって吠え、しかも誰よりも高らかに吠え立てたのは、（ことによるとエロスの再生を個人的に求めていた）四十代の教授たちだったのである。

だが、残念なことに、あれもこれもというわけにはいかない。「テクスト」と「社会的なコンテクスト」とのあいだにある根幹的な相関関係は非民主的なものであるし、ひょっとしたら反民主的でさえある。過去においては、いわゆる高踏文化がこれに該当したし、今日ではソヴィエトの存在がこれに当てはまる。ペギーはカトリックの反動的立場から議論をしているのだし、リーフとカーン＝ロスの綱領とも批評とも呼べるようなものは、一部のエリートによって実践されていたヘレニズムとラテニズムの理想に根ざしている。さらに暗い影を落とすのが、ハイデガーがほのめかした高い教養（リテラシー）にもとづいた政治学である。わたしは、これまで著作のなかで次のことを示そうとしてきた。「古典人文主義」という用語に固有の意味における「人文学（humanities）」は、大衆リベラリズムや社会主義の標榜する価値体系における「人道主義（humanism）」と簡単に等価とみなしうるようなものを何も伴っていないし、両者が自然に共存するなどということもない。創造性のある教養（リテラシー）とはつねに、訓練によって権威的に伝えられる、少数の者たちの所有物だったのだ。啓蒙主義から二十世紀半ばの危機の時代のあいだに、そうした教養（リテラシー）が社会に与えた虚飾の輝きは、権力関係から生まれ、衒いから生まれ、大多数の人々の沈黙から生まれた——だが、現代世界はもはやこれに耐えるつもりはないであろう。

それゆえに、現代人は積極的な工夫を凝らすという危険を冒す必要がある（そうすることを潔しとしないのが、リーフの議論の顕著な弱点だ）。もしもむかしながらの意味での「読者」（読むことのなんたるかを知っている読者）を保持したいと思うのなら——このような願いそのものが、政治的、財政的な反作用によって幻想になりうるのだが——われわれは、必然的に隔離された（すなわち、少しばかり人工的な）環境のなかで、明確に、勤勉に、読み手を訓練しなければならない。ここで問題になるのは、象牙の塔云々ではない。むしろ人材の数とそれにかかる費用が問題である（いまや巨象も絶滅しかかっているのだ）。われわれは、みずからの職業＝信仰告白（profession）に対して——おのれの天職＝召命（calling）の講義概要＝教会摘要（syllabus）に対して——ごく控えめであると同時にきわめて尊大であるべきだろう。そして、こうした用語のうちに、その神学的な批准のいくばくかを取り戻すべきだろう。なすべき仕事というのは、「批評理論」でもなければ「文学の社会学」でもなく、ましてや語るも不思議なことだが、「創作指導」であるはずなどない。もしわれわれが自分たちの仕事に真剣に取り組むというのなら、読むことを教えなければならない。正確な読みのための、もっとも初歩的なレベル——文の品詞を腑分けすることや、ある陳述を文法的に解釈すること、詩行の韻律を解析することなど——から始め、何層にも重なった遂行的な技巧や、別のテクストを参照している可能性などを読み解く段階を経て、長い道のりの果てに、ペギーが述べたような書き手と読み手の完璧な共同作業という理想へといたる、そんな読み方を教えなければならない。われわれは、段階を踏んで、学びを深めていく必要がある——いまの学生のほとんど失読症かと思われるほどの読書習慣の段階から、見えなかったものが染み通るようにして顕在化する神秘的な読書行為へといたるまで。ハイデガーがヘルダーリンを読んださいの出来事として例に挙げたように、文章の意味が認識されると、じっさいにそれが「行間にリアルなものとして結実する」段階へといたるまで。単純にいってしまえば、われわれは、読むことを教える大学や学校をつくらねばならないだろう。

そのような教育施設で教鞭を執る者は一生ものの仕事を手に入れたといえるが、ただしこの職業に終身在職権（テニュア）はない。この仕事は、いついかなる場合にも、外からの攻撃に対して開かれていなくてはならない。読書というものに価値を見いだせない者や、さらにもっともなことに、社会‐政治的な資源と目的という観点から鑑みて、読書にかかるコストは法外だと考えている者たちの挑戦に、つねに門戸を開くべきなのだ（われわれは、こうした挑戦を傾聴しなくてはならないが、かといって恐れてもならない)。このような「読書のための学寮(ハウス)」——聖書の先例と契約を伴う語句だ——に集うほんものの学徒は、ごく少数になるだろう。ことによると、現代のストア哲学者風預言者たちのなかでもとくに陰気な連中が認めるよりも、さらに少なくなるかもしれない。「教養人の条件」のもつ皮肉、孤立、さらには欺瞞は、今後も深くなっていくだろう。それでもしかし、読みを教えることが許されるのでさえあれば、読書を教えることは——言葉を前にしたときに得られる、緊張感あふれる喜びを伝えることは——誇らかに、愛情をこめて、あるいは(崩れた言い方だが)同様に効果的な表現を用いれば「暗唱できるほど心に沁みた状態で」おこなわれなければいけない。それができないとなれば——読書を教えることが安売りや怠慢に堕するようであれば——心ある人にとって、「テクスト」はもはやそのあるべき姿を失ってしまうことになるだろう。人間存在の死活に関わる環境、人間存在についての有益な情報を与えてくれる「コンテクスト」という、テクストのあるべき姿を。

II　むずかしさについて

「この詩はむずかしい、あるいはこの詩のこの一節がむずかしい」と言うとき、われわれはなにが言いたいのだろうか。コミュニケーション——発話者がその内奥で聞き手あるいは読み手にふれようと手を伸ばすこと——の意思にあふれた言語行為がなぜ、(「むずかしさ」という言葉がそういう意味で使われるならば)不透明で、直接性と理解とをはねつけるようなことになりうるのだろう。ある明らかな、決定的なレベルでは、これは言語そのものに関する問題である。語彙的にきちんと構成され文法的にも系統化された意味のシステムが、じっさいの経験上は意味の不透明さと決定不能性を生みだしてしまうことは、いったい何を意味しているのだろうか。「思考」と発話の関係を表す完成されたモデル(そんなものは存在しないのだけれど)の外部では、一貫性のある答えは出ないだろう。同じく必要になるのは(これもないものねだりだが)、発話の諸形態が、意図、知覚、呼びかけへの根源的欲求といった、発話に先立つ総体と調和しているとか不調和であるとかを論じられる完璧な認識論だろう。思うに、こうしたモデルにおける「むずかしさ」とは、基底にある明快さと妨害された組織化とのあいだの干渉効果ということになるだろう。乱暴にいって、これは古典的な、またデカルト的な不透明さの解釈であり、こうした解釈においては、その推論は必然的に否定的なものとなる。だが、これらの説明にある「内部」と「外部」、「意図」と「言語化」、一種の心的空間の存在を無邪気に仮定するあの決定的な「……とのあいだ」という用語群は、とらえどころのなさで悪名高い。こうした用語によって分離と転移の隠喩が活性化されることになるが、これについては論理学も心理学もなんら見解の一致をみていないのである。

われわれが提起する最初の問題は、もう少し限定的だ。より正確にいえば、ここで問題になるのは、言語的意図とじっさいの発話とのあいだには連続性があるだろうという常識的な示唆だ。個々の読者ないし一群の読者たちが、一篇の詩がまるごと、ないしはこれこれの部分がわからないと感じてしまう。このような状況はいかに立ち現れてくるのだろうか。ちょっと考えてみただけでもわかるのは、「このテクストはむずかしい」というとき、われわれは大いに異なるたぐいのことをいくつも言って――あるいは言おうとして――いるのだ。「むずかしさ」というお題目は、素材上でも手法上でもかなり雑多な要素を一度にひっくるめてしまう。そしてこれらの要素は、文学のジャンルおよび歴史に関連しておおいに変化する。だから、むずかしさの主要な様式のいくつかについて分類と類型化を試みるのも、予備的作業としていくらか役に立つかもしれない。なにしろ、西洋の詩――とくにルネサンス以降のもの――を読んでいると、そういったむずかしさに出くわすのだから。こうした分類からは、「むずかしさの理論」を引き出すことができるだろう。このような理論は、二十世紀の慣行――

その実践的なかたちでのより包括的な美学——によって緊急のものとなったが、いまなおやはり、ごく必要なもの（デシデラータ）であり続けているのだ。

じつにしばしば、おそらくは大多数の場合において、われわれがある詩の一行、一連、または詩そのものが「むずかしい」というときに意味していることは、概念的なむずかしさとは関係がない。つまり、われわれの所見には、「イマヌエル・カントのこの議論は、あるいは代数のこの定理は「むずかしい」」というようなときのむずかしさと、同様の重要性もなければ同様の関連性もないのだ（ただし、ここであげた事例においても、われわれがじっさいのところなにを意味しているのか、少なくとも認識論的にはそう明快ではない。もしも代数がすでに公理化された定義を厳密に展開するもので、同語反復の連続体だとしたら、そのいずれかの段階が「むずかしい」というのは、なにを意味するのだろう?）。だが、それでも十分明白に、そこには違いがある。本稿では、概念などよりもずっと内在的でも「実在的」——言語に関するかぎり、これまたとらえどころのない用語だ——でもないものをあつかうことになるだろう。

「あるむずかしさ」という言葉でもって、われわれは「調べる必要のある」なにかを表していることのほうが、そうでないことよりずっと多い。統計的には圧倒的多数になるにちがいない数々の事例において、われわれがすぐには理解できない単語や一節が、「むずかしさ」だということになるだろう。そういうときに辞書の権威を頼みにするというのは、外国語を翻訳するさいにわれわれがやることとじつによく似ている。むずかしい単語が古語の場合もありうる。『カンタベリー物語』の「貿易商人の話」で、ヴィーナスがあらゆる人間（wight）に笑いかけるとき、あるいは「騎士の話」のなかで激しい打撃（dints）という表現に出会うとき、チョーサーがなにを言っているのか、もはやわからないという向きもあろう。また、方言が障壁となる場合もある。ポローニアスがうなずいた、フードをかぶった（mobled）というウォリックシャー風の言い回し、W・H・オーデンが暗黒を見いだすノーサンブリア方言の渓谷（dingle）という言葉などがそれにあたる。一部の人にしかわからない専門用語を使った表現もある。T・S・エリオットが述べる「至福」がどんなものなのか、読者にはすぐに明瞭というわけにはいかない。なにしろ詩人はその至福を霊的なものだとしているのだから（この形容辞に文彩を与えているのは、アテナイ文化および神学的な先行表現である）。それに、詩人が新語使用者で、単語の組み替えを得意とする言葉の鍛冶屋だということもしばしばある。マンデリシュタームが、拷問台のごとき声（tormenvox）の音楽を引き合いに出すとき、どのような心地のよい楽器を彼は思い描いていたのであろうか。作家たちは、とっくに埋もれた幽霊のごとき言葉を掘り起こすことにも熱心だ。縁を落として鈍くする（disedge）という動詞は、十七世紀初頭には廃れてしまったけれど、テニスンにとっては、「あの痛みの鋭さ」を鈍磨させるにはぴったりの表現であることが明らかになった。テオクリトスからエドワード朝の人々にいたるまで、動植物の正式名称の多様性は、西洋の叙情詩に通底する暗号だが、そのことは現在われわれの日常的な意識からはほとんど失われてしまっている。マシュー・アーノルドが「エンシャムからサンドフォード方面にかけての白と深紅のフリティラリー（fririllary）」を讃えるとき、バイモ属の植物（fritillaria）を指しているのか、それとも蝶の一種――「スペインの女王」とも呼ばれるミドリヒョウモンチョウ（fritillary）――のことをいっているのか、本人には、はっきりしていたのだろうか。われわれ現代読者の多くは、少なくとも『オックスフォード英語辞典』か、あるいは王立園芸協会編のすばらしい『ガーデニング辞典』へと向かうことになるだろう。詩の歴史におけるある時点で、稀有な言葉が、あからさまな追求と快楽の対象となる。今日にいたるまで、マラルメの有名な造語"ptyx"——「"-ix"に関するソネット」には欠かせない至高の脚韻のうちのひとつだ——は、リトレの辞書にも『新版ラルース百科事典』にも出てこない（しかし、ギリシャ語や典礼規程を媒介にして、この単語だってその意志さえあれば解明できる。後述するが、これは非常に重要なことだ）。水面下に眠っている語彙や、俗語、隠語、忌み言葉の文法構造が、ときには日常語のそれと同じくらい広大で多義的なこともある。モニカー（monaker）が、ヴィクトリア時代の裏社会では一ギニーのことだったとしても、同時代のイートン校でうたわれた唱歌や賛歌のなかでは、同じ言葉がオールを十本も装備した立派なボートを意味していた。サッカレーにとって、ロバはモウク（moke）だった。ヴィヨンの語法は、かなりの程度まで韻を踏んだ隠語、盗っ人のあいだで使われるヒエログリフのようなものだ。

詩とは、機能力をもった様式を思いつくかぎりそろえ、それでさまざまな言葉を圧縮して編み上げたものだ。コールリッジの比喩を借りれば、こうした言葉は「かぎ針状に絡んだ原子の数々」であって、言語の総体を網状にしたなかで可能なかぎり最大の別の言葉の集団と、互いに掛け合いをやっている。詩人は、特定の言葉を、その語の歴史がもつ動的な鋳型のなかでつなぎとめようとするが、そのとき現在の定義の核心にあるものを、かつての語法と混ぜあわせたり、その響きをこだまさせたりしている。詩人は語源学者でもあるが、ヘルダーリンがそうであったように、しばしば乱暴で恣意的だ。なにしろヘルダーリンは、発話の腐食し凍結した殻を叩き割って白日の下にさらし、その動力

——根っこにあるかもしれない知覚の最初の結晶——を解放しようとしたのだ。詩人の言説を、霧箱を通した荷電粒子の軌道に喩えてもいいだろう。連想と内包的意味、わかりやすい含意と秘められた含意、判じ物と同音異義語などにエネルギーが与えられた領域が、その運動を囲むと同時に、衝突の起こった状況では分離もするのだ（言葉は、耳にだけものを言うのではなく目にも語りかけるし、肌にふれることすらある）。意味の重層性、そして「外界から隔離されていること」は、例外というよりもむしろ規則なのだ。シェイクスピアが提示した有名な難問を例にあげれば、詩人は、われわれが、かたい（solid）と、汚れた（sullied）という言葉、あるいは労役（toil）と混乱（coil）という言葉を両方聞き取るように意図しているのである。語彙上の抵抗は意味のよろいかぶとであって、散文が必然的にもってしまう庶民的共通性から、詩を守っているのである。

　そのかわりに、詩は（ウィリアム・ブレイクの言いまわしを借りれば）「微細な個々の事柄の神聖さ」を保護する。どれほど議論が深遠で、推論が普遍的であっても、詩人はそれに、具体的なすみかと名前を与える。単語や句の障害をやっと通り過ぎたら、すぐ次にわれわれが調べなければならないのは、そういう具体的な事柄だ。神話学、星の名前、地誌学、それから作品にかたちを与え、具体的にしてくれる、数え切れないほどの現実の備品。詩というものには、存在論的に言葉を節約する性質がある（これまた散文とは違うところだ）。だから、詩の言語は、作品をとりまくたいへん活発な文脈、言葉の集積、その領域が作品自体の簡潔さを裏書きしてくれるような素材——裏づけたり、響きあったり、有効化してくれたり、資格証明になったりするような素材——のまるまるひとそろいを、暗に示しているのだ。こうしたほのめかしは、引喩や引照のおかげで効果を発揮する。ミルトンやキーツやリルケの系統から古代の神話へと、文字どおり毛を逆立てている、細かく枝分かれしたアンテナは、じつは分散とはまったく正反対のものである。多方面に向かったアンテナは、テクストが緊密であると同時に、かつ物惜しみしないことを可能にしているのだ。これらが体現しているのは、はっきりと表明されているけれども口に出されることはない符号や存在で、詩はそこから局地的な一般性を引きだしている。このことは、西洋の詩にとりわけよく当てはまるが、それらの詩が背負った内容とはつまり、それ以前に書かれた詩である。チョーサーはスペンサーのなかに生き、スペンサーはドライデンのなかに生き、ドライデンはキーツのなかに生きているのだ。T・S・エリオットとロバート・ローウェルの時代まで途切れることのない、これら詩的な幻影の連続性は、特定の「基本原理」、すなわち、口にはせずともみなが感じられる、意味の保証人たち、ウェルギリウス、ホラティウス、オウィディウスの面々がつないでいるものだ。彼らがいなければ、詩的な意味を感じる感覚の基礎となる認識の全領域が、虚ろになってしまうことだろう。しかし、もしも別の詩がある詩の文脈を伝える第一の代理人だというのなら、少なくとも潜在的には「当てはまるものはなんでもかんでも」そういうことになってしまう。詩人は、歴史、舞台、技術的経過の些細な事柄を述べて、自分の言葉、自分の運動の領域をぎゅうぎゅう詰めにだってできる（『ハムレット』の鍵となる一節は、だれも知らないような染め物の専門用語が中心となっている）。十三世紀のフィレンツェについて、ほとんど通りのひとつひとつにいたるまで知悉していないと説明ができないほど個人的なゴシップで、地獄、煉獄、そして天国を一緒くたにすることだって、詩人になら可能だ。こうした心像のオカルト的な結節点は、たんにこういうことかもしれない。イエイツの詩がそうであるように、これは奥義——ヘルメス的な命名と儀式のシステム——なのだ。エズラ・パウンドの『詩編（キャントーズ）』のほぼすべての骨組みは、こうした別々の階層のむずかしさ（それについては調べなければならないのだが）から成り立っている。このメタ叙事詩、パロディ叙事詩の文彩は、基本的に目録、日記、年鑑の用語である。『詩編（キャントーズ）』第三十八番の結末部をみてみよう。

シュナイダー家の宮殿の向かいから、
立ち上がってきたのはアンリ氏の像
ジロンド川の造船所、パリ・ユニオン銀行、
日仏合弁の銀行
フランソワ・ド・ヴァンデル、ロベール・プロト、
明日の友と明日の敵へ
「最強の労働組合は、間違いなく
鉄鋼組合だな」
「神が君らの生計をとりあげてくれるように」とホークウッドは言った
千五百万——『討論ジャーナル』
三千万——『時代』紙へ支払い
『エコー・ド・パリ』には千百万ほど……

かりに、下調べを全部済ませたとしよう。一時期世の中を騒がせた、鉄鋼軍事産業における巨額の金融スキャンダルのことも調べ、腐敗した共和国とファシズム帝国のあいだ、証券取引所、銀行、新聞のあいだに、馴れあいがあったことも解明したとしよう。では、「ホークウッド」についてはどうだろう。よもや、偶発的に個人的な当てこすりの欠片が入ってくることはなかろうから、一種の指示記号——次の行に現れる「討論」「時代」「エコー」に特徴的な弁証法に調子を合わせるためのものだろうか。これについては、今後、調べなければならない。『詩編（キャントーズ）』第二十一番の恍惚とした一節に出てくる、ギリシャ語の折り返し句や名高い戦いについても、同じことがいえる。

そして、その瞬間の後に、乾いた闇
空中に浮かぶ炎、薄布に包まれた性腺、
乾いた小さな炎、風に運ばれる花弁
美ガ生マレテイル（Gignetei kalon）
老婆の無知のごとくに歯が立たない。
夜明けには、アクティウムの戦いを終えてきた艦隊が
東のほうへ切り込んでゆき、変えたのだ……

ここでは、調べるということが、この詩のもつ音楽の核心にある。これは大事なことだ。ここにあるどの言葉も、別の言葉がなかったら、なにも言っていないも同然になってしまう。ひょっとしたらエ

ピファニーかもしれないものをどうかみてほしい。パウンドの意図にある、全体がぐらぐらと壊れそうな荘厳さが、神のお告げへ向けてひとっ飛びするところをみてほしい。『詩編(キャントーズ)』第八十一番の有名な嘆願のクライマックスを。

これをやらないのではなく、やったのだということは、虚栄ではない
ブラントみたいな奴が開けるべきものを
礼儀正しくノックしたのだ
中空から、生きた伝統を集めたのだ
　老いた立派な目からいまなお消えない火を集めたのだ
これは虚栄ではない。

内容は十分に明白だ。しかし、なぜ「ブラントみたいな奴」が出てくるのだろう。そもそも、だれのことだ？　あの高慢な偏屈老人ウィルフレッド・スコーウェン・ブラントだろうか。もしそうなら、彼の人生と仕事のどのあたりに、このめだつ挿入の説明になるようなものがあったのだろうか。
シェイクスピア後期の文体の典型的な一節――『アテネのタイモン』の第四幕第三場――では、この手のむずかしさのあらゆる類とその主要な種とが結びついている。

おお、すべてを生みだす祝福された太陽よ、この大地から

腐った湿気を吸い上げろ。妹の球体である月よりも下に
ある大気を、汚染してしまえ。ひとつの胎内にいた双子の兄弟は、
懐胎のときも、胎児として存在していた場所も、出生のときも、すべて
分かちがたくても、別々の運命がふたりにやってくれば、
金持ちになったほうが貧乏な兄弟を軽蔑する。（あらゆる苦しみに
包囲された）自然が、大きな運を生み出すことなどできやしない、
自然を軽蔑するのでもなければ運はつかめない。
こっちの乞食を立身させ、あっちの貴族を零落させてみろ、
枢密顧問官が先祖伝来の軽侮を身に受け、
乞食が生まれながらの名誉に預かるだろう。
牛の腹をふくれさせるのは牧草地で、
それがなければ痩せこけるだけさ。誰がかまうかね？　誰が
男たるものの純潔にかけて、直立不動でこう言えるかね、
この男はおべっか使いだ、と。もしそいつがおべっか使いとしても、
誰だってそうなんだからな。運命の階段はどの段も
一段下にいる奴によってピカピカに磨かれているのだ。学識あるおつむが、
金のある阿呆にぺこぺこお辞儀をするんだ。すべてが曲がっている……

このようなケースの「把握」は、同心円的な過程になる。瞬時に得られる、ほとんど本能的なぼんやりとした理解（「一般的な感じとして、なにを言っているのかは、自分にはたしかにわかっている。この劇の状況、いくつかのキーになる符丁、象徴的な道しるべが、それを伝えている」）というところから、暗号解読の次のレベルへと、さざ波のように理解が広がっていくのだ。なかでも最初の理解のレベルは、純粋に語彙的なものだ。十七世紀の語法に関して、どれくらい適切な運用能力があるか、どれくらい慣れ親しんでいるかによって、調べるものが決まってくる。たとえば、球体（orbe）、分かちがたい（scarce...dividant）、牛（rothers）――多くの編者が校訂したように、これは去勢羊（wethers）かもしれないし、わたし自身が考えているように、兄弟（brothers）という単語と響きあわせながら、どちらの可能性も残したままわざと「決定不能」にしているのかもしれない――階段（grize）、おつむ（pate）などが、調べる単語の候補になる。しかし、「純粋」に語彙的だ、という言い方はもちろん正しくない。真にむずかしい用語――ウィリアム・エンプソンが「複合語」の研究に引用してもおかしくないような用語――は、自然（Nature）、運（Fortune）、生まれながらの名誉（Native Honor）、男たるもの（Manhood）、それから、金のある阿呆（Golden Foole）を入れてもいいかもしれない（ただしここでは、第一・二つ折り本が「自然」と「運」という単語に関して大文字と小文字を交互に使っているのはシェイクスピアの意図なのかどうか、というやっかいな問題には立ち入らないことにする）。厳密さを求めるのであれば、これらの単語を調査するには、辞書とシェイクスピア用語索引を離れて、エリザベス朝の思想においてもっとも濃密で中心的な論題の研究へと向かうことになるだろう。運命神フォルトゥーナの教理と隠喩を、古代の文物にみられるその複雑な背景や中世ラテン文化の時代とともに、研究することになるだろう。自然神ナトゥーラの概念をとりまく抽象的、具象的な意味を、緊密に編み込んだ紡錘を調査することになろう。それから、非常に重要だが問題も多い「名誉」の概念についても、分析が必要になる。名誉とは、キリスト教的価値観からいえばただでさえ曖昧な概念だが、シェイクスピアが、生まれながらのという付加価値をつけたおかげで、この引用中ではさらに多義的になっている。男たるものとは、ルネサンスにおける、力＝美徳（virtu）のパラダイム全体によって意味の決まる語だ。金のある阿呆については、おそらく背後に、それに先立つさまざまなたとえ話や寓話などの原型的な形づけがあって、それと共鳴することでシェイクスピア後期の文体は簡潔になっているのだ。このように具体化された種々のトピックをとりまいているのが、アリストテレス－ポエティウス的な天空の、字義的な圏域である。「妹の球体」、有毒ガスの薬理学、「懐胎、胎内にいる時間、出生」という宇宙の謎に与える激しい直接的影響などが、これにあたる。この圏内を解読するには、中世およびルネサンスの天文学、占星術のシステムに精通していなければならず、おまけに「体液＝気質（humours）」に関する中世の理論についても一家言が必要だ。じつに、「すべてを生みだす太陽」への呼びかけも、案外ヘルメス的な考察を指し示しているかもしれない――エリザベス朝の、そしてシェイクスピアの宇宙論の辺縁にあれほどしばしばふれる、グノーシス主義と錬金術がもつ信条の細い糸と、つながっているかもしれないのだ。

　調査すべき事項――山のようにあって、しかも、現代二十世紀における教養（リテラシー）の標榜するものが、西洋の詩の輪郭をつくってきた語彙、文法、古典と聖書の引用の網の目――これはカクストンとチョーサーから『荒地』や『詩編（キャントーズ）』の集録文書や博物館のカタログのような描写にまでいたる――から遠ざかっていくにつれて、どんどんと増え続ける。これは、真の意味で、いつ果てるとも知れない調べものだ。調べれば調べるほど、さらに「調べるべき」ことが出てくるからだ（たとえば、ひと続きの階段またはその一段を意味するgrizeという単語が、「牧草地」と呼応して「草をはむ（graze）」と響きあっているとか、「太らせる」や、次行にある「ピカピカに磨く」といった明白なヒントからみて、「潤滑油を意味する」greceの異体字だというような読みが可能になるのは、どんな言葉の網状組織が運動しているからだろう？）。「調べもの」は終わることがない。なぜなら、主要な詩や詩的要素をもつテクストに関係するコンテクストとは、それをとりまく文化全体、言語の、また言語における歴史全体、同時代の感性が有したものの見方と特異性のすべてなのだから（この点は、哲学的にこのうえなく重要だ。言語行為が無尽蔵に解釈されうるのは、まさしくそのコンテクストが世界全体だからだ）。加えて、新たな疑問が生じることも避けようがない。なにかを明確に特定化するごとに、それに応答する動きが詩に起こってくる。われわれが星の影響についてのエリザベス朝の教養を調べると、それはタイモンのモノローグをわれわれがいかに読むかという問題に跳ね返ってくる。おかげでこのモノローグは豊かになるが、新たな疑問が生じてくるという意味で豊かになるのだ。たとえば、起源と血縁関係、字義的と寓意的、太陽と月などに関する一般に流布した概念に、シェイクスピア自身はどの程度のものを付加したり、改変したりしたのか？

　実践上は、解読のための調査に終わりはないだろう。個々のどんな才能も、いかに長生きしたとしても、どれほどの共同作業をもってしても、この仕事を完了することはできない。だが、理論上、形式上はそうではない。これは大事なところだ。理論的には、そのむずかしさを解決してくれるものが、辞書、用語索引、星の手引き、詞華集、薬剤の総覧などのどこかに存在するのだ。「無限の図書館」（ボルヘスがいうところの「宇宙という図書館」）では、必要な参照資料がみつかるのだ。ヴァルター・ベンヤミンは、現在あるいは永劫に解明できない謎、魔術的な深遠が、詩にはあるのだという。形式的には、それらの謎も解かれてきたし、「明日」には正しい注釈がつけられるかもしれない。明日だろうがいつだろうが、どうだってかまわない。いつか、どこかで、その謎は解かれうるのだ。思うに、ある文化とあるテクストのあいだの距離があまりに遠くなってしまって、すべてのことを調べなければいけないというような事態はありうる（二十世紀に生きる学生がピンダロス――のみならずダンテやミルトンの数節など――を読むようなときには、これがほぼ当てはまる）。実践上は、これでは所与のテクストに近づくこともできないだろう。宇宙では銀河がどんどん遠ざかっているように、作品も人間の実用的な認識の地平をすり抜けていってしまうのだ。真に重要なのはこの実用的な部分であって、観念的、理論的な部分ではない。かりに時間と解決手段が与えられれば、あらゆることは調査可能である。それゆえに、わたしはこのむずかしさの第一の種を（統計的には、抜きん出て概括的な種だ）「随伴現象的」な――もっと簡単にいえば付随的な――むずかしさと呼ぼう。具体的な事例の圧倒的大多数において、われわれが「これはむずかしいぞ」というときには、「この単語、句、引照については、調べないといけないぞ」ということを、意味しているのだ。絶対的な図書館では、あらゆる事物の集積体、集大成中の集大成をもってすれば、その謎は解明できる。そして、pryx は巻き貝のことだとわかるのだ。

付随的なむずかしさは、もっとも目につくものであって、布の織地にくっつくイガのように、テクストの組織に貼りついている。だが、語彙的 - 文法的な要素が明瞭であっても、「これはむずかしい詩だ」とか、「どうもこの詩をつかむのが、どう位置づけたらいいのかが、わたしにはむずかしいな」などと口にするようなときもあるだろう（ここでは、後者の経験を語る一人称の言語使用域への移行が重要だ）。テクスト内の調査すべき事柄はすべて調べあげ、語句をつくっている要素を自信をもって構文解析しても、なおかつ残る不透明さがあるのだ。なんらかのかたちで、中心が——その詩の本質にある根本原理が——われわれに抵抗するのだ。その感覚は、ほとんど触知できるほどだ。経験論的なレベルでは、粗雑な間に合わせの言いかえによる「理解」は可能だ。だが、ほんとうの「感得」はできない。古代ギリシャ語でいうところの legein（「集めて整理する」「意味のあるかたちに折り畳む」といった意味）とは切り離せない、一連の感覚を集積することはできないのだ。こうした障害にぶつかる経験は、ありふれたものだが、同時にとらえどころがない。アメリカの俗語表現が——すでに時代遅れの感が否めない言い方だが——理解度の主要な違いを正確に示してくれそうだ。「テクストをつかむ」ことはできても、それを「掘り下げる」ことはできない、というわけだ（積極的に進入していくというニュアンスが、まさにぴったりだ）。われわれの眼前にある詩は、人間の条件に対する態度を明白に表しているが、その人間の条件を、われわれは本質的に到達不可能で異質なものだと感じてしまうのである。その詩の調子や打ち出された主題がそんなふうだと、詩の形式でこれが書かれなければならない正当な理由がみつけられないのだ。その詩を書いた根源の契機が、われわれが内在化している感覚——詩はこういうことについて語るべきだとか、これについては語るべきじゃないとか、こういうものであれば詩の題材として、理解可能だし、道義的、審美的に許容できる瞬間や動機だ、等々の感覚――を、すりぬけ、はねつけてしまうのだ。その詩は、われわれにとっては禁制と思われるようなやり方で、言語を制定してしまう。詩の言語の遂行的手段と、われわれがそれに関連する言葉や慣用語の精神、本来の脈動、制約などと考えるものとのあいだには、過激なまでの不適切さがあるのだ。ここで、悪名高くも縮約されてわかりにくくなってしまったアリストテレスのいう「適切性（プロプライアティ）」の概念――ある詩のジャンルに適切かどうかということ――のことを考えれば、しっくりくるだろう。

たしかに、少なくともひとつの意味においては、このタイプのむずかしさもまた、なにかを参照すべきものだ。ひょっとしたら、詩人が補足説明の文章を残し、そこで詩の主題がなんなのか、詩人の意図と形式的な配列はどうなっているのかなどを、教えてくれているかもしれない。詩の制作の契機（ないしはネガティブな契機）となった事柄を明らかにしてくれるような資料がみつかることもあるだろう。しかし、その場合ですら結局のところは、むずかしいと思われる領域がずらされたとか、ちょっとはましに定義づけされるようになったというにすぎないのではないか。「調査」の経過をたどっても、曖昧なところのない解決にはいたらないのだ。もっと正確にいえば、表面的な理解やたんなる言いかえを一方に、洞察力に満ちた感得をもう一方として効果的に区別した場合、「調査」はその片側にしかいたらないのだ。さて、こんな反論も出るだろう。「本物の洞察力とたんなる審美的判断とを、ごっちゃにしているんじゃないですか？　むずかしさについての問題を、趣味の問題とはき違えてやしませんか？」たしかに、両者には重なりあう領域があり、その微妙な差異はぼんやりしている。それでもやはり、実質的な区別を設けなければならない。完全に理解しているなにものかに対してわれわれが抱く好悪の感情と、あるテクスト――その自律的な生命力、その真の意味での存在理由が、われわれから逃げていってしまうようなテクスト――に対する反応（または萎縮して反応できない状態）を区別すべきであるのと同じことだ。下調べは十分におこなった。詩の骨格も明らかだ。それでもなお、作品に「呼ばれている」ような気も、「答えられる」ような気もしないのである――このふたつの目印があってこそ、詩作品と聞き手‐読み手の相互作用という基本的な契約が活性化されるというのに。そして、趣味の問題（だけ）ではないという理由はまさしく、召喚や応答に失敗するということが、「好む」とか「嫌う」とかいう領域からはまったく外れたところにあるからなのだ。ここで直面しているむずかしさとは、様式的（モーダル）（C・S・ルイスが使った用語だ）とでも呼びたいような部類のものなのだ。リチャード・ラヴレイスの十五行の叙情詩「美しき逸品」をとりあげて、これを例証してみよう。

いったいだれがこんなあわれなマーモセットの骸骨を
愛するというのだ。どこを見たって、骨、骨ばかり。
〔肉の〕衣をまとった裸体を、わたしにおくれ。

肌という白いサテンの外套が
ビロードのように濃い深紅のすぐ上まで切り詰められている、

そんな女にもやはり身体はあるのだ（そしてそのなかには肉もある）。

間違いなく、これは男がよき夫として家政をやりくりするためだ。男が空気のように痩せた者と一緒になって、自分の脇腹を修復し、自分の肋骨を取り戻すつもりなのだ。

自分がかいた汗の見返りに、豊かな喜びを求める狩人にとっては不運なことだ。襲撃してみれば、目に入るのは管理人の知行だけとあっては。

そこで、キューピッドよ、お願いしたい。次にお前が猛り狂う矢を弓につがえ、鹿や女心を追いかけるときには、痩せた鹿はやり過ごして、もっとも大きな牝鹿を射ってくれ。

付随的なむずかしさがどっと押し寄せてくるようだが、いずれも御しやすいものだ。「美しき逸品」が、おそらくヴェネツィアに起源をもつチャールズ一世時代の隠語で、「娼婦」を意味することとさえ知ってしまえば、かなりのことが収まるべきところに収まる。「マーモセット」はわかりにくいが、さまざまな意味や調子の中心にあるのは、小型の猿のようなもの、好色で知られる寓意的なグロテスクといったものだ。この叙情詩全体は、「獲物（venery）」という語を性的な追求と動物の狩猟との二重の意味で使うことに基軸を置いている。これは、メレアグロスの神話にまでさかのぼるほど古くからある連想で、十二世紀以来、ヨーロッパにおける愛をうたった詩やエロティックな諷刺詩にしばしば登場してきたお決まりの文句だ。ここから、次のような二重の作用をもつ語が出てくる――「狩人」、「襲撃」、「管理人の知行」（売春宿と狩人の管理下にある森林や湿地帯のことを同時に指す）、「弓」（狩人としてのキューピッドの持ち物）、「猛り狂う（怒れる）矢」（通常の「矢」を意味すると同時に、今日にいたるまで「男根」という含意もある）。それから「心追い＝鹿追い（Heartchasing）」と「ならず者の恋人＝痩せた鹿（Rascall Deare）」（rascalは、とくに痩せた動物を指す専門用語でもある）というわかりやすい言葉遊びもそうだ。陳腐な節回しのもうひとつの例は、「家政のやりくり＝夫という仕事（Husbandry）」という単語に、経済上の意味と婚姻上の意味とを引っかけるものだ。この詩行の二重性は、アダムの肋骨への引喩と一緒になっている。肋骨を切除されて、男性はなにかが欠けた存在になったというわけだ。このテクストは非常に明白に、エロスと狩猟の獲物の殺害とのあいだにある言語‐情緒的な一致に関する豊かな先行例を精力的に活用し、それを詳述している。かくして「裸体」、「肌という白いサテンの外套」（その下にはビロードのように深い赤が透けて見える）、それから「骨、骨」や「空気のように痩せた」、これとは対照的な「豊かな喜び」、そして「痩せた鹿」にみられる痩せ衰えのモチーフなどの表現においては、女性の骨肉と狩り殺された獣のそれとが融合しているのだ。しかしこれらの要素は――どれも「調査」すべき主題ではあるが、そしてペトラルカや同時代の詩の多くと類似していることを確認もできるが――われわれを核心に導いてくれるわけではない。この詩全体の動き、激しく突きかかってくるような勢いには、明らかに落ち着かない——安易な落着を拒否するような——なにかがあるのだ。この階層のむずかしさは、単語や句意を明確にしたところで取り除けるものではない。この種のむずかしさは、中心的な働きをしているのだ。

秘められた「内集団的な」レベルでの、また別の領域への言及が、ラヴレイスのテクストにはあるようだ。つまり、色事の玄人ぶりという、検証済みで公然たる外皮の下に、一連のほのめかしが隠れているのだ。もしもわたしがそれを正しく「聞きとれて」いるのなら（いうまでもなく試案めいた基盤にもとづいての話だが）、この詩には、機知に富んではいるが少しばかり冒瀆的なある種の弁証法があって、それがアダムの受肉と新約聖書の受肉という二極のあいだで火花を散らしているように思われる。この詩には、肉体の神秘とそれが満ち欠けするという神秘があざやかに提示されている。「骸骨」「骨、骨」「裸体」「深紅」（血の赤さは、当然「肉体」の根本要素だ）などの語句のうちに、それから「内的な身体（そして肉）」に関する答えのない問題提起などがその例だが、他に大事なのは、（ひょっとして、化体説という逆説を意識しているかもしれない）「一緒になって」という言葉だ。「肉体性」という主題が、典礼の声高な（そして控えめな）調子をともなって、一貫して述べられている。もしもアダムとイヴがこの作品の構造にあるのなら、じつはキリストもそうなのではないかと疑ってみたくもなる。キリストの受肉による自己顕現と自己犠牲は、非常にはっきりとアダムの堕落とは対極にあるのだし、キリストが受けた脇腹への槍の一突きが、アダムが肋骨を失ったこと（そこからすべての悪が生まれたのだ）と対になる象徴的行為であることも、一目瞭然なのだから。これらの「アダムからキリストへという」恐ろしい変化が、何度も心に浮かぶこの言葉に響いているのではないか——空気のように痩せた女と一緒になるのは、いったい全体だれなのだ？　要約しよう。われわれの眼前にあるのは、あざやかに展開する磨き抜かれた王党派の叙情詩で、表向きの主題は性的な処方箋だ——「骨と皮ばかりに痩せた娼婦相手に、あなたの汗と管理人の知行を消耗してはいけない。ルーベンスの絵に描かれるような豊満な女を選びなさい」。総称的な題名については、ある特定の女性に言及しているのかもしれないし、ラヴレイスの仲間内でエロティックな意見の対立があったためかもしれない。ここまでですでに、様式（モーダル）的な階層のむずかしさが感じられるかもしれない。このいかがわしい忠告、放蕩者の助言が、ともかくも知的なレベル以外で取り組みうる詩の契機、詩の中心だとでもいうのか？　これが、詩たるものが進んであつかいたがるような経験、関心の領域だというのか？　女性の肉体と鹿の骸を無頓着に同一視するような、この詩における感受性の基層が、われわれの心にいまなおお手が届くとでも？　だが、こうした疑念を投げかけるやいなや、その場違いな感じが、疑念そのものを愚鈍にみせてしまう。このテクストでは、それよりずっと大きなことが起こっているのだ。修辞的な曲芸は、凝縮された、秘密という可能性もある連想の底流とは、明らかに調子を異にしている。その底流とは、神学的なものだろうか？　たしかなことはいえない。かりにそうだとして、われわれ自身や、われわれの読みは、肉欲と化体説が絡みあうような言語様式と意識の領域から、どれほどの隔たりをとればよいのだろう？　このとき、「調べあげる」べき答えは、もはやない。答えがないという、まさにそのことこそ、付随的なむずかしさと様式的なむずかしさを峻別するものなのだ。

現代人は、この区別をなくそうとしている。ルソーの後継者であるわれわれの文化は、過去の時代のいつにもまして、知ることはより少なく、感じることはより多くせよと公言している。聖書、神話、歴史、文学、科学などに関する用語や引照については、ごく初歩的な事柄でさえ、調べなければわからないという向きも多い。一方で現代人は、ベニンのブロンズ像やインドネシアの影絵芝居、インドのラーガや、西洋の芸術ならどんなジャンル、どんな時代のものだって、自信をもって共感できると主張するのだ。われわれの文化は、アンドレ・マルローのいう「空想美術館」である。そこでは、コラージュや複製品によって、アルカイック期とロマネスク期が、原始美術とシュルレアリスムが、並列され、親しみのあるものにされてしまっているのだ。様式的なむずかしさに帰因する阻害を認めることを——つまり、自分が生きている時代や場所からどれほど離れていようと、あらゆる表現行為に対して、自分が閉ざされていると告白することを——われわれは恥ずかしいと考えるのだ。だが、この感受性の世界統一運動は、まがいものだ。こうした運動は、権威ある見解にもとづいた知識や感受性の考古学のおかげで達成された再構築的な知識と、透徹した本質とを、意図的に混同しているからだ。学問（すなわち反省作用の一時停止）によって、知的なレベルで理解することなら可能だ——画家のローザ・ボヌールがセザンヌよりもはるかに高い評価を受けるような判断の力学を、あるいはバルザックをして、ラドクリフ夫人の小説をスタンダール（バルザックは彼を賞賛した最初の人々のうちのひとりなのだが）よりも上に置かしめるような判断の力学を。しかし、適切な知覚の枠組みに沿うよう、自分の感受性を強制することはできないのだ。かつては恒星のごとく光を発していた文学という巨星は、いまやわれわれからは遠ざかり、とらえきれなくなってしまった。いったい現代人のうちだれが、ヴォルテールの悲劇やその後に出てきたアルフィエーリの高踏悲劇を、深い共感をもって読み、経験できるだろうか——ヴォルテール劇といえば、かつてはマドリードからサンクトペテルブルグにいたるまで、ヨーロッパ悲劇の正典を支配していたものだというのに。十六世紀から十九世紀後半にいたるヨーロッパ文学の大部分は、細部にいたるまで連綿と、ボイアルド、アリオスト、そしてタッソーの叙事詩を活用してきた。ゲーテ、キーツ、バイロンのような多彩な作家が言及し、刺激を受けた第一の作品群とは、これらの叙事詩だったのだ。ヨーロッパの芸術と音楽のどこをとっても、騎士リナルド、アンジェリカ姫、狂えるオルランド、魔女アルミーダの庭が遍在している。二十世紀半ばの基本的素養にとっては、この情趣と引喩の大要全体が、一冊の閉じられた本か、学術的調査を要する領域である。アリオストが人類の精神史全体を通じてもっとも明敏に戦争の本質を見抜いたわずか二、三人の目撃者のうちのひとりであること、彼はホメロスやトルストイと並んで、人間の営みの経済性という観点から争いがもたらす曖昧な利益を査定したわずかな人々のうちのひとりであること——いまや、それを知るのは学者ばかりである。アリオストの語法と理解の仕方は、もはやわれわれには自然ではない。このむずかしさが様式的なものであり、ほんとうのむずかしさなのだ。

付随的なむずかしさは、顕著な複数性と個別性（これが世界と言葉の特徴だ）から発生する。様式的なむずかしさは、見る側とともにある。第三番目のむずかしさは、書き手の意志、または書き手の意図が表現手段とうまく適合していないことに、その端を発する。わたしは、この種のむずかしさを戦略的なむずかしさと呼びたい。詩人が、ある特定の文体的効果を得るために、あえて不明瞭な物言いをすることもあろう。政治的な状況に圧迫されて、曖昧な表現を用いたり議論を打ち切ったりせざるをえないと、詩人が感じるときもあろう。イソップが使った言語――「暗号化」の言語、全体主義的な圧力のもとで書かれた詩がもつ寓意的な間接性――には、とんでもなく長い歴史があるのだ（抑圧は隠喩の母だと、ボルヘスは言った）。そうした制約が、純粋に個人的なものという場合もある。恋をする者は、恋人の身元や自分の情熱がじっさいにどんな状態にあるかを、隠したがるだろう。寸鉄詩（マルティアリスでもマンデリシュタームでも、だれの作品でもいい）は、少数の人々にだけは透明な言い方で表現されるだろうが、基本的に世間の目には閉ざされている。さらにまた、それもしばしば断固として、戦略的なむずかしさで全体が成り立っているような詩学が存在するのだ。詩人のねらいとは、言語の総体を、最高の激しさと真正な感情で満たすことだ。もっとも恒久的な意味において啓発的かつ浸透性のある洞察のうちに、みずからのテクストを「新しくする」のが、詩人の目標なのだ。だが、定義上、詩人が自由に使えるその言語とは、一般言語であり、共同使用の言語だ。直喩はありふれた慣用語、隠喩は使い古しの決まり文句だ。こんな手垢で汚れた道具が、ごく個人的で革新的な要求に、どうやって役立つというのだ？　文学の歴史を通じて、この内在的な逆説を厳然たる結論にまでもっていく論理学的テロリストがときに現れた。本物の詩人が、果てしなく店ざらしになった言葉の目録などで、必然的に価値の低い、いんちきの日常流通語などで間に合わせることはできない。詩人たるもの、文字どおり新しい言葉、新しい統語法をつくりだすべきなのだ。こういうことを論じたのが、ダダイズムの第一世代、シュルレアリスム、そしてロシアの「未来派キュビズム」であるフレーブニコフとその超意味言語「星の言葉」だ。もしも読者が、詩人の後を追って、啓示の未知の世界へと踏み込むつもりなら、その言語を学ばねばならない。実質的には間違いなく、こうした秘術の論理は自閉症じみている。秘密の言語は、外の世界とコミュニケーションをとろうとはしない。もしも神秘性を失ったら、もしも多くの人が理解したら、その言語にはもはや前人未踏の純潔性があるとはいえないだろうから。それゆえに、革新的だが機能性も重視する詩人の立場は、妥協ということになる。新しい言語を案出したりはしないが、「種族の言葉」を洗いあげ、再活性化させようとするのだ（マラルメの有名な公式は、じっさいは詩と詩学がつねに感じる強迫観念であるものを、鋭く要約している）。こういう詩人は、いまでは廃れてしまった語彙、文法の資源に新たな命を吹き込もうとする。種々の単語を溶解し、語形変化させて、新語のようなかたちにつくりなおす。歪曲、誇張法的な追加、省略、配置換えなどを通して、日常的、一般的な統語法がもつ陳腐で束縛的な限定を掘り崩そうとするのだ。どういう効果をねらうかは、人によって大きく異なる。瞬間的に受ける衝撃のなかでももっとも精妙なもの——形而上詩の奇想がひっくり返す読者の期待——から、マラルメやモダニズムの詩人たちによる、まごついてしまうほどの不明瞭さまで、じつに幅広い。だが、それらの背後にある作戦は「ラレンタンド＝次第に遅く」である。読者は、やすやすと瞬時には理解できないようになっている。即時買いはやめてくれと言われているのだ。作品のテクストは、その存在の力と独自性を徐々にしか現してくれない。いくつかの魅力的な事例においては、われわれの理解は、どれほど努力して到達したものであっても、暫定的にならざるをえない。作品の核心——コールリッジはそれを詩の内奥にある隠されたいい部分と呼んだ——には決定不能性があるはずなのである（これには具体的な意味があり、その意味において、『薔薇物語』や『神曲』のような中心へと向かって進入、巡礼する偉大な寓話が、読者が読み進んでゆく諸段階で、詩人の語りによって徐々に明らかになっていく冒険を再決定するよう読者に強いるのだ）。ひとつひとつの段階を経たうえでのみ最終的に理解されたいという詩人の意志には、弁証法的な奇妙さがある。詩人が自分のテクストを公にすることを選んだという単純な事実によって、深奥の意味を保留することが避けようもなくくつがえり、皮肉めいた感じになってしまうからだ。それでも、その衝動は正直かつ決定的なものであり、あらゆる言語の、個人と一般大衆のあいだの中間的状態から湧き起こるものだ。この矛盾を解決する方法はない。ただし、戦略的なむずかしさにおいて、独創的な表現を生みだすことはある。

ミケランジェロがカヴァリエリに呼びかけるとき、彼はペトラルカ風の語句や奇想を風変わりなかたちに積みあげている。

内的な火は冷たい石ころととても親しい。
その火は、引き出されれば、石を炎で包み、
石を焼き尽くし破壊するが、しかして同時にそれを生かし、
永遠の場所で他の石と結びつけてくれる。
溶鉱炉の向こうを張るとなれば、
夏や冬だって管理下におけるし、よりいっそうの価値を得る。
まるで、浄化の炎で焼かれ、空にいる高き者たちと祝福された者たち
に混じった魂が、地獄から帰ってくるときのよう。

この詩の最初の難問は、冷たい石のなかにある、どことなく生命の源といった感じの熱烈な炎である。この炎は次第に石の内側から外側に燃え広がり、やがては炎で包みこんでしまう（「石を炎で包み」）。かくして、その炎は、岩石や大理石から、字義どおりには「生きた灰」すなわちモルタルと呼ばれるもの（「しかして同時にそれを生かし」）をつくりだし、モルタルの力は他の石を溶接することを可能にする（「他の石と結びつけてくれる」）。モルタルで結びつけられた石が積みあげられれば、永遠の耐久性をもつ建造物になる（「永遠の場所で」）。もしも石が溶鉱炉の熱にも耐えうるのならば、石にとって夏や冬を打ち負かすことなど、ずっとたやすいだろう（「夏や冬だって管理下における」）。その経過で、石はみずからが当初もっていた性質をこえた価値を獲得する（「よりいっそうの価値を得る」）。それはあたかも、天国（「高き者たちと祝福された者たち」）と地獄とに逗留した魂が、すっかり焼き尽くされて清められ（「浄化の炎で焼かれ」）、帰還したときのようである。こうした言葉のあやは、最後の三行［この三行は引用されていない］にいたってやっと詩人の思いを表明する。いまは煙と灰になっている詩人が（「煙と灰から造られようと」）、まさしく自分が実体のない状態になったからこそ、みずからを永遠のもの（「わたしは永遠に喜ぶ」）と考える。しかし、それに続いて、どうしてもはっきりしない結句の一行では、自分を鉄ではなく金によって打たれる存在（「わたしをこのように打ったのは、鉄ではなく金だった」）だとイメージするのだ。恋人の望ましい輝きによって恋する者が火へと還元されていくさまを語る暗黙の「プロット」とともに、物質と魂、炎と灰の対位法もまた、ペトラルカ風の語法では新鮮味のない小道具だ。ミケランジェロがそこに注入したのは、彼自身が石と鎚に無類に親しんでいたことからくる、触知できるほど生々しい苛烈さであり、ダンテ（『神曲』は、ミケランジェロの『詩集』の一貫した参照基準になっている）の親和的な存在感である。この作品における戦略的なむずかしさは、ミケランジェロがカヴェリエリに寄せた感情があまりに強烈でほんものすぎるので、大概の陳腐な表現材料の利用などおよびもつかないという事実から生まれ、そしてその事実を明確にしようと意図されたものである。ミケランジェロの詞華集に収められた他の作品同様、このソネットもその中心的なモチーフをみずから演じている。作品が、みずからを構築するのに使った材料（ペトラルカ的語法）を消尽し、粉々に砕く（「焼き尽くし破壊する」）のだ——新しく生まれ変わった永遠の命の神秘を、その材料に加えるために。

ゴンゴラは、一般的な統語法の線状性をくつがえす点、形容詞や副詞を名詞化する点で、すでにマラルメを予表しているかのようだ。自分の肖像画を描いたフランドル派の画家に宛てたソネットで（画家の名前もわからず、絵の消息も不明だが）、ゴンゴラはいわば中道をいくようにして、新プラトン主義やペトラルカが好んだアイデンティティとイメージのトポス（ミケランジェロにもよく出てくるトポスだ）と、マラルメのいう逆説性——魂と「魂の感覚性」に対する現前しないものの「現前性」の逆説——の中間に位置している。

君はぼくの顔を盗む。だが、君が負債を負わせたとしよう、
君のその、二度も巡礼する筆に、
火花きらめく魂を捕らえる一片のカンヴァスに
カンヴァスの渇きがどんどん飲み干す、色とりどりの筆遣いとともに、

それでも、君のためぼくは恐れる。結局はこの一片のカンヴァスが
空しきこの土塊の向こうを張るのではないだろうか、
そこに、霊妙なものか、神聖なものか、綾なる光が
束の間、無言の生命を輝かせるのではないか。

ミケランジェロのテクストでは、なにもかもが苛烈なほどにはっきりと感じられ、炎にまではっきりとした輪郭があった。だがゴンゴラの詩では、すべてがぼんやりとして流動的だ。ここでもまた、秘密のスキャンダルは、「束の間、輝かせる（esplendor leve）」――この語句には、画家の筆遣いの華やかさと大変な軽やかさとが込められているので、スペイン語以外の言語に置きかえるのはほとんど不可能だ――という手段を用いて、あらゆる物質のなかでもっともはかないもの（「一片のカンヴァス」）に、存在の「火花きらめく魂」を与えるような技をめぐるものだ。この触知できない存在は肉体化したいと願い、カンヴァスがさまざまな色を飲み干す（「カンヴァスの渇きがどんどん飲み干す、色とりどりの筆遣い」）、そのさまはまるで生きた人間が水を飲むか、それとも死者たちの影がわれわれの前に顕現するため、儀式用の御神酒として生き血を飲んでいるかのようである（深層に埋められているとしても、この暗示はたしかに機能している）。だが、これほど強烈でありながら、カンヴァス上の「物質性をもった画」は黙ったままである（「無言の生命」）。このような状態にあるために、ひとりの画家によるひとりの詩人の肖像画が、奇妙なほど断固として見る者の心を捕らえるのだ（「盗む」）。「二度も巡礼する」という表現は読者をじらしているようだ。画家の絵筆がどうして「二度巡礼する」

のだろう。筆がおこなう二重の巡礼とはなんなのだ？　ゴンゴラは、プラトン主義的なパラダイムを喚起して、芸術とは原型的な自然界の個物から二重に離れているのだと——ミメーシスを通じて、二度にわたってイデアから離れてしまった模像だと——述べているのだろうか。読者は、ためらいながら、徐々にのみ、このソネットの頂点に位置する逆説に近づくよう求められている。それは、見たり聞いたりできるもののほうが長続きしない（「われわれのほうがずっと多くを見聞きするが、ずっと早くに死んでしまう」〔この行は引用されていない〕）ということである。生身の詩人は、口をきけない図像のほうがけしからぬことに自分より長く生きるという事態に敬意を表するとともに、プラトン主義的な調子と感覚的存在のはかなさに関する聖書の瞑想とを結合させているのだ。だが、逆説のなかにひそむ逆説に、よく注意を払わなくてはいけない。実体のないものの永続性に対する表敬は、肖像画へと向けて語られているものの、肖像画そのものは完全に消滅可能で物質的な様式なのだ。肖像画が永続できるのは、モデルの「実体のある魂」を盗んでしまうような傑作の場合だけである。かくして、多義性の連鎖はまたふりだしに戻ってしまう。

　戦略的なむずかしさが、詩人が自分たちの職分（メチエ）と考えるところに突然現れるのも、偶然ではないかもしれない。ウォレス・スティーヴンズの「つぼのおはなし」は、「付随的」にも「様式的」にも、むずかしいところはなにもない。

ぼくはテネシーにつぼをひとつおいた。
まんまるのそれを、丘のてっぺんに。

つぼはだらしない原野をつくった、
丘を囲んで。

原野は丘にまで達した。
さらにそれから広がって、もう原野ではなくなった。
つぼは地面の上をぐるりと囲み、
背高で、空の港のようだった。

つぼはあらゆる場所を制覇した。
つぼは灰色で素っ気なかった。
つぼは鳥や藪を産んだりはしなかった。
テネシーのどこにも、こんなのほかにありゃしない。

審美的な命題に、曖昧なところはない。芸術作品は、どれほど単純であろうとも（「灰色で素っ気なかった」）、有機的統一体をとりまく混沌を再編成してその方針を定める。その仕事は、オルペウスの歌のように古く、強制力のあるものだ。オルペウスの歌にうずくまって耳を傾けた森や動物のように、つぼの周りに集まってきた原野は「もはや原野ではなくなった」。少しばかり儀式ばって古めかしい「空の港」は、古典世界の調べがそこにあることを裏打ちしている。また、中心に存在する円とそこでなにかが垂直に延びるモチーフは、どのようにして原初の世界に意味が与えられるかについて、夢や芸術が太鼓判を押してきた考え方――いわば原型的な秩序の認識、われわれの潜在意識――とたわむれている。だが、最後の二行はわれわれの理解を妨げ、落ち着かなくさせる。直接に妨げとなっているのは、その文法だ。「産む（give of）」と「こんなのほかにありゃしない（like nothing else）」という言い方は、地域方言か非文法語のどちらかだろう。「産出する（to give of）」は、「ほかのもののように（like anything else）」と結びつくのがふつうだから、この表現は屈折のうえにも屈折しているといえる。しかし、「ない（nothing）」という単語は、明らかに意識的に挿入された言葉だ。わたしの知っているかぎり、この作品の読解で、一貫性のある構文解析や相応な通常文への書きかえに成功したものはまだない。文法的に正しい表現に置換したり言いかえたりすることは、この詩が意図している動きと意味とを放棄することだ。あるレベルでは、われわれはウォレス・スティーヴンズがなにを言っているのかを、ちゃんとわかっており、ちゃんと「理解」している（これは意外に重要なことだ）。つまり、芸術作品は有機体をきちんと組織された状態へと変容させるが、自分自身はその一部となることはない。芸術は超然と、中心的役割を通じて機能するのだ。芸術はそれ自体不毛である――「鳥や藪」にみられる動植物のように、なにかを「産んだりはしない」。もしも「産んだりはしない」という語句を「……の気味がある」や「……のようである」といった通常の表現に近いものと解釈すれば、芸術は動植物とはまったく別種なのだという意味にもなる。芸術のもつ唯我論的な完全性のゆえに、つぼはテネシーのほかのなにものとも似ていないのである。一方、「だらしない原野」にあるほかのすべては、共通の摂理に結びつけられ、それに参与している（「供給する」というのは「みずからを分け与える」ことと関連する)。つぼは唯一無二の存在として君臨するが、定義としてそれ自体は空っぽである(荘厳な空虚さの含みを裏打ちするのが、「素っ気ない＝裸(bare)」という語だ)。「ほかのなにか(anything else)」などという言い方では、肝心要の単一性が安っぽくなってしまうだろう。「ない(nothing)」という語は、そこでリズムが中断することとあいまって、必須ともいえる二重の動き──「つぼに似たものは何もない」という極端な差異化と、つぼに内在的な「無」の性質──を体現している。だがなにより、ウォレス・スティーヴンズの寓意は、『リア王』で豊かに示された命題──「無からはなにも生まれない」──に対する過激な批評になっている。芸術のもつ、多くを負った「無価値性」こそが、現実の中心に座し、現実を啓発するのだ。

こうした読みは、一種の意味論的な接近によって到達できるものであり、この作品を文法的に例解したり言いかえたりはできない。最後の二行が非文法的であることに寄りそったり対立したりして解釈を進めてきたが、それがこの詩の読者に与える効果は、モアレ縞──波型模様の絹の表にある、意味深長だが確定できない網状の模様──を見るようなものだ。そこには、わかっていると同時にわからないという、はっきりした感覚がある。この豊かな決定不能性こそ、まさしく詩人のねらいなのである。こうしたむずかしさが、中身のない小手先の技巧になることもありうる(ディラン・トーマスにしばしばみられる文法的な不安定さがその例だ)。しかし、知覚がもっと繊細に調整されるような方向へと読者を強いて向けさせる、本物の戦略的なむずかしさとして機能することだってあるのだ。それはまた、(ミケランジェロ、ゴンゴラ、そしてウォレス・スティーヴンズのような詩人たちがたゆまず続けているように)言説の日常的慣用法に潜む惰性へと注意を喚起することによって、修辞技巧をひっくり返すと同時にエネルギーを与えもしているのだ。

付随的なむずかしさは、調べるべきものだ。様式的（モーダル）なむずかしさは、率直な感情移入につきものの偏狭さに「待った」をかけてくれる。戦略的なむずかしさは、語句や文法のもつエネルギーが不活発になっているとき、それを転位させ、新しい命を吹き込んでくれるもので、それによってわれわれの理解を深めようとしてくれている。これら三種類のむずかしさはいずれも、詩人と読者、テクストと意味のあいだに結ばれた、最終的には（または主としては）理解可能であるという契約の一部分を形成している。しかし、この契約自体が部分的ないし完全に瓦解してしまうと、四種類目のむずかしさが立ち現れる。この種のむずかしさは、言語と詩の機能をコミュニケーションに関わるパフォーマンスとして示し、また、既知のものとして詩の背後に存在する実存的な仮定に疑問を投げかける。それゆえに、わたしはこれを存在論的なむずかしさと呼びたい。この領域のむずかしさを調べあげることは不可能だ。感受性を誠実に再調整し、工夫を凝らしても、解決にはならない。理解速度の遅延や創造性に富んだ不確実性をねらった、詩人の技巧でもない（一読してそのような効果を与えることはありうるけれども）。存在論的なむずかしさは、答えのない問題とともに、われわれの前に立ちはだかる。人間の言語の本質とはなにか。有意とはどのような状態のことか。われわれが多かれ少なかれ、おおよそ一般的な合意を得ているところの「詩」だと知覚する言語構築物には、どんな必然性があり、いったいなにを目的としているのか。

存在論的なむずかしさは、明らかに近代以降の性質のものだが、それなりの歴史がある。ランボーの要素のいくつか、マラルメの詩学、シュテファン・ゲオルゲの秘儀的な綱領、ロシア・フォルマリズムと未来派、それ以降に現れた派生的な諸派——これらと結びついたヘルメス主義運動における純理論的な議論や文体操作の対象となったのが、この種のむずかしさだ。なぜ、存在論的なむずかしさが、十九世紀後半から二十世紀頭にかけてのヨーロッパ文学にとって避けがたい因縁の問題——あるいは、ぜひとも望ましいもの——になったのだろうか。この問いは、近代西洋文化全体をおおう言語と価値観の危機に関して、絶対的に根源的な問いを発することでもある。このような問いに対して概略的に回答するなど愚かなことだ。闇に向かっていくこの直観的な運動の原因を探る議論は、個人の才能や社会環境が多様であるのと同じくらいにさまざまだ。だが、大まかな概略のなかにも、いくつか際立ったものがある。すなわち、啓蒙主義やフランス革命にあった幻視的な要素が、十九世紀の産業的・商業的構造のもつ俗悪な実証主義へと転換されたことで、芸術家と社会がお互いに深く失望する事態がもたらされた。革命の具体的な可能性から切り離された後期ロマン派は、内的な亡命者——散文的な社会で孤立した詩人——としての態度を深めていった、というものだ。このような姿勢は、理想のコミュニケーションとは本質的にプライベートなものだという考えを内包している。同時に、コミュニケーションをとるうえでジャーナリズム的で大衆的なメディア——新聞、文芸記事、廉価本など——が急速に増殖したことは、散文フィクションには利益をもたらす一方で、詩をいよいよ少数派の立場へと追いやったのだ。言語とその伝播手段が産業化されるとともに、テクノロジーに依存した大量消費社会に特徴的な、半可通というやつが登場した。ある種の詩人たちにとって——エドガー・アラン・ポーが自分に本来備わった価値をこえるほどの位置を占めているのは、こういう人々のなかにいるからだ――うまく適応できないような言説にみられる古代の文飾や、個人的な経験の直接性の前にはどうしても舌足らずになってしまう奇想などは、より一般的な問題になってしまった。大量＝大衆に使用されることによって、粗悪にされ、蹂躙され、霊的で厳格な力を奪われているのは、いまや言語そのものなのだ。ボードレールや、ゴーティエの「稀有な、汚されていない言葉」の探求、ヴェルレーヌが理想とした言葉の音楽化などに、こうした意見をみてとることができる。日常語の語彙と文法を浄化し、妥協することなき意味作用の深遠な領域を切り開いて、それを詩のために保存しようというマラルメの決意になると、すでに綱領の域に達している。

しかし、かくのごとく複雑で複合的な、これらさまざまな動機の背後に、さらに根深いところにあるふたつの本能――当てずっぽうの解釈――とでもいったものが、働いているようだ。そのひとつめは、山のごとくに聳える古典古代の過去という権威や、ルネサンス以来の純文学に浸透している居丈高な伝統主義に対する、ほとんど潜在意識的な反逆の気持ちである。マラルメ以後のヘルメス主義的な詩においては、正典的な作品にもとづく一般人および研究者たちの期待とその影響という束縛を振り払う試みが、皮肉の色をたたえながらおこなわれている（マラルメ作品の多くは――部分的にしか成功していないが――ヴィクトル・ユーゴーとそのファンファーレのように華々しい雄弁への反逆である。なお、ユーゴー自身はその能弁ゆえに、いにしえの預言者、ダンテ、シェイクスピアなどによる不朽の業績と自分の作品は血縁関係にあるのだと主張した）。秘儀的な態度は、模範的な遺産という鎖を引きちぎることを意味していたのだ。これとは逆に、第二の衝動は先祖返りのそれである。言語と思念が、なんらかのかたちで、存在の真実――あらゆる意味の隠された淵源――に対して開かれていた古代のむかしに戻りたいという衝動である。一八九四年にマラルメが提議した見解――権威はあるが究極的には誤っているホメロスの作品以来、すべての詩は「間違った方向へいって」しまったというもの――は、この動きを端的に表している。線状的で物語性があり、リアリズムを採用して一般大衆にねらいを定めた、ホメロスとその後継者たちの芸術は（というのはつまり、西洋の文学のほとんどすべてということになるが）、魔術という原初的な神秘性を失うか、それに背いてしまったのだ。マラルメのいう魔術のお手本とはオルペウスのことだ。オルペウスは、テネシーのつぼのごとく、有機物の世界に秩序の網を広げ、歌という螺旋階段を通じて死の深淵へと降りていく詩人だ。こういう試みが詩にとっては決定的に重要なのであり、リアリズムと読者への情報提供を意図したホメロスの世界とは別の領域のものなのだ。一九二〇年代の後半になると、ハイデガーが、西洋のおかれた条件に対するまったく同じような解釈を、歴史や哲学の世界で流行させた。パルメニデス、ヘラクレイトス、アナクシマンドロスといった古代の哲学者たちによる謎めいた断片では、思想と言葉が完璧に調和している。ロゴスとは、「存在の明るみ」であり、「諸存在のうちに隠れて顕現している絶対的存在」――ジェラルド・マンリー・ホプキンズがその姿を思いえがくことに打ち込んだ自律的な実存と意味の通性原理――をみずからのうちに取り込んでいるのだ。西洋合理主義が「真の絶対的存在を健忘する病」に罹っているとするハイデガーの診断においては、マラルメの図式においてホメロスが詩に与えたのと同じ影響を、プラトンとアリストテレスが果たしている。詩という芸術のもつオルペウス的な源泉に向かって無理にでも文学の潮流を遡上するのが真の詩人の使命だとすれば――強制があるところには、むずかしさがつきまとうのだが――人間とその本質について思索する者の使命は、ソクラテス以前の哲学者たちの文章に反映された真正の実存の輝きへと立ち戻ることなのだ。ハイデガーの考え方にのっとれば、この回帰運動の性質をわれわれにもっともよく伝えてくれるのは、現在にいたるまで、詩人で思想家でもあったヘルダーリンである。わたしが思うに、ヨーロッパ詩における急進的モダニズムは、マラルメの実践、ハイデガーの理論的比喩と彼が提示したヘルダーリンのイメージに、その多くを負っている。存在論的なむずかしさでは、マラルメとハイデガーの詩学——オルペウスと前ソクラテス派を奉じる詩学——が、発話が衰退した環境にあって人間が真の人間らしさを失ってしまったという感覚を、表明しているのだ。

パウル・ツェランの円熟味のある詩にも、こうした態度は通底している。その事実に加え、ホロコーストからの生還者がヘルダーリンやリルケにも匹敵する偉大な詩や、ごくごく個人的な衝動に突き動かされた詩を、肉屋のごとき卑俗な日常語で書いているという特別な困難も忘れてはならない。詩集『雪の声部』に収録された「ラルゴ」という作品は、まぎれもなくこれらの特徴をよく表している。

想いを同じにする女　お前、荒野をいく者のように近しい女——
死を-
超える程の-
大きさで
ぼくたちは並んで横たわる、イヌ-
サフランが

お前の息づいている瞼の下に群生する、
つがいのアムゼルが
ぼくたちの隣に浮かぶ、
一緒にあのうえを
さすらっていくぼくたちの白い
転-
移の下に。

〔中村朝子訳『パウル・ツェラン全詩集II』青土社〕

ここにはたしかに、われわれが先ほどみてきたような種類のむずかしさもある（そしてマイケル・ハンバーガーの英訳のような、あらゆる翻訳の試みは、この手のむずかしさを訳してみたくなるのだろう）。ツェランの後期の詩がしばしばそうであるように、この作品でも、ハイデガー風味が——その人の名と、そしてハイデガーのいう「野の道」の概念（開けた野を遍歴し、ジグザグに進んでいくこと）とにおいて——たわむれているようだ。クロウタドリを意味する「アムゼル」は（永遠に名義上の存在であるカフカの名と同じように）、詩人自身の名前と密接に響きあっている——"Am-sel"は、"Cel-an"の綴り替えなのだ。題名の「ラルゴ（ゆっくりと、かつ豊かに）」からは、転-移（Meta-stasen）と「さすらっていく白い雲」という語句が、音楽の休符を示すなんらかの様式や、さらには偉大なオペラ台本作家メタスタージオを含意しているのではないか、といった推測が導かれる。死を‐超える程の‐大きさ（über-sterbens-gross）という表現にも、深遠だが理解可能なひねりがあり、通常の語彙である並みはずれた（überlebensgross）〔意味素の直訳は「命‐より‐大きい」〕との言葉遊びになっている。ふたり並んで横たわれば、恋人たちは「死よりも大きい」のだが、これを字義どおりにとれば、「ほとんど永眠」して動かないという点で「超越的」だということになり、エロティックでありながら、墓に飾られた死者の彫像に「転移」したような印象を喚起させるのだ。P・H・ニューマンによる『パウル・ツェランの叙情詩における用語索引――一九六七年まで』をひもといてみれば、イヌ‐サフラン（Zeit-lose）〔意味素の直訳は「時間‐喪失」〕と、瞼という語を、ツェランが恋人の存在を結晶化させるために作中で繰り返し、護符のように使っていることがわかる。しかし、用語索引をいくら見たところで、ツェランが時間（Zeit）の周囲に紡いでいる彼個人の私的な網や――そこでは、壊滅と生存とが螺旋状の鎖となって、いずれも等しく同時に編みこまれている――雲と転‐移の同一視のうちに暗示された意味の地図に近づくことはできないのだ。それゆえに、ここでは中心的な働きとして意味のプライバシー化という活動があるのだ。戦略的なむずかしさの場合とは違って、読者がゆっくりと理解するとか、複数の意味の可能性のあいだに宙ぶらりんになるとかいったことが意図されているわけではない。あるレベルにおいては、われわれがそもそも少しだって理解できるなどと思われてもいないのであって、われわれの解釈は――それどころか作品を読むことすら――作品を侵害しているのである（ツェラン自身、おのれの作品の周囲に集まるようになってきた解釈産業に関して、冒瀆されたように感じるとしばしば口にしている）。しかし、そこでまた疑問が生じる。それならば、いったいだれのために詩人は作品を書き、あまつさえ出版などしているのだろう？

この逆説は、存在論的なむずかしさと分かちがたく結びついており、すでにマラルメをめぐる激しい議論の対象になっている――あの巨匠は、だれに宛てて秘密の暗号文を作成したというのだろうか。これは歴史的な状況を鑑みた戦略だという解釈を、脇に置いてみるとしよう。マラルメが標榜した詩的言語の純化――「貴族化」――や、ツェランが感じた「アウシュヴィッツ以後」に詩を書くという苦しみ（しかもアウシュヴィッツを考案した者たちの言語で）が、戦略だという考えを棄ててみるのだ。すると、存在論的なむずかしさとは、まさにハイデガー哲学にみられるような言語の本質を指し示しているようにみえる。語っているのは詩人というよりもむしろ、言語そのものなのだ。発話が語るのだ。真正な、じつに稀有な詩というのは、「言語の本質的存在」が妨げられずに宿っている作品のことで、そこで詩人はペルソナ――「言語を支配する」主体性――ではなく、発話の神髄に耳を傾ける至高の聞き手、「開かれたドア」なのだ。このような開放性がもたらす結果として、作品はもはやテクストというよりは「行為」に近いものになる。存在の発生という行為――「生じる（come into Being）」という表現が字義どおりに「存在にいたる」意味になるような行為に、詩がなってしまうのだ。素朴なレベルでは、このイメージは、「詩はなにかを意図してつくるのではなく、ただあるがままであるべきだ」などと主張する胡散臭い表現主義者というレッテルを貼られてしまうだろう。だが、より洗練され、また実存的でもある水準で考えてみれば、そこからは「散種」の詩学――デリダを中心とした現代の記号学者たちに見受けられる「脱構築」と「瞬間」の解釈――が生まれているのだ。作者の権威という伝統的な枠組みのなかで、また一定の共通理解（それがどれほどゆっくり骨を折って到達するものだとしても）に沿って、詩を「読む」ことなどもはやできない。われわれは、言葉とその指示対象が衝突し、瞬間的に溶けあう「開けた」空間にいて、その不安定な実在の可能性の証言者となるのである。マラルメの有名な一節「あらゆる花束に不在の花」や、霧箱のなかの「知覚されない物質の生成」に対する物理学者たちの断固たる決意、そしてハイデガーのいう「存在の不在」（ドイツ語ではAb-wesenとAn-wesenの言葉遊びになっている）の曖昧さ——これらすべてに機能的隠喩が決定的に働いているのかもしれない。いずれの場合も、観察可能な現象（すなわちテクスト）は、「裏切り」と「暴露」という両方の意味において、見えない論理に対する必然的な「背信行為」なのである。それでもやはり、マラルメの反歌やツェランの叙情詩が詩である——しかもしばしば有名な詩である——ことを、われわれは知っている。自分がいま目にしているのが、ダダやシュルレアリスムのコラージュ作品がときにそうであるような、たんなるナンセンスや故意に混乱を誘うようなものとは違うと、われわれにはちゃんとわかっている。たとえ「なにについて」語っているのか、自信をもって述べたり言いかえたりすることができないとしても、やはり「ラルゴ」は人の心を動かす深遠な陳述なのだ。この確信を、われわれはどのようにして得ているのだろう。そして、存在論的なむずかしさの領域内においてさえ、必然的なむずかしさと人為的で不自然なむずかしさ——「ほんもの」と「よりほんものらしさを追求したもの」——をどうやって区別しているのだろう（両者の差異は、たとえばリルケによる『ドゥイノ悲歌』とツェランのむずかしさのあいだに引くべき一線などに認められるだろう）。これこそ、わたしには、美学や意味を論じる哲学における近代以降の試みすべてをひっくるめたなかでも、もっとも急を要する問題のひとつだろうと思われる。

詩、芸術におけるむずかしさという論題は、言語、視覚、聴覚表現すべてにわたる実演的な手段を論じるのと同じくらい大きなことだ。十九世紀後半以来、むずかしさというものが審美的経験の中心に躍りでてきた。だが、美学理論も一般世論もこれに満足に応えることができていない。モダニズム運動にこれほど多くみられるヘルメス主義が一過性の現象なのか、それとも言葉と世界の古典的な契約が究極的に瓦解してしまったことを示すのか、いまの段階ではどちらともいえない。ここで前面に押しだした、むずかしさを付随的、様式的、戦略的、存在論的へと分ける分類法は、もちろん、大雑把で予備的なものだ。だが、もしも詩——ひいては文学テクスト全体——のなかでじっさいに読者が出会うあらゆるむずかしさが、これらの四種のいずれかひとつ、ないしはふたつ以上が複合的に結びついたものに還元できないとしたら、それこそ異常事態の発生というべきであろう。

III　言語と精神分析に関する覚え書き

フロイト的分析の原材料および手段は、ともに意味論的である——この二重性が深刻な認識論的ジレンマを引き起こすのである。少なくとも一面においては、神経生理学的「証拠」と裏づけを得ようというフロイトが生涯をかけた希望——実現しなかった希望——は、言語によって体系的に言語をあつかうという解釈学的循環から逃れたいという願望として理解することができる。だが逃げ道はなかった。精神分析の原初的、古典的手続きは、患者が沈黙したり、分析医が聞く耳をもっていない場合には機能しないのだから（この制限は一見したよりはずっと包括的かつ奇妙なものである）。

フロイトが彼の理論的著作と実践で用いた意味論的材料は、文字資料と口述資料からとられている。しかし、そうした組み合わせは明らかに、偉大な文章家の特徴であるような複雑なドイツ語という点で、フロイト自身が第一級の書き手であるという事実ゆえに（解決不可能なことで悪名高い）「三体問題」になってしまうのである。フロイトの「聞き取り」と「読み取り」に対するこの個人的言語域の影響は、いまだに探求されていない問題である。わたしはその問題にここでふれるつもりはないが、しかし、それはわたしのこの覚え書きのうちに影響力のある含意として存在している。

フロイトが主として利用した文書資料は、およそ一八七〇年から一九二〇年の期間に高度な知識人養成のために中央ヨーロッパで教えられ、類別された教科書一覧からとられている。それはギリシャ、ラテンの古典が現代の巨匠まで連綿とつながっているという原理で貫かれ、またそれを明確に表現しているのである。そこではホメロス、ソポクレス、ウェルギリウス、シェイクスピア、セルバンテスに中枢的、神秘的な中心性が与えられ、その中心性はいわばゲーテの保守的であると同時に創造的に混淆的な天才のうちに収斂するのである（フロイトが彼の職業に就くきっかけとなったのは、誤ってゲーテの作とされていたオルペウス教的断章の『自然について』である）。十九世紀小説、とりわけバルザックからジョージ・エリオット、フローベール、そしてロシアの巨匠たちへとつながる系譜は、古典的伝統のなかにすでに存在している人間の本質と個性に対する傾倒の継承とみなされる。中央ヨーロッパのフロイトの同時代人たちは、イプセンの業績をこの一覧表に付け加え、規範的地位を与えるのだろう。

それはたんにフロイトが無邪気に、あるいは直感的に説明のための材料をこの規範（カノン）から引きだし、その規範に対する信頼ゆえにそれが詩、劇、小説のなかにみられる夢の分析になってしまったということばかりではない。フロイトは彼の用いる文学テクストを、証拠となる力をもつものとしてあつかっているのである。数多くのなかからわたしは三つの事例だけを引くことにしよう。ひとつはエディプス・コンプレックスを立証するために引かれたイオカステの「多くの者が自分の母親と寝た」という言葉とディドロの『ラモーの甥』、もうひとつはドーデの小説『サッポー』のなかで証明された性交と上昇感覚の同一性、そして最後にジョージ・エリオットの『アダム・ビード』中にみられるふたりの女性登場人物における「堕落した美しさ」と「有徳な醜悪さ」という二項対立である。

しかし、強調を要するのは全体にかかわることがらなのだ。すなわち、フロイトの著作においては、ソポクレス、シェイクスピア、ルソー、ゲーテ、イプセン、E・T・A・ホフマン、バルザック、ドストエフスキー、イエンス・ペーター・ヤコブセン、シュニッツラー、ストリンドベリ（おもな名前を挙げたにすぎない）らのテクストには、「証拠となる」臨床例としての地位が与えられている。このことは文学の権威という、とくに「古典的な」見解を具現している。だが、フロイトはまたまさにこの見解に対して複雑で曖昧な反応を示すのである。[1] ここに真の矛盾がある。文学は特権的「真理」であるが、しかしまたそれは、「成熟」と現実原則の全面的な受け入れへといたる過程に関する現象学でもあるのだ。第二に、この権威の付与は、言語に関するとくべつな見解（文学は最大限に意味の充溢した言語である）を具現しているのである。

言語に関するこの見解は、フロイトが彼の個人的、社会的生活のなかで、またじっさいの分析の過程のなかで収集した口述の意味論的資料と重なりあうし、またそれによって強化されている。ここでもまた重視すべきことは、この資料の言語‐社会的な歴史性と地域性である。フロイトはウィーンのユダヤ人であったが、その地域のきわめて特殊な意味論的戦略に同化することを阻まれるという複雑な状況にあった。彼が所属していたのはウィーンの別のユダヤ人のグループ、つまりブダペスト‐ドイツ、プラハ‐ドイツといったきわめて特殊な言語空間からウィーンへやってきた、改宗したユダヤ人や混血のユダヤ人たちのグループであった（フロイト－ユングの往復書簡、すなわちレッシングとゲーテの「純粋性」に憧れているウィーン在住のユダヤ系ドイツ人と、自身のチューリッヒ方言に負い目をもつ生粋のドイツ人とのあいだの往復書簡は、こうした点から生ずる緊張関係に関する桁外れに豊かな資料である）。

そのうえフロイトが耳を傾け、分析した言語行為は、多かれ少なかれ有閑中産階級の、ウィーン－ユダヤ人中産階級の、そして女性の言語行為であったわけだが、それらが占める割合に関してわれわれは緊急かつさらなる統計的実証を必要としている。これらの——社会的、民族的、性的——要因はそれぞれ、深く多様な意味で言語に特化したものなのである。ライヒが指摘したように、フロイトが依拠した中産階級の言説習慣それ自体が、言語表現の全体的分布のなかの小さな、付随的要素にすぎない。ユダヤ人の言語世界はある点においてきわめて特異である。また、女性の「文法」は男性のそれと同じではない。

思うに、この歴史的特殊性がもたらす帰結はいまだに十分に把握されてはいないし、精神分析も、これほどまでに局所的な意味論的基盤の上に意味と行動の普遍的かつ規範的モデルを構築するということに内在する逆説に、全面的には向きあってはいないのである。

ジグムント・フロイトによる言語の理解と使用は、次に挙げる基本前提を成立させ、かつ具体化する。

（a）患者は高度に明瞭な発声表現をもつ。その発話抑制は、潜在的な豊富さのもつ発声抑制であり、病理なのである。患者は言語を浪費的かつ可能なかぎり膨張的に使用する（それは簡潔な戦術や文化とは明らかに異なっている）。

（b）患者による表出は多義的であり、垂直に構造化されている。患者は同一対象に対していくつかの言葉があるのを知っているし、また同一の言葉がいくつかの意味をもっていることも知っている。言葉と個々の形態素すらをも力動的な多重性をもってとりまいている暗示的意味、明示的意味、曖昧さの戯れに、たとえ閾下的なレベルにおいてのみであっても気づいているのである。冗談、地口、言葉遊び、言いまちがいは——これらはすべてフロイト的分析過程に不可欠である——この多重性の明らかなあらわれなのである。しかし、このような多義的な属性や断層はすべての自然言語にその一部として存在しているとはいえ、禁忌（タブー）や社会的方言が機能する領域や、それらが生起する歴史的、地域的範囲は、文化に固有なのである。分析資料のなかに隠された意味や警句のフロイトによる読解や、混成語や省略に対する彼の強調は、その歴史的最終段階にあった中央ヨーロッパ中産階級ユダヤ人の言語習慣や個人言語（イディオレクト）と切り離して考えることはできない。

（c）こうした言語習慣のなかで決定的なのは指示対象である。フロイトの患者たちはたんに能弁で多義的なだけではない。彼らはほんとうの意味で教養のある人たちなのである。彼らは本に親しんでおり、それを覚えている。その結果が、隠された言葉の反響、引喩、誤った引用のとくべつな濃密さである（そのもっとも有名な例が、一八九七年九月二十一日付のフリース宛の初期の手紙のなかの、「ぼくはハムレットのなかの成熟（ライプネス）に関する台詞を言いかえて、陽気さ（チアフルネス）こそすべてである、と言おう」というフロイト自身の言葉である。(2) そのときフロイトは「覚悟（レディネス）」という言葉を引こうとしたのであり、またじっさいのところ、彼が考えていたのは『ハムレット』ではなく『リア王』であったのだ）。フロイトが分析している夢は文学の夢であり、教養のある人々の夢なのである。フロイトにとって、言語に内在する生命はとくべつに古典的なもの――わたしが先に指摘した中央ヨーロッパ的遺産――で満たされているのである。分析は言葉にならないもの、文字に記されないものに依拠することはない（フロイトが精神病をあつかうことを拒んだ背景には、「混乱よりは不正を」選ぶと言ったゲーテの恐怖と同じぐらい深い、組織化されざるもの、意味論的に閉じられたものに対する恐怖があるのだ）。

つまり、フロイト的な言語‐証拠を生みだすのは自由連想法ではなく、たとえ深層のレベルであれ、ヨーロッパ文化史のきわめて特定の時点における、きわめて特定の環境のなかの発話と読書のコンテクストによって組織化された連想法なのである。その結果としての言語と意味のモデルは、それが内包する垂直性や「上からの」解読といった特徴も含めて、必然的にこの歴史の一部なのである。かくして、フロイトの解釈学は――精神分析はこの「理解の学問」の一分野でなくしてなんであろう――ふたつの源泉から自然にかつ十全に分岐してくる。それはタルムードの釈義、すなわち精神は文字のなかに隠れ、また文字を道具とするというユダヤ的考え方と、シュライエルマッハー、ディルタイ、そして精神の科学（Geisteswissenschaften）における彼らの後継者たちによるドイツ解釈学の伝統である（この英訳不可能な精神の科学という用語こそ、「厳密な精神の科学」という概念を明確に表現している。しかし、その厳密さは神経生理学の厳密さとはまったく同じものではなく、そのことがフロイトの全経歴を通じて、彼を引きつけると同時に困惑させた）。

現代の分析医が、フロイトの患者のように話す患者に出会うことがないのは、さして驚くに値しない。現代の男女はもはや、世紀の変わり目の中央ヨーロッパ人、中央ヨーロッパ系ユダヤ人、中央ヨーロッパ系ユダヤ人女性のように話すことはないのである。彼らはもはや古典を読まないし、ましてやそれを引用したり暗記することはない。われわれの夢の教養は根本的に変わってしまったのである。

フロイト後になされた大きな理論的前進とみなされることもある、一九五三年のジャック・ラカンによる論文[3]は、フロイトの言語的関わりの「局所性」という弱みを超克しようとする試みとして、解釈することができる。

ラカンは、精神分析は適切な言語学にその基盤を置かなければ、ほんとうの意味での基盤はもちえないと主張している。精神分析の概念とその経験的使用は「言語の領域のなかで」みずからを方向づけねばならないし、またいくつかの点で、現代の哲学（たとえばフレーゲ）、現代の言語学（たとえばソシュールとチョムスキー）、そして現代の人類学（ここでラカンが主として念頭に置いているのはレヴィ゠ストロース）による意味論的探究と歩調を合わせながら、それをなさねばならないのである。患者の言葉が精神分析的活動の唯一の媒体であることには、その活動が発見学習的なものであろうと、認識論的であろうと、治療的なものであろうと変わりはない。しかし、この発話を「自由連想」と呼ぶことは「滑稽な策略」であるとラカンは言う。論理学者、言語学者そして人類学者の場合と同様、分析医の仕事は患者の言説の深層にひそむ構造と抑制を発見することである。というのは、精神分析がもっと主張する科学的一般性と進化論的力動性が実証されうるのは、この観点からみた場合のみであるのだから。ここからラカンの「個を超越した具体的言説」という中心概念が生まれ、無意識はその空白と考えられる。つまり、無意識とは意識的発語の連続性を再構築するために患者が埋めねばならない空隙なのである。またここから、すでに大きな影響力をもつ彼の次のような主張が出てくる。すなわち、精神分析が注意を向ける生理学的条件は、「言語分析のうちに完全に解消される。なぜならば、症状それ自体が言語のように構造化されており、またそれは発話のかたちで明るみに出すことが必要な言語自体でもあるのだから」という主張である。

その帰結として、無意識は「構造化されている」ということになるし、また無意識は、変形生成文法の深層構造原理や人間の理解と活動のすべての社会的‐美的形式の根底には、二項対立による象徴的配列があるというレヴィ＝ストロース的モデルによってわれわれになじみ深くなった、まさにその意味での統語法をもっているのである。フロイトが彼の文化の発生論の基礎にした近親相姦の禁止は、人間精神の構造的な、文法的関係によって構成される機構を具現化する力である言語による名づけの力に先立つものと考えることはできない。ここからラカンは、精神分析の原型的な問題は主体における発話と言語の関係の問題であるという、厳密にソシュール的な定式化へと向かう。この関係の解明と治療的回復は、この象徴的体系を、すなわち無意識を形成し、発話の統語法のなかに翻訳されて現れる象徴生成過程を、理解できるかどうかにかかっているのである。

ラカンの戦略は二重である。彼は解釈学的垂直性という古典的フロイト的枠組みにより厳密（すなわち抽象的で記号論理学的に形式的）かつより普遍的な基盤を与えようとする。彼は高度に組織化された精神の「空間」あるいは空間性を推定することによって、神経生理学の場という、フロイトにとって必要不可欠であったものを、はるかに厳格で洗練された基盤の上で回復するのである（レヴィ＝ストロースがすべての二項対立コードにおける脳の半球の分割の決定的役割を示唆するとき、彼は同様のことを推論しているのである）。ラカンは同時に、人類学――フロイトは、彼の証拠のまさにその局所性にもとづいてなされたマリノフスキー的異議申し立てには答えなかった（これは痛手であった）――とユングに対して失われた基盤を取り戻そうとした。言語の概念を、象徴作用全般を含むと同時に、そこに根ざしたものでもあるとして拡張してしまった結果、ラカンは、「コード化されて」いるけれども、しかしフロイトの言う意味ではかならずしも言語的ではない象徴形式の存在をしかるべく許したのである。それゆえ、「意味論的なものあるいは記号論的なもの」に関するラカンの概念は、フロイトのそれよりも難解であり、柔軟なのである。

わたしは別のところで、チョムスキーの場合と同様、ラカンの枠組みの基盤となっている「深層構造」の概念に対して、実質的な反対意見を述べたことがある。[4] わたしは、この推論の厳密さは証明を欠いているか、さもなければ形式的に些細なレベルであるということ、そしてラカンの用いる用語は、それ自体がきわめて不透明な、隠された隠喩であるということを示唆しようと試みたのである（すなわち、彼が記憶のかわりに資料館（アルシーヴ）という語を用いたり、エクリチュールという流行の概念をさまざまな意味で使用したり、分析医としての時間を終えるときに「句読点」と言ったりする場合等々のことである）。しかしながら、ラカンが精神分析は応用言語学であると述べたり、彼がこの応用に、フロイトの原資料におけるよりもはるかに多くの対象指示の次元を付け加えようと試みるとき、彼は絶対的に正しいとわたしは信じる。さらに、無意識は関係的に構造化されているという提案、また無意識と意識的な感情や発話とのつながりを決定あるいは重層決定するのはまさにこの建築物であるという提案は、最良の意味で生産的なものだとわたしには思われる。だがそれには、「構造」とか「関係」といった概念に含まれている意味ありげな隠喩の部分を認識できればという条件がつくのであるが。

こうした傍注は言語と精神分析の解きがたい絡みあいを指摘するのに役立つにちがいない。しかし、もうひとつの、「外側」からのアプローチも考慮するに値するだろう。

「情報理論」と心理言語学、社会言語学の多くは、必然的に公的で外的な発話と関係をもっている。その暗黙のパラダイムは発信源‐伝達‐受信者というものである。しかし、知ってのとおり、「話された言葉」は言説全体のほんの一部をなすにすぎない。たとえ統計的基盤に立ったとしても、内的発話、すなわちわれわれが自分自身に向ける、あるいは思考と夢の絶えざる波動を構成する言語の流れのほうが、意味論的全体のはるかに大きな部分を占めていると言ってよいだろう。この内的発話環境の遍在性にもかかわらず、その発達過程やその文法的、語彙的な形式の細部に関しては、多くのことが知られているわけではない。もしも初期のピアジェが正しければ、内的発話は声による公的発話に先立っており、最初の「内閉性」から「自己中心性」を通って徐々に外的世界の理解とそれに対する反応へと進むのである。別の見解をもつヴィゴツキーは、内的言語は外的言説からの比較的後の借用であり、その発生論は個人が敵対的もしくは「反応を示さない」現実を発見することと関係がある、と示唆している(3)。この議論はいまだに解決をみてはいない。しかし、情報に関わる社会的機能をともなう外的発声と、それと大きく異なる内的言説の反事実的、虚構的性格とのあいだに、発達過程の最初から大きな差異がないのかどうかを問うことには意味があるだろう。社会学的次元にもまた問題がある。十八世紀の観察者たちは、真の内的発話は学識ある人間の特質であり、無知な人々は独り言を言う場合にも唇を動かすと主張している。

言語障害の研究と精神分析が示しているように、内省としての内的発話は非常に根の深いものになりうる。それは個人的経験のすべての相と関係している。しかし、「声にならざる言語」が支配的な機能をふるっている領域も数多く存在しているのである。

宗教的感情や儀式の多くは、祈禱、招詞、嘆願、克己、あるいは悔悟の精査などのかたちで言語的に内在化されている。神に話しかけるときだけ、ひとは「独白で語りあう」ことができるのである。この逆説的な修辞様式がある存在を要請する。すなわち、沈黙それ自体が伝達行為を否定することなく、むしろ独白から弁証法的構造をつくりだすことによって、伝達行為を裏づけるような存在を要請するのである。サン＝シモン（公爵ルイ）は彼の『回想録』に、絶対的な王のみが声を出して独白することができるのだが、彼の本質たる孤立性はかくも絶大であるので、彼の声を偶然に洩れ聞く者は真の存在をもたないのだと記している。この意見は、いわく精妙であると同時に示唆的でもある。凡人は心のなかで独白をしなければならないし、また祈禱の過程で沈黙のうちに関わりあうのは至高の王〔神〕なのである。

性は内的発話が大きな役割を果たすさらにもうひとつの領域である。自己喚起と満足感が語られざる言語資料の強力な流れを生みだす。現実の性的経験はしばしば、前もって言語的にプログラム化され、予表されている。性交それ自体にも、外的な声の調子や行動といった表層を覆す力をもつ暗黙の注釈が伴っている。猥褻性は社会的に容認された発話の禁忌の境界線の下に広がる豊かな世界を主導してきた。

しかし、精神の深みがいかなるものであれ、内的言語も歴史的変化の影響を受ける。つまり、もっと正確にいうなら、外的言語と内的言語のあいだにある釣り合いや強さの関係は、そうした変化の影響にさらされるのである[6]。

われわれがもっているすべての証拠によれば、内的に言語化される宗教的内容は、西欧文化においては確実に、急激な減少を示している。われわれの知るところによれば、十四世紀から十八世紀初頭にいたる日記や瞑想に関する文献、自己省察と悔悟のための手引き書や実践法、典礼の実践に関わる手引き書といったものは、今日ではおぼろげな概念としてしか残っていない、語られざる言説の豊かさと規律ある存在を示している。十七世紀の信仰者は（この時代の文献はとくに内容豊かである）神と自己に関する理路整然とした瞑想に時を費やしたのである。彼の言説の内的な流れは明確な焦点をもっていた。それは白昼夢的なきれぎれの論理ではなく、分析的議論と討論の厳密さをもっていた。われわれの文化がその大部分を失ってしまった沈黙と訓練された記憶に支えられて、デカルト的あるいはパスカル的な内的独白の話し手は、その明晰さと識閾への探究を推し進めたのである。

それと相関する性愛的発話の領域の変容も同様に著しいものであった。それは「すべてを言う」ための最新の摂理なのである。つまり、以前はとくに「上流の」階級に関するかぎり、沈黙の発話あるいは究極の私的な生活に属するものとされた特殊な表現様式を、外在化させたり公表したりするための流通制度なのである。どのような言葉や言いまわしが、公然と、舞台上で、活字の上で使用することを今日において禁じられているだろうか。このふたつのもの——宗教的言語、性的言語とそれらの内面性——の価値の下落は明らかに関連しあっている。これらの現象はともに内的媒体のほとんどプログラム化された「衰退」につながっている。じっさい、わたしは近代性（モダニティ）のもっとも重要な側面を、内的言語の減少とそれにともなう公の言語化の、あるいは語の完全な意味での「公然性」の膨張という見地から定義したくなるのである。

　精神分析はこれまではその受益者であったが、いまやこの変化の作用因となっている。精神分析は、ヨーロッパの感受性の歴史のなかで徹底的な内省と自己審問の技術が衰退してしまった、まさにその時点に生まれたのである。精神分析は、その濃厚な神話性にもかかわらず、私的な瞑想から告解のもつメタレベルの私生活にいたる内省的‐説明的規律の全領域に対する世俗的な代用物を提供した。精神分析医は、かつては内的発話の領域であったものを外的に言語化することへの制度的認可を与えたのである。複雑な動機から――そこにはピューリタン的自己浄化の実践の初期における隆盛から後の崩壊といった現象ばかりでなく、異なった民族的、社会的集団をできるだけ速やかに統合しようという努力も含まれるが――アメリカ文明は、内的発話から外的発話への大きな転換を経験したのである。それゆえ、アメリカにおける精神分析の運命がもっともめざましいものであったことは偶然ではない。精神分析は方向づけされた外在化の技術なのである。文明化された存在という抑制‐理想に対するフロイト自身の禁欲的な傾倒がどのようなものであれ、精神分析が「明確な言語化」に対して与えた積極的な評価は圧倒的なものである。精神分析はその治療的な目的として内的活力を有効に再編成することを要求するが、その過程によって、内的語法と内的充実のもつ自律的エネルギーを侵食してゆくのである。秘密が除去され、公表された後にはある種の不吉な空虚さが残るということを思いだすのに、わざわざキルケゴールをもちだす必要もないだろう。

　もちろん、フロイトが実現した精神の解放感は計り知れない。フロイトの後に成長するということは、不必要な恐怖、偽善、偶像崇拝という お化けの群れから解放されることである。精神分析が、もしそれがなければ自暴自棄に陥ったであろう多くの人々に自尊心を取り戻させ、また程度の差こそあれ社会的に有用だという感覚をも取り戻させたことには疑問の余地はない(もっとも、じっさいのところ、精神分析による「治療」という概念は不確かなものであるが)。しかし、この解放と外在化の一般的な動き——この解放はそのほんの一部でしかない——のために支払った代価はほとんど考慮されていない。

一貫した言説によって構成されていた内的空間に生じた「空位」(この古めかしい語に代わる語を見つけるのはむずかしい)は、基本的な安定性に変動をもたらした。自分自身を空虚にしたわれわれは、抑圧のもとでバランスを失う(特徴的なことに、アメリカの家庭はすべての来客に対して開放されているし、あるいはごく最近まではそうであった)。すべてを口にすることでわれわれの意思伝達の媒体は、語る内容が乏しくなっている。すべてを聞くことで、われわれの聴力は鈍くなっている。現代の精神分析は、内的感受性の繊細さ、沈黙と(ほぼ)自閉症の深い次元を通して得られる知覚の細心の識別力——十字架の聖ヨハネ、パスカル、そしてアミエルといった近代の聞き手においてさえも、彼らの自己への沈潜を可能にしたのはこれらである——に対してなにを与えるのであろうか。海底深くに生息する、常軌を逸した形状のほとんど怪物のような生き物たちがいる。海面に連れてこられると、それらは破裂したり震えたりして、生命のない物質になってしまう。精神分析が内的言語の形成に関わる生理学や内的言語のなかの致命的な癌細胞を、公然たる発話に変えて日のもとにさらすとき、同様のことがしばしば起こるのである。

そこに含まれる内的陳述の強靭さがたいへんに御しがたく、それと同時にはっきりと聞きとれるという理由で翻訳不可能なひとつの詩のなかで、ヘルダーリンは騒音や同語反復と区別される真の発話は沈黙に向かうときのみ可能であると語っている。それをパラフレーズするのは間抜けた行為ではあるが、しかし、彼はわれわれに「回帰」に関する、人間の言葉のその内的な根源への「帰郷」に関する、発話と語られざるもののあいだの複雑な均衡に関する絶対的に中心的ななにかについて教えているように思われる。ヘルダーリンのプログラムと精神分析のそれは必然的に矛盾する。ヘルダーリンが陥った、あるいは彼が身に受けた「精神錯乱」――より正しく意味を伝えてくれる語は、夜で囲むこと（ウムナハトゥング）(Umnachtung) である――は（このような場合、われわれの病因論はまったく素朴なものであるが）疑いなく関連性がある。しかし、それはどのような仕方であるのだろうか。

注

（1）「詩人と空想」について論じている複雑で曖昧性のある Freud, 'Creative Writers and Day-dreaming'（1908）〔『フロイト全集』第九巻所収、岩波書店〕を参照。

（2）S. Freud, *The Origin of Psycho-Analysis. Letters to Wilhelm Fliess, Drafts and Notes: 1887-1902*（London, 1954）.〔フリースへの手紙は以下に邦訳がある。『フロイト　フリースへの手紙――一八八七―一九〇四』河田晃訳、誠信書房、二〇〇一年〕

（3）J. M. Lacan, 'Fonction et champ de la parole et du langage en psychanalyse', *Psychanalyse* 1（1956）, 81-166.〔ジャック・ラカン「精神分析における言葉と言語活動の機能と領野」竹内迪也訳、『エクリ I』弘文堂、一九七二年、所収〕

（4）G. Steiner, *Extraterritorial*（London and New York, 1971）; *After Babel*（London and New York, 1975）.〔ジョー

ジ・スタイナー『脱領域の知性』由良君美訳、河出書房新社、一九八一年、および『バベルの後に』亀山健吉訳、全二巻、法政大学出版局、一九九九年（上巻）、二〇〇九年（下巻）〕

（5） L. S. Vygotsky, *Thought and Language* (Cambridge, Mass., 1934, 1962).〔L・S・ヴィゴツキー『思考と言語』柴田義松訳、新訳版、新読書社、二〇〇一年〕

（6） このことは次章で論じる。

Ⅳ　言説の流通

レヴィ＝ストロースと他の人類学者は、多弁で言語を浪費する文化と、言語を節約し言語を退蔵する文化があると推測している。この仮説を立証することはほとんど不可能である。しかし、その証明への障害は、その明白さにもかかわらず、この言語という不透明な素材の諸概念とその合成物の重要性を指し示している。どのようにしたら定量化のために、ある社会におけるある時点の、発話と言語コミュニケーションと言語的手段による発話行為の総量を測ることができるのだろうか。二十四時間中に複数の人間のあいだで「発話単位」あるいは「社会的‐意味論的な集合体」として交わされる発話や言説の総量とはなんであろうか。特定の時間と場所におけるすべての発話音声を記録できる音響的な図表作成装置が開発されたと想像してみよう（電話のメッセージの流れにおける時間的な変量を研究するために、そのような装置がじっさいに用いられている）。数字として出る結果になんらかの意味があるのだろうか。社会階級、男女間におけるめだった言葉の消費と保存の相違、異なった年齢

1978

集団にみられるような言語的投資と産出の張尻の違いといった、考慮に値する比較のポイントもあるだろう。それは解釈に関する微妙な問題を提起するであろうにもかかわらず（標準的な発話習慣を代表するものとしてある特定の時と場所を選びだすことができるだろうか。また、より基本的な単音節を多用する語法習慣と比較して、多義的で高度に発達した引喩的な語法の示差的な重みを調整するために、発話曲線に対してどのような補正値と定数を導入すればよいのであろうか、等々）、やってみるだけの価値がある証拠が出てくるであろう。だが、もっとも洗練されたデータ収集の方法をもってしても、言語事象の統計と流通分析はきわめて不完全なものとなるだろう。もっとも精密な電子的手段を導入しても、たんに外的な発話を記録し、図表化するのにとどまるだろう。

L・S・ヴィゴツキーという例外を除いて（彼の研究は幼児における言語能力の発生に本質的に関わっている）、言語学者たちは内的発話の形式的特徴、統計的な量、心理学的経済や社会的な細部にほとんど注意を払ってはいない。どれくらいの頻度で、どのような語彙的、文法的、意味論的な範疇と制限のもとで、そして（多国語に通じている人の場合には）どの言語で、われわれは自分自身に語りかけるのであろうか。多少なりとも唇の動きが付随する独白の様式と、少なくとも観察可能なレベルではそのような動きをともなわない独白の様式のあいだには、なにか意味深い区別はあるのだろうか。こうした問題を提起するだけでも、内的発話は言語理論と精神言語学的、社会言語学的実証主義にとって未踏の領域であることが理解できる。競合する言語理論と実験的なデータの欠如が、まさにフロイトとラカンの精神分析的言語モデルに対して、新しい考察をすべききわめて重要な領域をもたらしたのである。人間の発話の性質と発展過程に関する考察、意味論的全体性の理論的－統計的説明は次のような前提、すなわちすべての「発語的動作（ロキューショナリー）」の大部分は、つまり発声されようとされまいと言語化への志向性の大部分は内面化されているという前提から出発することができるだろう。この前提が多くの実りある問いへとつながることになる。

作業はまず発生論と動機づけの領域から始まる（このふたつは分離不可能である）。言語の起源に関する神話的、科学的推論の大部分は、個人間の伝達という公理を無批判的に立てる。ヘシオドスにおいてであれ、フンボルトあるいはJ・モノーにおいてであれ、人間の言葉の進化は個人をこえた社会的行動に相伴い、それによって生みだされ、あるいは逆に人間の言葉が社会的行動を生みだすのだという、暗黙のあるいは明言された前提をわれわれは見いだすのである。発話を通じて人間は相互に意志を伝達するし、またそのような伝達は社会的な、高度の行動にとって不可欠な条件であり、またその原動力なのである。皮質における機能と容積のあいだにあるような相互作用をともなうこの言葉への進化が、ヒトの人間性と有機体階層中の卓越した地位を確立するのである。かくして言語の発達は、ダーウィンの言う意味での、環境順応を助けた最高の利点であったのである。人間の話し手のあいだの言葉の交換は、自然の状態におけるよりも力強く力動的な情報環境をつくりあげる。じっさい、われわれは近年「情報熱力学（インフォメーショナル・サーモダイナミクス）」の概念の発展をみているし、そこでは遺伝子コードのアルファベット、語法、句読点からもっとも複雑な言語形式にいたるすべての相似物も含めて、情報量の「ビット」がエネルギーの基本単位となっている。(1) ここでもまた根底にある公理あるいはモデルは、分節化されたエネルギーは外に向かうという、社会性をおびたものである。

だが、かならずしもそうであるとはかぎらない。適者生存の力学が早い時期における内向的で個人の内部に向けられる語りかけの発達をもたらすような、進化のシナリオを想像することだって可能である。ヤコブと天使にみられるような相互の名づけ合いの神話、オイディプスにみられるような自己同定と名指しの試練（思うに、このふたつは同じモチーフの変異体である）は、ひとつの疑わしいものを、個の同一性という作業概念へと向かう、至福千年のように繰り延べられてゆく発展と努力を指し示しているように思われる（統合失調症において、そして数多くの二重人格の病理学においては、この概念はふたたび覆され、退行を余儀なくされる）。自己を他者から、また「わたし」を「あなた」から載然と分離することは、弁証法的な相互作用をともなうため、困難で達成に時間を要する作業となろう。自律性は相互性と区別される。たんなる反響と区別される他者との意味論的な交換が成立するためには、統一性をもった起源が決定されなければならない。そのような決定性は、他者との言語的な出会いの以前に、あるいはそのあいだに、あるいはその後に、自己への語りかけによって裏書きされるのだろう。幼児や老人にみられる自分自身への、あるいは一見対象をもたないおしゃべりは、語りかけの根源的パターンの反復であるのかもしれない。全般にわたるその因果関係と条件を想定してみることもできる。われわれが自分自身に話しかけるのは、際限のないさまざまな外的、肉体的刺激（希望、恐怖、自己懲罰、自己奨励）への反応である。われわれが自分自身に話しかけるのは、他人に話しかけないようにするためである（抑えがたい秘密を物言わぬ井戸や岩かげに向かってささやくという遍在するおとぎ話のモチーフはこのことと関連するメカニズムを描いているのだ）。われわれが自分自身に話しかけるのは、自分自身の存在性をつなぎとめるため、脅かされたとらえがたい自己の意味を基礎づけるためである（暗闇のなかでの、あるいは衝撃を受けたときの独白）。われわれが自分自身に話しかけるのは、経験によって習得したことを蓄え、貯蔵し、その明細目録をつくるためである（どの程度まで記憶の進化と鋭さは、少なくともその初期の段階では、自己への語りかけの、分節化された意味の文字どおりの蓄積の歴史であるのだろうか。ルネサンスの記憶術は修辞学の一分野となっている）。われわれは言語ゲームに参加しているときに自分自身に話しかけるのである。少なくとも、子どもや「自動発話」や詩（詩は最初は内面に向かって話される）を特徴づける多岐にわたる中立的な――つまり功利主義的でなく焦点をもたない――様式の音声的、語彙的、統語的な実験と変形においてはそうである。これら一連の動機と機会は、それぞれ自我の起源と維持という点において複雑な機能を有しているのである。進化論的見地から言うなら、内的発話は、おそらく神経生理学的分節手段の発達の遅さと関係したある種の準備段階として、外的発声に先立っていたのだろう。さらにその両者は必然的な相関物として発達したのだろう。さらに内的発話は、自己同一性と存在の私的空間にとって絶対的に必要な防護装置として公の発話の後にやってきたのかもしれない（この点に関してはまた後でふれる）。進化論的な前後関係と相互作用の複雑さがどうあれ、内的言語行為は外的‐社会的言語行為と同じくらい重要であるし、それが言説の流通全体のなかでより濃密で統計的により広範囲な部分を占めている可能性もきわめて大きいのである。

この分極化を個人の成長のうちに跡づけることはできるのだろうか。この点に関するもっとも刺激的な議論はヴィゴツキー[2]とピアジェのあいだに交わされたものであり、ピアジェは一九三六年にヴィゴツキーの批判に答えている。ヴィゴツキーは個体の発達において思考と言葉が別な起源をもっていると考えている。彼は子どもの言語的発達において前‐知的な段階があること、そしてそれに対応するように、思考の発達において前‐言語的な段階があることを発見した。ある時点まではこのふたつは、別々の独立した過程をたどる。このふたつが交わるとき、思考は言語化され、言語は合理的となる。ワトソン[3]と異なり、ヴィゴツキーは外的発話の聞こえる量が増えるのに応じて内的発話がいわば機械的に漸減していくという説には証拠はない（子どもは三、四歳でようやくささやき声を使うようになる）と考えた。それにかわって彼は、外的発話、自己中心的発話、内的発話へと発展する三段階モデルを提案した。内的発話においては「外的作用が内面に向けられ、その過程で大きな変化をこうむる。子どもは頭のなかで数を数え、「論理的記憶」を使い始める。すなわち、内在的関係と内的記号を使い始めるのである。発話の発達において、これが内的な、外声のない発話の最終段階である」。この発達は必然的に外的要因に依存している。内的発話の基礎となる論理は、言語の社会的な側面と機能を子どもが探求することを通じて発達するのである。ここから、「言語による思考は生得的で自然な行動形式ではなく、歴史的‐文化的過程によって決定されており、自然な形式、思考、言語のなかには見いだせない特殊な属性、法則をもっている」というヴィゴツキーの結論が出てくる。ヴィゴツキーの論ずるところによれば、すべてのわれわれの観察は、

内的発話が自動的発話機能であることを示している。われわれはそれを確信をもって言語による思考の次元と区別して考えることができる。内的発話から外的発話への移行が、ある言語から別な言語へのたんなる移行ではないのは明らかである。それは無言の発話のたんなる発声というかたちで

は達成できはしない。それは内的発話の叙述的、特殊語法的な構造の、他人に理解可能な統語的に分節化された発話への変形を含む、複雑で力動的な過程なのである。

かくして、内的発話は外的発話の内的側面ではなくなる。ヴィゴツキーによれば、そこでは言葉は思考を生みだすにつれて消え去ってしまう。それは「純粋な意味における思考である。それは、言語と思考という多少なりとも安定し、多少なりとも強固に定められた言語による思考のふたつの構成要素のあいだを揺れ動く力動的で変化に富む不安定なものなのである」。そのはるか下に「思考そのもの」の次元が存在している。結論部分でヴィゴツキーは、いまだに系統立てられていない「内的発話の歴史理論」の必要性を主張している。

前言語的、前言語学的、あるいは言語学外的「思考」に対する方法論的にも証拠に関しても弱点の多い力点を含むヴィゴツキーのパラダイムを全面的に受け入れる必要はないが、内的発話に対する彼の並外れた関心と「内的発話の歴史理論」の概念の重要性の価値は評価に値するものである。本稿はそのような理論に対する暫定的かつ初歩的な貢献を意図している。ここではヴィゴツキーの「思考」と「言語」からなる二項図式が提起する実質的、用語法的問題はあつかわない。ここではすべての内面化された陳述の動きを意味し、また含むものとして「内的発話」、声に出さない独白、無言の独り言をとりあげる——たとえそれが外への発声のたんなる抑圧からくるものであれ（「わたしは声に出して言いたくないこと、あるいはあえて言わないことを自分自身に話している」）、無意識的、「前‐言語的」出所をもつものであれ。本論が強調しようとするのは、内的発話現象に対する歴史性の概念の適用なのである。

それはすなわち、もしわれわれが言語の歴史を、つまり人間の言葉の通時的な形態論を構成する語彙的、文法的諸特徴の歴史をもつとしても、われわれは発話の歴史はもっていないのだということに気づくことを意味する。われわれは歴史的社会における発話の慣習と習慣の起源、制度化、変形については、そのような慣習と習慣が書記言語によってコード化されているきわめて特殊な場合を除いては、ほとんどなにも知らない（言語の書記形態がどの程度までそれをとりまく発話環境をコード化するのかというむずかしい問題は、いまは措くとしても）。特定の歴史的時間と場所における男女が、分節化された言語コミュニケーションの領域に属するとみなしていたものはなんであるのか、神秘的啓示から社会的禁忌にいたるさまざまな理由で彼らが「表現不可能」とみなしていたものはなんであるのかをわれわれは知りえないし、また知りうるとしてもそれは書かれたテクストという歪んだ鏡を通してでしかない。なにを話してよく、なにを話してはならなかったのか。われわれがふたつの共同体や時代を比較しようとする場合、それぞれにみられる言葉の浪費や倹約からわれわれはなにを推測できるのか。古代地中海世界においてはギリシャ人は多弁だというのが通り相場であった。ローマ人は簡潔な発話様式を育み寡黙を重んじたといわれている（だが、この話の出典のほとんどがローマ人によって書かれているというまさにその理由でこの話は疑わしいといえるかもしれない）。この対照的な証拠にどういう価値があるのか、またそこから粗雑なかたちにせよなんらかの定量化が可能となるのか（ギリシャの住居や市場においてはローマの家庭や広場においてよりも正確にどれだけ多くの言葉が「流れでて」いたのだろう）。例証のためにこの点にこだわってみよう。この包括的な報告が正しいと仮定して、性別、年齢、社会階級の区別に伴う差といった決定的な現象はどうなるのだろう。あるギリシャの女性たちは——彼女たちの何人かについての文学的、社会的記録が残されている——雄弁で世に知られていた。それとは対照的に、ローマ的な慣例はシェイクスピアの劇中のヴァージリアに対するコリオレーナスのあいさつのうちに、具体的に表現されている。「やあ、わたしの愛しい沈黙よ」。しかし、最近の研究によれば、アテネと比較した場合、ローマでは女性がより強力でより明確な役割を果たす——経済的、家庭的、さらには宗教的な——重要な活動領域が存在したらしいし、ユウェナリスの第六諷刺も、帝都における女性の静かさを指摘しているようにはみえない（われわれは同一社会内の異なった世代、異なった社会、異なった共同体が日常生活をおこなうさいの雑音レベルや声量デシベルの歴史をもってはいない）。子どもに関してはどうであったのだろうか。体験録、回想録、旅行記がこのテーマに関して多くの証拠を提供してくれる。われわれは子どもが早くたくさん話すよう励まされ、子どもの片言が大人の満足と喜びの源となるような社会について聞き知っている。別の時代や社会（ルター派の牧師館やヴィクトリア朝の富裕階級宅）は子どものおしゃべりや声に対して抑圧的であるという特徴をもっていた。そこでは大人が子どもに話すことを許可しても、返ってくるのは極端に少ない返事か沈黙なのである。シャトーブリアンの回想録は、子どもや青年さえも、午後遅くから就寝時間にかけて、両親の祝福や就寝許可に対する短い返事以外は厳しい沈黙を守らねばならない先祖返り的な封建的環境について語っている。これらの説明はどの程度の時間的、地理的根拠を含んでいるのだろうか。召使たちの部屋ではどうだったのであろうか。言説の生産と流通の統計学が社会的な決定因をもっているのはきわめて明らかである。問題の性質上、言語的行為に関するほとんどすべての書かれた記録は、教育のある人々、特権的な人々によるものである。「歴史」は人類の圧倒的多数を沈黙させてしまった。しかし、少なくともひとつの基本的な分野、性に関わる発話の分野においては、教育も特権ももたない社会階級が、都会においても田舎においても、中‐上流階級においては完全に禁じられていた通俗的表現の自由さと豊かさを知っていたということを、われわれがもつすべての証拠は強く示唆している。言語における性にまつわる禁忌は、階級に縛られている。言語消費の寡黙な表層という理想の下には、派手に浪費される隠語群が存在するのかもしれない。それとは対照的に、語彙的、文法的、意味論的手段において巨大な資産をもつことを示唆するような文学的業績をもちながらも、そのじつ、分節化されざるものと沈黙にその基礎を置いている時代と社会があるかもしれないのである。エリザベス朝のエリートやフランス十八世紀の社交界とそれに対する地方の大衆とのあいだに存在した分節化における対照性とはなんだったのか。セルバンテスとゴンゴラの時代にカスティリアの農民たちが手に入れることのできた平均的語彙と統語的領域とはなんだったのか。

さらに変化の因果関係は、ひとつの文化の「発語の総体」に影響を与える変形の作因は、なんであろうか。要因の複雑さと証拠の不確実性はあまりに大きいので、問題をうまく定式化することすらできないほどである。発話が人間の行為のなかでもっとも不変かつ普遍的なもののひとつであるのと同じくらいに、それは生物学的、社会的環境（このふたつを切り離すのはおそらく間違いであろう）による変異をもっとも受けやすいもののひとつである。暗さと沈黙、それに多弁と明るさのあいだには複雑で根深い近接性が存在している。人間の営為における大きな変容は、暗闇で過ごす時間と光のなかで過ごす時間とのあいだの均衡の変化によってもたらされた。社会史家によって見過ごされていることだが、大多数の人間はその人生の大部分を、日没から朝までのあいだのさまざまに移り変わる暗がりのなかで過ごしてきたのである。旧石器時代の暖炉から、夜を文字どおり「もうひとつの昼」に変えてしまう現代の大都市のネオンにいたるまで、人工照明の歴史は意識そのものの歴史と不可分である。いったいどのようなかたちで言語的変化の慣習とその統計は、人間存在の光に照らされた部分の人為的増大によって変化をこうむったのであろうか。これと相関する問題であるが、どのような点で開放的-集合的空間から閉鎖的で個人的でさえある部屋にいたる居住環境の進化は――この進化自体が気候的、経済的、性的、イデオロギー的変異を免れないのだが――言説の機会、臨界量、総量、文体に影響を与えたのであろうか。

これら、および一連の同様の問題はフランスの歴史家たちが心性史と呼んでいるものと関連がある。リュシアン・フェーヴルによる十六世紀の感性における匂いの意味の探求や、ある共同体と宗教的-経済的環境における死者の追想と記念祭に対する態度の変化を跡づけようとしたミシェル・ヴォヴェルの試みは心性史の先駆的業績である。そのような探求の主要な道具であるがゆえに、言語テクストと口頭伝承から採取した資料は、しばしば自明の定数であると考えられてきた。じっさいは、言語の様態はその次元、形式、流通において、言語によって具象化される人間の経験や概念に関するデータと同様に変化するものなのである。このことが外的発話にあてはまるならば、それは内的な、内面に向けられる発話にも同様にあてはまる。すなわち、自己への語りかけの現象学はそれ自体歴史的なのである。もしも異なった文化、社会階級、性、年齢層、時代において発声された発話行為が遺伝と環境（遺伝は環境で*ある*）の圧力下で変化するのなら、発声されざるもの、内面化されたもの、自閉的なものも同様に変化する。ヴィゴツキーによって求められた「内的発話の歴史理論」以上にわれわれにとって必要なことは、そのような理論が対象とする素材はなんであるのかを考えることである。

本稿は、十七世紀から現在にいたる西洋社会の教育を受けた階層に起こったと思われる、外的言語形式と内面化された言語形式との相関的な密度と傾向における急激な変化に関する一連の考察の端緒となることをもくろんでいる。この考察は、あるジャンルの書きものは内的言説とはとくべつな関係をもっていて、それがその冗長さに正当な理由を与えるという批判的仮説から出発する。この仮説についてはは別な機会に詳細に吟味するのが有益であろう。

個人による言語の生成と放出は、権力関係や、社会的単位における慣習的かつ偶発的なヒエラルキーを成立させかつ反映する。古典時代の中-上流階級における権力の配列は、年齢、性、社会的地位の優越と明らかに一致していた。言葉によっておこなわれる通過儀礼は、審問的であれ、規定的であれ、陳述的であれ、女性と区別された男性、子どもと区別された親、召使と区別された主人の当然の特権であったように思われる（まさにこの最後のコードの逆転が、モリエールによる弁説さわやかで有無を言わさぬ召使ととぎれとぎれにしゃべる主人の描写における喜劇的で挑発的な要素を生み出しているのである）。言葉の通貨は家族単位のなかで、主として年長の男性の存在によって鋳造され、発行されたのである。詩、善行の手引き書、教訓的テクストに繰り返してみられる「よき女性」の静かな声の理想化は、男性の特権化された声高さのひとつの指標である。逆に女性たちは仲間うち、男性の耳に届かぬところで文字どおりあからさまな言葉の浪費をしているのではないかという疑念が、一般に広くもたれ、劇や風刺詩や道徳教本のなかでも表明されていたことを、資料で証拠づけることができる。このシナリオは性差と環境による強力な分極化のひとつである。言葉の貯蔵庫、言語化のさいに利用される資源は、さまざまな家族的状況において本質的に父親としての男性の手中にある。女性たちが仲間うちで内密に会話するときには、その貯蔵庫からいわば言葉が盗みだされ、浪費されるのである。十七世紀に登場したサロンはまさにひとつの中立地帯を画定した。そこでは男性と選ばれた女性（しかし、そうした選別は、それが青鞜、フロンド派、「解放された」女性を指すという点で曖昧さをもっている）は、言葉による扇動と応答に対し、男性と同等の権利を主張し、それを行使することができた。『じゃじゃ馬ならし』の四幕三場でカタリーナが次のように言うとき、彼女はその権利に強く訴えかけているのである。

なんですって、私には言う権利がありますわ。
ええ、言いますとも。子供じゃないのよ。赤ん坊でもないわ。
あなたよりもいい身分の人たちだって、私には言いたいことを言わせてくれたわ。
聞きたくないのなら耳を押さえていればいい。
私の舌は心の中の怒りを口にするのです。
さもなければ怒りを秘めた胸が破裂しちゃうわ。
そうなるくらいなら自由にしゃべるほうがいいわ。

ええ、思う存分しゃべりますとも。

ここには女性に対する権利の制限が活写されている。家族的‐社会的優越性に関する古典的秩序においては、女性に許される唯一の自由はまさにしゃべることだけだったのである。しかし、シェイクスピアでさえも、パウロの手紙にまでさかのぼる言葉に対する相互的権利の重視という見地から、カタリーナの最終的な降伏の言葉を正当なものとしているようにみえる。そしてこの降伏の言葉はふたたび言葉の弁証法を強調する。

さあ、さあ、怒りっぽい弱虫さんたち。
私の心もあなた方同様、思いあがっていたわ。
考え方も同じように思いあがっていて、
言葉には言葉を、怒りには怒りを返していましたけれど、
でも気づいたんです。私たちの槍は藁しべ同然……。

シェイクスピアの同時代人ベン・ジョンソンは『物言わぬ女』のなかで、性的な自制心のなさと言葉に対する抑制のなさを強烈なかたちで結合してみせている。「彼女（あいつ）は水道管のようなもんさ。もう一度口が開けば前よりも勢いよく噴きだすだろうよ」

明白なのは、女性のもつ言葉のエネルギーが男性から押しつけられた礼儀作法の規範によって圧縮

されているという一般的な意識である。そのような圧縮はなんらかのかたちで解放されることで埋めあわされ、均衡を取り戻すのである（「さもなければ怒りを秘めた胸が破裂しちゃうわ」）。それゆえ女性、とくに十六、七世紀から十八世紀後半に家族間階層の旧体制が部分的に崩壊するまで、教育ある女性の人生における発話の総体が、声に出された発話とさまざまな様式の自己への語りかけのあいだで不均当に分割されていたであろうことはほぼ間違いない。男たちが疑い、諷刺したように、自分たちのあいだで過剰に言葉を消費すること以外に、女性たちは必然的に自己への語りかけを惜しみなくおこなっていたのである。しかし、彼女たちは発声されざる雄弁の第二の道具も利用していた。手紙である。ここでもまた統計は大ざっぱで推測的なものとなるか、あるいはまったく役に立たないかのどちらかとなる。しかし証言、回想録、そして上品さと礼儀作法に関する教育と教科書が手紙の技法に認めていた重要性などの証拠と、現在残っているじっさいの書簡を照合するなら、女性の識字率が向上した十六世紀後半から第一次世界大戦に先立つ時期までのあいだに、手紙の「黄金時代」があったことがわかる。そして手紙のやりとりという総体のなかで、女性の役割が大きかったことは確実なのである。個人的な手紙のなかで女性たちは、社会全体の政治的、社会的、心理的に行動する準備と、それを容認する姿勢をかなり顕著に示している。個人用の書きもの机は、セヴィニエ夫人の人生においてであろうとジェイン・オースティンの小説の女性登場人物の人生においてであろうと、女性にとっての言語生産と言葉の散種の特権的な場であったのである。だが手紙を書くときには、人はまず最初に自分自身に話しかける（とくに小さな町や田舎の使用人階級に関していうなら、性的な訴えかけや身内の不幸といったもっとも自発的で個人的な場合においてすら、代筆業者と彼らの決まり文句に頼らねばならなかったこと以上に、彼らの言語的赤貧状態を示唆することはない)。かくして莫大な「文字化された言説」の流通は、それに付随する内的発話の豊富さをひとつ隔たったレベルで表しているのである。古典時代の手紙は独白の伴侶なのである。

われわれの文化はもはや手紙文化ではないというのが社会学的常識である。それは量の問題ではなく(行政、商業、官僚制が生み出す郵便物の膨大さを考えてみるのがいい)機能と質の問題である。それに付随する複雑な要素は、手書きの衰退である。明晰な分析は不可能であろうが、内的発話に対する手書きの時間的 - 造形的関係は、タイプライターのような非人間的 - 機械的転写の場合よりも、調和という点でより対等でありかつ直接的である。前の時代での絶え間ない手紙の大量生産にともなう沈黙と半儀式的な私生活は、もはや現代の個人的言語使用法の一部ではない。それ自体が古い慣習の模倣である特殊な例を除けば、現代の個人的な手紙は短命である。具体的には後期ルネサンスから『パミラ』、『新エロイーズ』を通じてドストエフスキーの『貧しき人々』にいたる書簡体小説として現れた物語的、内省的、告白的、記念的記録と分節化の全声域が、一般の意識から消え去ったのである。電話が個人的書状にとってかわったと一般にいわれている。以前なら自筆で手紙を書いたところを、いまでは電話ですませるというわけだ。とくにアメリカ合衆国に関してだが、計量的研究の示すところによれば、個人的範疇に属する電話での発話の総計において女性の占める割合には驚くべきものがある。その結果、コミュニケーション行為において豊かで複雑な言語と身ぶりが生まれるであろうことは疑いない。それと関連する音量、ピッチ、アクセント、速度、語法的な調整などを調査したところによると、独自の際立った特徴と記号論的コンテクスト(電話の前で化粧したり着がえをする女性たちがいる）をもつ「電話言葉」があることがわかったのである。電話は求愛や性的役割演技においても複雑な機能を有している。電話は同い年や同じ年齢層のあいだの相互の同定、受け入れ、拒絶のための言語的手段をコード化するのを助けるのである。しかし内的言語や内的言語をとりまく沈黙のあり方との関係という点において、電話は個人的な手紙と根本的に異なっている。証明は不可能だが、決定的な違いは時間の流れにあるという直観的仮説を提示しておくのも無駄ではないだろう。とくに手書きの場合、内面化された発語——文や句構造を前もって書き取る手続き——とそれを外在化させる手の動きとのあいだには、決定的な時間のずれがある。電話での会話におけるすばやいやりとりのなかでは、内面から外面への書き写しの時間はおそらくずっと速く直接的である。聞き手が心のうちで返事の下準備をする（相手の声を聞きながら自分の答えを心のなかでつぶやく）こともあるだろうが、とくにこのメディアの十代の、あるいは女性の達人の場合、この前もっての書き取りの次元をほとんどなしですますこともあるだろう。言語の流れは急速で直接的で意味論的に暫定的——すなわち意味はどの時点においても声の抑揚ひとつで取り消され、修正され、覆される——なのであるから。本稿の概括的結論を先取りしていうなら、古典時代の個人的な手紙は内的言説の貯蔵庫を豊かにしかつ洗練させるのに対して、電話の会話は内面性のもつ資源を消費し、空白化してしまうのだ（ある劇作家たちが悲劇的独白として、あるいは喜劇的効果をねらって用いてきた電話に向かっての独り言は、古典的自己表出形式と現代的なそれとのあいだの、問題含みではあるが魅力に富む中間項なのである）。

言語と性の相互作用は、人間存在の条件の本質的なダイナミクスのひとつを構成する。この相互作用が生起する存在の次元は非常に重要かつ複雑であるので、心理学的なものと肉体的なもの、精神的なものと神経化学的なものといった一般におこなわれている区別だてが否定されてしまう。もっとも重要な概念は「スクリプト」[4]である。どの時点においても複合的な性的行動は、さまざまな階層からなる決定因子によって規定される。もっとも、私的で一見したところ本能的行動にみえるものでさえも、暗示的あるいは明示的な社会的慣習によって形成されているのかもしれない。生理学的な定数は存在するが、しかし、それらとて自身の歴史的 - 社会心理学的変数をもっているのである。実存的データに先立って、それを包みこみ分類する、期待、空想、道徳的コードといった上部構造が存在するのだ。それらが複合して「スクリプト」が形成され、男女はその「スクリプト」の内部で、あるいはそれに抵抗して各々の性を演じるのである。このスクリプトのなかに発話の部分部分が広げられ、つめこまれる。同性 - 異性愛的衝動の充足に先立って、巨大な神話——その多くは言葉によって定式化されている——が存在しているのだ。リビドーを刺激し、そこに焦点を当てる性的興奮のシナリオは、大部分は言語的なものである。そして自慰行為と発声されない独白とのあいだには構造的類似性と相互作用があることを推測するあらゆる理由がある（自慰は自閉的な語りかけの一様式である）。禁じられたアンダーグラウンドの隠語的語法に活力を与えるのは、非常な近接性をもった性的なものと糞便的（スカトロジカル）なもの、「糞便の館に居を定めた」愛なのである。こうした部分が伝統的に下層階級において外在化され、共同体のより特権的な階層において内面化されていたという事実は、社会階級の発話パターンの差異化におけるもっとも鋭敏な標識のひとつであるにちがいない。性と言語の関係は非常に親密かつ相互に浸透しているので、ある人類学者たちはそれらを、ひとつの包括的な意味論のふたつの派生物として分類している。性的関係の基本的な許容範囲と、それにともなう禁止事項（近親相姦）は、名指しに必要な用語的‐文法的手段と不可分のかたちで発展したのであろう（言葉の交換と女性の交換は類似した文法を構成し、それらを通して社会的意識が分節化される）。

われわれは連綿と続く性的「スクリプト」の歴史についてはほとんど知らない。証拠はまさに証拠であるという理由で疑わしいものとなる――批判のための材料は、ほとんどその定義からして私的で潜在意識的なものであるのだから。十九世紀の中流階級の若い女性は、ロマン主義とヴィクトリア朝の説教、小説、回想録がわれわれに信じ込ませようとしたほどに、性的用語や事実についてほんとうに無知だったのだろうか。ある社会心理学者たちが主張しているように、女性のオーガズムはそれ自体比較的近年の歴史的にコード化された現象で、それは必然的な生理によってではなく、「神経社会学的」（われわれは簡潔に表現する適当な用語をもっていない）期待と覚醒によって段階的に発展するのだと考えることは可能なのだろうか。公的と私的、社会的合法性と内密性、上品さと隠語、これらのあいだにおける性的言説の流通の比率といったものは、性愛的行動の研究においてどれだけ信頼に足る道案内となるのだろうか。われわれはせいぜい試験的に進んでゆくしかないのだ。

新たな様式による家庭内衛生、「核」家族による縮小と経済的形式化、家の外部（通りや広場）からその内装にいたる個人の生活様式の魅惑的かつ広範囲な変化などと関連した理由によるのだろうが、十六世紀後半から十七世紀前半にかけて、許容されうる性愛的発話と身ぶりの範囲が急激に縮小する様子がみられる。宗教改革は、この減少の原因であると同時に受益者でもある。まだ古い祝祭的秩序を知っていたラブレーをはじめ、モンテーニュ、シェイクスピアは身ぶりと言葉の制限へと向かうこの調整の第一の目撃者だったのである。みだらな言葉をあからさまに話すことは、社会における無秩序で隷属的な階級にとっての怪しげな特権となったのである。公的な「スクリプト」は、無口あるいは公言された無知であった。ポルノ文学の生産が――とくに十八世紀から十九世紀を通じて――活力と創意に富んでいたのは、まさに「表層的」言説が明示、暗示の両面において適切さ（プロプライアティ）という広く交わされていた契約の内部で作用していたからにほかならない。たとえ性の実践学と空想的生活をあからさまな言語表現にのせることが許されるとしても、それは兵隊たちの逸脱、男だけの喫煙部屋、独身男の婚礼前の景気づけといった場の儀式性によってほとんど骨抜きにされるのである。公然たる場、大人の男女間にあっては、「スクリプト」は沈黙か洗浄された言いかえ表現（「花言葉」、牧歌の語彙、ヴァレンタインのカードに添えたはにかんだ言いまわし）である。感受性は削除を受け、結婚生活の真実の特徴である経済的動機や野蛮な処遇がしばしば覆い隠される結果となった（『ダニエル・デロンダ』や『ある婦人の肖像』は、話される生活と感じられる生活とのあいだの、はなやかな言いまわしと粗野な環境とのあいだの乖離の見事な記録である）。ひとたびこの「スクリプト」が変化するとき、それは驚くべき速度で起こる。日付を確定するなど馬鹿げていようが、ブルームズベリーでの茶会において、ヴァネッサ・ベルのガウンにしみが付いているのを見たリットン・ストレイチーが「それは精液かい」というとてつもない一個の疑問文を投げかけたときを選びだしたいと思う人もいるだろう。

　われわれはこの言葉と感情の革命の源泉にあまりにも近く、またその革命にあまりにも直接的に巻き込まれているので、自信をもってその原因論に到達することは望みえない。世界大戦と経済危機という重圧のもとで、上流ブルジョワ商人階級が没落したことは明らかに理由のひとつである。しかし、水面下では反乱と実証性への流れが作用しているのだ。そのなかでも精神分析と行動科学はとくに際立っている。われわれはいまや精神分析が必然的に応用言語学の一分野であることを知っている。フロイトとその後に続いたラカンは、意味の正しい意味を引き出すことを主張した「メタ言語学者」なのである。フロイトの記号学の理論と実践がばかばかしいほど限定された資料にもとづいていたという、ますます認識されつつある事柄については、ここで論ずる必要はないだろう。その資料とは、一八八〇年代から一九二〇年代にいたるごく短い期間の中央ヨーロッパ人（主として女性）のあいだの会話の写し、高度の文学的知識、中産階級の語法にみられる引喩的な約束事などである。われわれはまた、分析過程の治療学的決定不可能性という問題（分析はいつ「完了」するのか、治癒はどのようにして検証可能なかたちで定義されうるのか）に関わる必要もない。だが、きわめて重要な事実が残っている。つまり、精神分析は直接的に、また教育ある人々の言説と想像の風土に浸透することによって発話間のバランスを根本的に変えたのだという事実が。もっとも内奥にある意図性と閉塞すらをも分析医－聞き手、社会のなかの他者あるいは自分自身に対して暴露し、発声し、外在化させることが真正性の道具であり、また正当化であるとされたのである（パウンドは「かつてないほどの露骨さ」と書いている）。自由連想法とはまさに、内的発話と外的発話のあいだにある皮膜を突き通し、自己対話の生々しい激発と陰影を診断的な光と反響室のなかに取り込むために考案された技法なのである。このようにして外在化され注釈をほどこされた内的発話の機動力と対象指示の戦略は、主として性的なものであるというのがフロイト的前提である。彼以降の分析学派によってこの前提は修正され、部分的に放棄されはしたが、性愛に関する意味論的「スクリプト」に与えたその影響は決定的なものであった。とくにアメリカ合衆国の中産階級の発話に関するかぎり、ルネサンス以来の禁忌はなくなってしまった。どちらかといえば性的なことを明確に口に出すことは、大人としての姿勢と率直さという肯定的な指標なのである。この動きを先導しかつ反映するのがメディアである。ほとんど四世紀にわたって陰に日向に作用していた検閲が、印刷されたテクスト、舞台、映画、マスコミ全般においてほとんど一夜にして崩れたのである。抑制がいまだに効果的に働いているような言語素材や描写の分野を探すのは容易ではない。ニュースタンド、ポルノショップ、一九六二年に『チャタレー夫人の恋人』に対する訴追が失敗した後の小説の技法などはみな精神‐肉体的環境における、すなわち、われわれの性愛行動と夢がおこなわれる感情と表現の空間における根の深い革新（あるいは逆転）を表している。

内的発話のこのような発展の結果が徹底的な再配分化となることは間違いない。このことは中産階級の女性たちにもっとも劇的にあてはまるであろう。彼女らの多くはほんの一世代のあいだに、性的言語に関する沈黙や完全なる内面性の領域から、競って見せびらかす環境と自由放任のうちへ移行することになろう。だが、この変化は中産階級の青少年や数多くの成人男子（とくに軍隊生活の経験のない者）にとっても、ほとんど同様に際立ったものでもあろう。以前には口にされることもなく、差し控えられ、まったくの親密さと通過儀礼のために不可思議で無垢な興奮を誘うように保たれていた語句や肉欲に関する露骨な言いまわし（恋人が愛する人にある表現を教え、完全な信頼関係のもとで相手にその表現を長々と繰り返すよう求める）が、いまやすべての印刷物、映画のスクリーン、広告掲示板にあからさまなかたちで登場するのだから。夜の言葉は朝と昼の隠語である。ハヴロック・エリスからキンゼー、マスターズとジョンソンにいたる性行動に関する統計的調査は、公表したい、完全な意味で公然化したいという基本的な衝動があることを明るみに出した。まったく異なった方法論的枠組みに依拠してはいるが、社会学の調査員、民生委員、結婚相談員、集団療法の首唱者は、精神分析医に劣らず未整理で私的領域に属していたものを放出し、こと細かに外在化することを誘い、それに報酬を与えるのである。

感覚と感受性における「スクリプト」と価値のそうした変化は、あまりにも多岐にわたるために決定的な判断を下すことは不可能である。そこで関わるのは自己の経済という重要な概念である。この経済は、人間存在の私的‐公的、内的‐外的、自律的‐集団的な諸側面といった精神的、神経的資源の配分に依存している。それはまた独居と群居のあいだの均衡、自己同一性の「同調」〔原文 turning を tuning に修正〕——ハイデガー流にいえば「気分（シュティムング）」——を規定する沈黙と音声のあいだの均衡を包含している。この経済においては、内的、外的言説の相対的な密度とそれらの異なる密度のあいだの弁証法的な緊張が重要な役割を果たすのである。この釣りあいが外的なものの方向へ大規模な変化を起こしたことには疑問の余地がない。

内的呼びかけの受容体は、自己に関するあまたある虚構のひとつである。この虚構には「良心」「冷笑的密告者」「共感的目撃者」「励ます人」といった、共犯者から訓戒者にいたる幅広いペルソナが含まれている（タイ語には自分自身への呼びかけのための代名詞がある）。それは生きている人やすでに死亡している人物をモデルとすることもあるし、現実と空想のごちゃ混ぜであったりする。この内面にいる同居人、聞き手は、習慣的に答えを返してくれるだろう。例外的に、もっとも濃密な独白と内的発話の流れが弁証法的構造をとる重要な例外的事象がある。それは祈禱、瞑想、報告といった様式をとった神に対する自己の呼びかけである。光明派や神秘主義の場合を除いて、明確な返答が求められることはない。だが、この潜在的な言説は焦点をもたないわけではない。それは治療の場における自由連想法とは異なるのだ。それどころか、それは高度に構造化され、歴史的にコード化されている。神に対する発声されざる呼びかけは、すべての宗教的経験における普遍的要素である。しかし宗教の歴史においては、言語の歴史においてと同様、外在化された集団的発語と、個人と霊的存在が交わす発声されない会話のあいだに置かれる力点はさまざまに変化してきたのである。家庭性（個室へと向かう傾向）のエネルギー、個人化の強調、慎重に蓄積し投資するに価する資本としての精神的資財という概念が、宗教改革と十六世紀、とくに十七世紀にそれと時を同じくして出現した中産階級を特徴づけている。十七世紀が内面に向けられた宗教的語りかけの古典的時代であることは、文献によって証拠づけることができる。われわれはパスカルの瞑想、デカルトの分析的内省、十字架の聖ヨハネの恍惚的独話といった名人芸的な持続する内面集中の業績と、より広い行動の形式と実践を切り離して考えることはできない。沈黙と私的生活という鋳型のなかで十七世紀の感性は、宗教改革、反宗教改革両方の姿をとりながら、自律的な無言の雄弁のもつ並みはずれた集中性、持続性、透明性を達成すべく自己訓練をおこなったのである。この訓練は意図的な教育学的側面をもっている。瞑想の手引き書や、進歩するにつれてむずかしく、時間も長くなる無言の一点集中の訓練のための入門書からなる、かなり大量の文献が存在しているのだ。バルツィの権威ある研究は、十字架の聖ヨハネの恍惚的直観の超越論的跳躍——すなわち「光の文法」への人間の発話の増大——が、いかにして厳格で完全に合理的な練習と訓練によって生みだされたかを跡づけている。[5] イグナティウス・デ・ロヨラによって定められた訓練は、身勝手で拡散してゆく内的発話の渦とほとばしりを、厳格に方向づけられた揺らぐことのない推進力に変えることをめざしていた。それは瞑想の対象——テクスト中の一文、聖なる神的存在の図象的表象、神のある正確な一特徴など——に向かって厳格に方向づけられているがゆえに、拡散することのないレーザー光線のようなものと考えてよいだろう。内省的関心の領域からは、選ばれた目標以外は一掃されるのだ。このような干渉の除去、通常の意識の流れを特徴づける拡散と浪費の除去は、意志の厳しい訓練と徴用によってしか達成されえないのである。それが達成された場合には、純粋理解、絶対的把握への現象学的還元（フッサールの現象学的実践はデカルト的瞑想と明白な関係を有している）が起こり、それによって個人は、真正な「ひとつからなる対話」、バロック時代の言い方をすれば「自己と魂」の対話、すなわち自己と神との対話をおこなうことが可能となるのである。

言語学的にはこの語りかけの様式は、逆説的なことに公的なものである。その道具立てにおいては厳格に内面的かつ孤独であり、その心理的手段においては唯我論的であるにもかかわらず、神秘主義者、神との仲介者、清教徒の聖書瞑想家たちの内面化された修辞法は、まさに公的性格を帯びた修辞法なのである。われわれは鍛錬を目的として提案された実践ばかりか、数多くの「内的巡礼者」たちが残した証拠（そのなかでバニヤンが際立っているのは物語性の豊かさという点だけである）からも、内的言説は発声された語りかけや雄弁に劣らず、それ自身の文彩、論題、情念（パトス）の分類法をもっていることがわかる。語る主体、全裸の自己の究極的親密性は、意味論的な形式をもっているのである。語と統語法に関していうなら、適切な告白のおこない方がある。すなわち、神への呼びかけと自己分析の許容可能な文体を、さまざまな流派の「熱狂者」（喧騒派（ランター）、大声で説教や応唱をする一派）たちがほしいままにした混沌とし、うぬぼれた欺瞞に満ちた無媒介の言説から区別するための究極の作法規範があるのだ。室内で神とともにあり、神に向かう沈黙の独白者たちは質素な衣服を身にまとう。彼の「秘密の関与（プリヴィティ）」がめざすのは神との畏怖すべき交わりである。彼の発声されざる語法もまた衣装を身につけている。「心の嘆き」においてすら、その理論的よろいは、とくに宗教改革後の清教徒の世界においてはラムスの『弁証法』において説かれたそれであった。

　ここでもまた定量化は不可能である。修道院の聖職者たちにおいても、また十六、七世紀に広く実践されたような俗人の隠遁の期間においても、沈黙とそれにともなう内的な釈義的、吟味的、瞑想的発話が優位を占めていたことが知られている。カルヴァン主義者、清教徒、敬虔主義者の家庭における静寂の重視と、その結果としての内面化された発話様式への屈折は重要な意味をもち、それが当時の多くの事象においてその結果を左右していたと考える根拠がある。スペインの宮廷や貴族階級における修道院まがいの生活条件（ロヨラの実践はその直接の反映であるように思われる）の基盤もまたそこにあったのだろう。教会では女性は沈黙すべしというパウロの訓令と清教徒の家長の口数の少なさ、スペイン下級貴族の名高い寡黙さを対比することもできるだろう（このふたつの戦略はシェイクスピアのマルヴォーリオにおいて皮肉な筆致でもって描かれている)。われわれは語るに足る信頼すべき証拠をもってはいない。だが、何世代にもわたる訓練された内省と自己探求の言説が、その後に続いた近代文学と近代的人格の類型学に与えた影響には計り知れないものがある。もしスコットランド人、ヴィクトリア朝時代人、ルター主義者の安息日における気の遠くなるような沈黙が十七世紀の言語的自閉性の直接の遺産であるとしたなら、自己暴露を特徴とする近代小説と近代詩もまたそうである。一般市民の生活において形式的宗教性が徐々に衰退するにしたがって、より正確にいえば宗教性がより一般的に「人間主義的」で世俗的な感情の配置へと部分的に変容するにしたがって、自己への語りかけの焦点が移動したのである。十七世紀後半を通じてわれわれは自己の複雑さの魅惑が深まってゆくのをみることができるが、その自己の複雑性は宗教的交感の直接性を保つために規制を受けたり否定されたりすることはなく、逆にそれ自身のために位置づけられ、洗練されたのである。特徴的なことに空想旅行記、書簡体の対話というかたちで始まった散文小説は、この魅惑の産物なのである。ルソー、ジェイン・オースティン、ブロンテ姉妹らによる初期のこのジャンルの成功作は、前の時代に宗教的‐倫理的内省や自己告白録において発展した技法や修辞法的約束事を生(なま)のかたちで利用している。それと同時に、そしてあからさまな禁止令を無視して(ほとんど今日にいたるまで安息日に小説を読むことは、プロテスタントの家庭においては神との契約を破ることとみなされていた)、小説は分析、道徳的‐心理学的位置づけと区別、沈黙の会話といった機能と手段を受け継いだのだが、それらこそかつては説教‐釈義的パンフレット、精神的訓練の手引き書などの中心要素であったのだ。内的独白の内部で自己の言説の道徳的・技術的な歴史のすべてを分節化したのがジョイスの天才的な内的独白であり、ジョイスがとくにイエズス会的で瞑想的な発声されざる雄弁術に関連するかたちで彼の語法を完成させたのは偶然ではない。

ジェラード・マンリー・ホプキンズが「個性的特質(インスケープ)」と呼ぶものに焦点があたるようになって、小説よりもさらに直接的に内的発話の脈動を示すもうひとつのテクストの声域への転写が登場した。十七世紀初頭から第一次世界大戦終了直後の数年間(この終焉の時期に関しては推測によるほかはない)にいたる日記ジャンルの黄金時代に書き残された何百万、何千万語という私的な日記については、その数を知らない。読まれることに対する書き手の意図の、暗黙の、あるいはあからさまな、無意識の、あるいは意識的な動機づけの程度は、世間一般に「いつか」読まれることを想定して書かれたゴンクール兄弟の日記のような例から、暗号で記された日記の自己劇化された秘密性にいたるまでさまざまである。語りかけや、書き手と読み手のあいだの名ばかりの位置設定の様式も、同様の多様性をみせている。ドロシー・ワーズワスの日記は知覚と注釈の輝やかしい試み、すなわち我を忘れ、感覚的に研ぎすまされた自己が恍惚体験のデータを反省的で批判的な自己に提出しようという試みである。ヘンリー・ジェイムズにおける内的対話は、しばしばおまえ(mon vieux)としてイメージされる、挫折し迷いからさめた職人という御しがたく手に負えないペルソナと、道徳‐美学的傾倒と物質的強制という、いわば超イドとのあいだで交わされる。カフカの日記は自己分離と自己疎外の極端に複雑で、ほとんど病理学的な訓練の一部である。そこでは、分裂した人と作家が彼ら自身のあいだで、カフカの寓話と物語を組織化する苦悩する非人格の諸様式を解釈してゆく。コジマ・ヴァーグナーによる大量の日記は主人の勤行に対する祭儀的な自己献身であるが、それらの日記が将来、書き手の犠牲の深さと犠牲における精神の損失の証人となってくれるであろう未知の、しかし共感的な読者を想定している点で、その祭儀は曖昧な性質を有している。これらはすべて文字どおり測定不可能な隠れた営みの目に見える頂点なのである。アミエルの十九世紀中葉の日記は、自分自身以外の読み手を想定していなかったことはほとんど確実であるにもかかわらず、すべてが出版されたなら、ぎっしりと印刷しても一万六〇〇〇ページにものぼるだろう。ヴァージニア・ウルフの日記は二十巻をなすことで有名である。戦争、事故、社会的混乱によって大量の文書が失われたことは確実であるし、同じく大量の文書が屋根裏部屋、銀行の金庫室、大理石模様や型押しされた皮表紙と金具の付いた覗かれたことすらない執政時代、ヴィクトリア朝時代の個人アルバムのなかに出版されないまま眠っているのである。ここでもまた、総量中における女性日記作者の役割には卓越したものがあるといえるだろう。若い女性の日記というものは、しばしば保護下における親密さを様式化して映しだす鏡であって（彼女たちの結婚中、あるいは結婚直前における夫との文通は、明らかな性的‐意味論的同一化を構成する）、育ちのよさを示す主要な要素であったように思われる。バルザック、ジョージ・エリオット、ツルゲーネフが物語っているように、若い妻や母親たちが真理（エピファニー）の把握や失望や自分の生活条件に対する生々しい悲しみを語るのは、彼女らの内密の日記においてなのである。政治的、イデオロギー的、心理学的確信や発見の公的な発言から締めだされていた旧体制下と十九世紀の知的女性たちは、日記を自分たちの広場に、心の訓練場にしたのである。反面、男たちはいまだに社会的に容認されていない範疇に属する素材、とくに性的経験――事実であれ虚構であれ――に関するものを日記に託すことがある（ミシュレの赤裸々な日記は、衝撃的ではあるが例外的なものではない）。次の点は強調すべきであろう。方法論的にいっても実質においても、感性の風土、フロイトと現代における「解放」以前の心理学的意識の読解水準の社会史もしくは学問的再構成としていまだに通用しているものの多くは、おそらく正確なものではない。なぜならそれらは日記の世界における幻想的発話に含まれている洗練された社会的 - 心理学的洞察とデータを見落としているからだ。そのことはとくにこの個人的様式で大量に書き残された夢の分析について当てはまる。

日記作者の語法を特徴づけるのは、饒舌、豊富さ、時間的持続である。しかし、ここでは、十七世紀に一般的であった自己矯正や神の前で続けられた個人的弁明の記録と同様（キルケゴールによる大量の日記は、自己発見的 - 瞑想的様式から現代的様式へのはっきりとした節目をなしている）、発話の流れは内向的である。修辞的構造は発声されず、自己への語りかけの行為は沈黙のうちにおこなわれる（無数の日記が家庭的、公的喧騒から心を癒やす自己の沈黙へと向かう特権的な夜の時間について語っている）。ここでもまた、われわれがあつかっている言語生産の語彙的 - 文法的慣習は、発声された外的な発話のそれをかなり忠実に反映しているのかもしれない――かならずしもそうでないことは、ときには幼児的語彙で、ときには「人工的」な語彙で書きつけられる暗号化された日記類からわかる――が、その統計的な広がりと志向性は言説の陰の部分に属している。さらにまた、性と社会階級による区分は決定的に重要である。この分野における女性の生産力は圧倒的であり、下層階級の生産力は、個人が技術的に読み書き能力があった場合でもたいへん乏しかったように思われる（「女召使いの日記」は、数少ない有名な例外を除いては男性の性愛的幻想が生みだした虚構である）。かくしてわれわれは、強力に内面化を指向する要因をもった言説の流通を発見するのである。

日記の習慣が一般に廃れてしまったのかどうかを確信をもって断言するのは不可能である。これは個人的印象という価値しかないが、どうやら日記の衰退は事実であろう。中産階級の一日の時間の流れ、あらゆる種類の内心の「公開」と自己表現に与えられた新しい認可と積極的な価値づけ、手書きの衰退——この現象の社会-心理学的な意味はほとんど探求されていない——と、私生活の理論と実践における複雑で根本的な変化、これらの要素はすべて日記という媒体を侵食する方向に向かっている。ジッドの日記のような二十世紀の偉大な日記は非常に自己意識的であり、擬古的な身ぶりすらもっている（ジッドの場合には、パスカルという先行者への絶えざる言及がある）。じっさい、現代の政治家や外交官の日記は時宜に応じた思慮分別を述べた公的な書類である。治療学的な外在化の技術が、日記がもっていた内的均衡の維持、空想的生活と精神的暗示という潜在的に伝染性をもつ要素の沈静化という役割に基本的にとってかわったのである。ここでもまたひそかな、しかし重大な変化が内的発話、外的発話のそれぞれの次元と権威において生起したのである。

この変化のさらにもうひとつの側面について言及する必要がある。階層的秩序である古典的社会構造は、その社会が共有するテクストの目録を参照することによって自分自身を規定し、その権力関係を表現したということである。そうしたテクストは共和制ローマの場合のように予言的、法律的なものでもありうるし、啓蒙主義におけるように文体論的、哲学的なものでもありうる。ヴィクトリア朝支配階級に共通の目録は欽定訳聖書、幾人かの古典ラテン語作家、とくにホラティウスとウェルギリウス、一般祈禱書、そしてシェイクスピア、ミルトンからグレイ、テニスンにいたる天才的国民詩人の系列である。しかし、どの場合においても決定的に重要な技法は、ひとつあるいはそれ以上の規範的テクストの一般的に利用可能な引用、引喩、参照からなる共感的な共鳴である。この技法の大きな部分は記憶に基礎を置いている。われわれはすでに中世後期とルネサンスにおいて精神の秩序づけと知識の保持の訓練において用いられた記憶術に言及した。ヨーロッパ知識階級の男女、とくに男性の教育は、十六世紀の文法学校、修道院学校から十九世紀のリセ、ギムナジウム、パブリック・スクールを経てほとんど現代にいたるまで記憶術であったといえよう。そこでは「そらんじること（ラーン・バイ・ハート）」（考察に値する語の組み立てだ）が方法でもあり目的でもあった。大学入学以前にかなりの数の西洋古典を暗記したというマコーレーのほとんど信じがたい記憶術の離れ技は、有名な伝記的事実である。しかし、この鍛錬された記憶に近いものが中産階級の政治的、知的学識の規範なのである。長大な古典的詩作品、聖書中の物語や予言を暗誦することは、市民的で知的なやりとりや個人的な会話のやりとりすらをも保証するものと考えられていたのである。感受性の構築と発話の組織化に対してこの記憶の訓練と使用が与えた意味深い影響は、いまだに十分には研究されていない。しかし、それがかなりのものだったことは明らかである。英国の場合だけをとってみても、われわれは日記、個人的回想録、書簡、会話の記録などから、ホラティウス、ウェルギリウス、聖書、シェイクスピアから引用し、それに気づくという習慣がどれだけ深く精神の生活と発話のうちに浸透していたかを知ることができる。日記作者や話し手は意識していないのかもしれないが、一見したところありのままでなんの準備もない個人的感情の発露が、規範的作風をみせる例が幾度となくあるのだ（家庭的情景や老齢はホラティウスやカトゥルス流に表現され、男の嫉妬はオセロのように増大してゆく。ブロンテ姉妹やジョージ・エリオットが自分たちの内奥の試練や決心を記録するとき、彼女たちはしばしば無意識に伝道の書、詩篇、パウロの書簡の語法をそのまま用いている)。つまり内的意識と発話は、記憶に残された特定の文学的知識の痕跡で濃密に満たされている(そしてフロイト流の解読も、それが潜在意識の根底にたどりつくとき、この参照される文学的知識に依存するのである)。

西洋の中産階級文化における価値と実践の変化をこれほど容易に観察できる場所はほかにはない。進歩主義的、民衆主義的な教育の理想は、「暗記」への異議申し立てによってほとんど定義することができる。電子技術によって表現され、一覧化された「情報の爆発」によって、頭脳による記憶という一般的手段は不十分で信頼のおけないものとなってしまった。さらに手本となるべきテクスト、時代、認識に関する広く受け入れられる規範がもはや存在しなくなってしまった。男女が知っておくべきもの、言及し、わかるように暗示し、引用できるようすぐに思い出せる程度に知っておくべきものの目録は、いまやイデオロギーや民族的な身元がそうであるように多様で相互に敵対するものとなってしまった。そのような合意された教養目録と残響音としてのレパートリーの遺物が残っているところにおいてすら、余暇と興味の構造の変化、情報のなだれに個人の注意がさらされる時間の増大、媒体の即時性によって、記憶の育成のための時間も空間もほとんどなくなってしまった。政治的には普遍主義的で科学技術によって方向づけられた、とくに合衆国における多くの学校システムにおいては、若者の教育とは計画的な記憶喪失である(検閲、生命力のある口誦伝統、電子的マスメディアの相対的な遅れなどの原因で、ソビエトと東ヨーロッパは魅力的な例外となっている。暗記された文学、歴史が個人的、社会的統一性の維持に決定的な役割を果たしている)。西欧においてわれわれは、以前の世代の文人階級、精神と言語の形成者たちに比して、ごくわずかな内面的な重ししかもっていない。ここでもまた、第一次世界大戦とその後の物質的、道徳的荒廃が分水界をなしている。

要約しよう。人間の言語生産の総計、人類によって生み出された意味のある語彙的、統語的な単位の総計は、ふたつの部分に分割できる。すなわち聞こえるものと聞こえないもの、発声されたものと発声されないものである。発話の発声されない、内的な構成要素は広い範囲におよんでいる。それは閾下における単語や文の断片の浮き屑――おそらくこれは、睡眠・覚醒時を問わずすべての意識の現象学のもつ永続的な流れ、あるいは通貨である――から、学習したテクストの沈黙のなかでの復誦における高度に限定され、焦点化され、理解された明確さ、あるいは訓練された瞑想行為における厳格な分析的動きにまでおよんでいる。量的にいうなら、われわれは外側の他のだれかに向かって話すよりも内側の自分自身に向かって話すことが多いと信じさせる多くの理由がある。質的にいうなら、これら自己への語りかけの明白な様式が、自己同一性という絶対的に根源的で不可欠な機能を制定するのであろう。それらがわれわれの「現存在」を試し、確認するのだ。内的言説と外的言説が複合して存在の、われわれの存在性の経済を構成するわけだが、それはヘラクレイトスからハイデガーにいたる哲学者たちが真に人間的なこととして特徴づけた仕方で構成するのである。

本稿では、外的発話と同様に内的発話にも歴史、形態学、修辞学があるということを示唆してきた。発声された発語の場合とまったく同様に、内的言語と環境の関係は弁証法的である。それは経験世界を創造するのを助けると同時に、その世界を反映するのだ。歴史の概念は必然的に変化の概念を内包している。内的発話の場合、この変化は二重である。意味論的な全体における内的語りかけと外的語りかけの相対的比率は変化しうるし、また内面化された様式の機能と構成にも変化はありうる。すべての変化する複合体がそうであるように、この二種類の変化も一致する傾向がある。機能と構造は釣り合いを保ちながら変化するだろう。しかし、この点はもっと緻密に考える必要がある。内的発話行為の総量と、その平均的な割合と頻度は、精神のエントロピーの定数であると考えてもよい。そこで変化するものは、外的言説とその形態学に比例した内的発話行為の相対的な強度と意義となる。

そのような変化が十六世紀後半から十七世紀のあいだに起こったという証拠がある。それは独白の古典的時代と現在の発話の感性を隔てたものだったのだろう。私と公、無声と有声、聖と俗といった心理的、社会的同一性と価値の相対的な流通において絶対的に重要な側面に、多少なりとも急激な変化が起こったのである。発語の総体に対する、女性や若者、経済的‐社会的に不利な立場にいる集団の寄与が飛躍的に増大した。自己の内面や、性、空想のなかの生活、神経症といったものだけでなく金銭的事項にまでおよぶ、社会的に相互了承された寡黙の取り決め（ある人の収入や実財産に関する議論の禁忌）といった未発達の領域が、取り調べと公言の対象となったのである。今日では、古風で、階級によって決定された検閲と作法規範への先祖返りとみなされているものへのあからさまな反抗として、「すべてを言うこと」「そのありさま」を語ることに力点が置かれている。それと同時に、宗教的瞑想、方法論的内省、暗記などと並行して存在した言語の集中的内面性も顕著な衰退をみせた（今日の西洋で、擬似東洋的な瞑想の訓練がどれほど流行しているか、崩壊した中産階級の子どもたちのあいだで最小限の言葉、言葉ではなく図像、音声的空虚さの理想をめざすことがどれほど流行しているかは驚くばかりである。現代の感受性においては、アジア的なこの部分はデカルト的、パスカル的、キルケゴール的な自己への沈潜の学問的精緻さと言説としての豊饒さとは遠く隔たっている)。現代の治療、現代文学、競争的群衆社会、マスコミ媒体などで実践されている精神分析や世俗的告白の公認された多弁さは、個人的書簡や日記に示された意味深い無口さと自律性の理想とまっこうから対立するものである。電話はすさまじい浪費性をもって言語を消費しているが、かつてはその大部分が内面的な使用、沈黙のうちに構想される書簡といった私的なものの変調された内面性に割り当てられていたのである。じっさいのところ、多くの言葉が響くところでは語られていることは少ないという結論を出したい誘惑に駆られるだろう。

人間の同一性の、そしてその内部の経済という概念は目的論的である。すなわち、その目的は均衡であるということが暗示されている。有機体の創造的な幸福は、刺激と休息、消費と回復の複雑なバランスの上に成り立っている。そしてこのバランスは内的環境と外的環境の調整から生まれる。言語は直接的でかつ変化に富む意味においてそれらふたつを構成する。それは意識をもつ存在の脈動であり、皮膚である。言語はそのエネルギーを静寂と音声、放出と保持、封じ込めと暴露の相互作用から得ており、それはわれわれが想像しうるなにものよりはるかに複雑で、地誌学的にいうなら、地図の作法などは思いもよらないほどに精巧なのである。自閉症、失語症、極端な抑制から無制限な流出にいたる言語疾患に関するわれわれの診断は、初歩的なものであるにもかかわらず、これらの相互作用がきわめて傷つきやすいものであることを示している。これらの相互作用のうちで決定的な重要性をもつのは、内的言説と外的言説のあいだの、そして言語的全体のなかでの個人間的次元と個人内的次元のあいだの相互作用であると主張してもよいだろう。もしそうなら、相対的比重の変化は個人の性格と世界のなかでの彼の立場に影響をおよぼすはずである。

本稿で提唱したことは（証拠の雑多で曖昧な傾向ゆえに断定的あるいは結論的な定式化はできないが）、十七世紀以来言説のバランスにおいて起こった変化は外面化に向かう変化であったということである。それと同時に内的自我の表現手段の貧困化が起こったともいえよう。われわれは沈黙という肥沃な土壌に対する支配力の大部分を失ってしまった。「発話自我」をずっと多く消費することによって、われわれの蓄えが減少してしまったのである。意味の戯れが許されるような言い方をするならば、重力の中心点が移動した結果、われわれは現世における存在の根源から外側に傾いてしまったのだ。ルネサンスと十七世紀にその端緒が感じられ、世界大戦と社会革命という大きな危機にいたるまでの教養人のなかで作用していた古典的価値構造の衰退を、人格と発話の内面化された慣習から発声された慣習への変遷と定義することもほとんど可能であろう。他のどんな政治的‐経済的危機よりも、この言語的変遷が、現在の状況における没価値状況（アノミー）、疎外、感情と身ぶりの無秩序状態という広く議論されてはいるがほとんど理解されていない現象の根底にあるのではないかということは提起するに値する問題なのである。

注

（1） L. Brillouin, *Science and Information Theory* (London, 1962); *Scientific Uncertainty and Information* (London, 1964) 参照。〔L・ブリルアン『科学と情報理論』佐藤洋訳、みすず書房、一九六九年、および『科学の不確定性と情報』平野信夫訳、東京電機大学出版局、一九六八年〕

（2） L. S. Vygotsky, *Thought and Language* (Cambridge, Mass., 1934, 1962).

（3） J. Watson, *Psychology from the Standpoint of a Behaviourist*（New York, 1919）.〔ジョン・B・ワトソン『行動主義の心理学』安田一郎訳、河出書房新社、一九八〇年〕

（4） J. Gagnon, *Human Sexualities*（New York, 1977）参照。

（5） Jean Baruzzi, *Saint Jean de la Croix et le problème de l'expérience mystique*（Paris, 1924）.

V　エロスと用語法

1975

『エマ』第三巻十一章で主人公エマは自分の本当の気持ちを知って愕然とする。

ハリエットは窓の所に立っていた。エマは驚いた表情でハリエットのほうを見て、急き込んで言った。

「ナイトリーさんもあなたと同じように思っていてくださると思っているの？」

ハリエットは控え目に、しかし臆することなく言った。「ええ、思ってます」

エマはハリエットからすぐに目をそらし、なにか思いにふけっているような様子で身じろぎもせず、しばらく黙って座っていた。二、三分もあれば自分の本当の心を知るのに十分だった。彼女のような精神の持ち主はひとたびなにか疑念にとらわれて、それが間違っているとなるとすばやく考えを推し進めることができた。真実にふれた、真実がわかったのだと彼女は思った。ハリエットの思いの相手がフランク・チャーチルならよくて、なぜナイトリーさんではいけないのか。ハリエットがナイトリーさんに好かれていると思いこむことがなぜこうも事態を恐ろしく悪化させるのか。ナイトリーさんと結婚するのはわたししかいない！　という思いが、矢のようにエマの心を貫いた。

きわめて簡潔な文章であるが、それはこの文章が広範囲の信頼関係の産物、すなわち作者ジェイン・オースティンと題材、小説家とその読者の間の共同体的感応の産物だからである。こうした共同体において は、表現は速記のような構造をもつ。小説家の使う言葉は一般読者のエネルギー、すなわち広範囲にわたるがその言及許容範囲が限定されているような意味と含意の領域に依存する。特定の用語法には、必要とされる意味が蓄えられている。それに比して、隠喩はあまりみられないか、使われた場合にも文章の生命力が摩滅している。「表層」に現れたかぎりにおいて豊かな言語表現ができるということは、とりもなおさず『エマ』が書かれたのは文章の表現様式と社会慣習が隣りあっていた時期、そういう文化的瞬間であったのである。

この種の近接関係の背後にはたいてい、現在はもう希薄となり日常会話の一部と化したような文学性が存在する。エマの自己認識が障害もなく簡潔になされるのは、その底に非常に様式化された王政復古期の喜劇の流れがあるからである。王政復古期喜劇と十八世紀後半の感傷小説では様式や感情表現に対して既定のきわめて特定の用語が存在し、それを使ってジェイン・オースティンはやすやすと自信に満ちた正確さでものを書くことができた。現代の小説のようにことをぼかしたり、積極的にどちらともとれるような表現を用いる必要はなかった。引用文中の「心」と「精神」という言葉は、歴史をさかのぼれば、やはり複雑で特殊な意識を表す語彙のなかでも独特の意味あいの言葉であるが、この小説家にあっては直截で単純な使われ方がされている。「事態を恐ろしく悪化させる」という表現はかなり激しい感情を伴っているが、それは慣用として、小説として用いられた文学表現であり、その重みが損なわれているという事実によって、骨抜きにされ、まさに皮肉の意味に転じている。エマの仕草は自明のものであり、あえて解説したり特定の重点をこめて読む必要はない。たとえば驚いて顔をどちらかに向けたり、すぐに目をそらしたり、身じろぎひとつしないという描写はエマのセリフと同様、簡潔かつ視覚的修辞を用いずにみずからを表した重要な作法をコード化した箇所である。さらに恋の矢がエマを貫いたという箇所は、情感にあふれた個人的な事情をもっとも公的な表現で表すという、当時の思考の慣習を正確に把握している。この箇所はまさしく擦り切れた常套句であり、当初あったであろう隠喩的活力は忘れ去られ、影も見られない。恋を知らず、恋などしたくない乙女の心を貫く恋の矢という言いまわしは、『エマ』の書かれたはるか以前にその常套句たる輝きを失っていた。しかし、ジェイン・オースティンはこの廃れた語句を復活し、力を与えることができた。恋の矢の心象のもつ平板さによってエマ・ウッドハウスの感情のもつ真正な権威と傷が特徴づけられており、こうした操作は小説全体を通じてみられる。エマの傷つきやすさはリアルに描かれているものの、一定の限定つきであり、その制限が見事に表れているのが最後の文章における言いまわしである。「ナイトリーさんと結婚するのはわたししかいない！」ここでの尊大な調子、自己中心的なエマの態度、さらに「わたししかいない」という語句ひとつとっても恋にめざめたうら若い女性に自信を回復させるかたちになっており、またわれわれにも、穏やかではあるが必然的な皮肉っぽさの感覚を取り戻させてくれる。慣用的表現形式が安定しており、作者と読者のあいだに連帯意識が存在する場合には、文の構造自体がかくも雄弁に語ってくれるものである。

常套性が持つ活力は、通例ジェイン・オースティンにあっては暗黙裡に呈示される性的素材の描き方に顕著である。〔オースティンにとって〕使用可能だった語法はきわめて直截でありながらも、きわめて控え目で公的なものなので、ともすればわれわれは、ふたりの女性がひとりの男性に恋していて、当然のごとくライバル同士であるという生々しい状況を見過ごしてしまう。フランク・チャーチルへの言及と、喜劇的にみえて、略奪さえ辞さないという意味あいにとれる最終文はどちらも〔そのような鈍磨した〕感情を研ぎ澄ましてくれる。焦点は男と女であり、男と女のあいだで起こる可能性の範囲は誘惑から結婚までおよんでいる。エマはこの時点で身も心も変容するのである。もっともそれは、ジェイン・オースティンの許す危機的状況の範囲内でのことではあるが。このもう少し後にウッドハウス嬢は自分が「ただひとつの気持ち、ナイトリーさんへの愛情以外のすべての気持ちを恥じている」ことを痛切に感じている。「恋心以外の気持ちはみな忌まわしいものだった」。しかし、性にまつわる心の動揺、エマとハリエットの静かな対峙の際に起きるであろう行為の意味あいを明確に表現することはできないし、そうする必要もない。そうした含意は語りのなかに収められている。それは、隠された、無意識の衝動として埋めこまれているという意味ではなく、十分知的にとらえられ、人々の目に明らかであるためわざわざ明示する必要もないほどわかりきった領域として収められているのである。ここでは作者と読者が相互の意思疎通協定を締結したようなものである。性的なことがらに関するこうした協定がジェイン・オースティンの芸術の基礎をなしている。これがなければあのように軽々と、制約を甘受しながらも自信に満ちて完璧な作品をつくりあげることはできなかっただろう。「相互意思疎通」をめざした「協定交渉」には長い歴史がある。まずは、王政復古期喜劇のあからさまなエロティシズム――ここであからさまというのは絵画的で地口を多用し、比喩の操作がまだ不安定であるという意味である――を中産階級が排除するかたちで現れる。排除すると同時にその同じエロティシズムの大部分は感傷小説のなかに取り込まれている。たとえばサミュエル・リチャードソンにおいて、エロティシズムは売春婦の誘惑話から大仕掛けのショーへと移行する。エロティシズムを一段低いものとしてみることと、社会的に認知された感情とみることのあいだの距離が、小説家の巧みな筆によって小説世界と読者の世界のあいだに現れてくる。この「距離操作」の技法を継いだのがジェイン・オースティンということになる。とはいえ彼女にあっては、『クラリッサ』で好色描写とされた箇所は、もはや性に関係のない確固とした中立地帯となっている。しかし、もっとも今日的な意義のある問題は、ジェイン・オースティンが社会慣習を描いた行為は、それがいかに自由で知的な印象を与えるにせよ、すでに延命作戦だったことである。それはジョンソンとクーパーの時代文化で確立した古い判断様式を新しい、分裂した社会基準へと移し替える試みであった。『マンスフィールド・パーク』と『エマ』の時代までに、エロティックな想像力は少なくとも次のふたつの基本線に沿って分裂していた。ひとつはゴシック小説の粗悪な、しかしときに巧妙に仕組まれ、「心理学的にみて根拠のある」性表現であり、もうひとつはロマン派の詩にみられる具体的な叙情性である。『エマ』に先立つこと十六年、ウィリアム・ワーズワスは『抒情民謡集』の序文において「性的欲望」と「人間の精神活動の偉大な源泉」の結びつきをすでに明示していた。ワーズワスの用語法が複雑で混乱を催すほど洞察力に富んだ性的象徴の使い方へとさらに進んでいった道筋を理解するには、一連の「ルーシーもの」をみればよい。すなわちすでに、男と女の感情や欲望関係の取り扱いにおいて、ジェイン・オースティンの小説は新しい社会傾向に抵抗を示す延命作戦であったといえる。どちらの作家も完全に静かな力を使うことでそれをなしとげた（その静けさは同時代の政治や歴史との関わりを全面的に拒否することと明らかに通底している）。しかし、張り綱の上を悠々と渡るこのようなやり方はふたたびだれもなしえなかった。ジェイン・オースティンの場合、基本的に性愛とはすなわち社会的役割としてのジェンダーであるものの、すぐにその関係は反転し、性愛関係が前面に躍りでる時代が来るのだ。

そうはいっても、それは予想されるほど急激でも、全体的でもなかった。ジェイン・オースティンの契約条項は過去を向いていた。それは少数者の価値観と形式的な表現理論を旨とする原則にもとづいていていた。これに対し十九世紀中葉の小説家たちは性愛に関しては沈黙を守り、また性に関する慣用表現の使用も控えてきたが、それには別の面からの動機が存在した。娯楽や押しつけがましくない程度の道徳、そしてなにより心情的、知的な「同族意識」を中産階級は追い求めたが、小説はそうした感情を流通させる通貨となった。「同族意識」には親密さと血族意識の両方が含意されている点が重要である。ヴィクトリア朝小説の読者は読書世界で気楽にくつろげることを望み、居間にいる家族たちも彼の快楽に与することを要求した。出版社、家庭向け貸本屋、定期雑誌、一定の感受性に訴えるあらゆる産業が節制を重んじ家庭を大事にする想像力という磐石の規範に対応して花開いた。これを経済的にみれば、「中堅」どころではあるが手堅い教養を途方もなく増大させることになり、芸術の側からみれば、小説家に性に関する多大な譲歩や責任逃れの戦法を要求することになった。こうしたなかで、無理やり引きだされた譲歩と作家の気質の方向がしっくり相和したのがディケンズにおいてであった。彼の才能とそれにみあって彼が達成した水準とは、その大部分が読者大衆の嗜好とそれに対するディケンズの深い共感のあいだの活力ある一体感によるものである。

ディケンズの作品に解き放たれている複雑なエネルギーは、多くの問題を提起する。もっとも興味深いのは、彼と同じほどの水準に達した同時代作家のだれも、また現代文学で同様の多義的想像力を駆使する作家のだれもディケンズほど成人の性的描写にあたって無害な者はいないということである。この無邪気さがディケンズの作品を児童文学の古典、あるいはもっと正確には、たしか子どものとき読んでおもしろかったという特別な期待を込めて大人が再読する古典（このような感覚で『ガリヴァー旅行記』を再読する者はいない）に押しあげたのである。とはいえ、この成り行きは自明のことであった。大人の性を描くことをディケンズが拒否したことははっきり跡づけられる。『荒涼館』と『大いなる遺産』における強烈な象徴性と統御されずむきだしのままのメロドラマが暗示するのはエロティックな認識の隠れた圧力である。早くも『ピクウィック・クラブ』の「陰鬱な物語群」に点綴される奇妙な残酷行為とヒステリアはそれ以降も続き、『リトル・ドリット』に混乱の活力を与えている。しかし、さらにしばしば現れて、ディケンズの膨大な読者数を考慮するとより特徴がはっきりするのは、エロティシズムの欠如と引き替えに多様な感情表現（センチメンタリティ）が生まれたという点である。ディケンズは堕落した男のための園を創造したが、それは中産階級の楽天主義と活気によって、少なくとも一時的にそこに巣食う蛇が追い出された子どもの園なのである。『デイヴィッド・コパーフィールド』

におけるドーラ、デイヴィッド、アグネスの関係はルネサンス期の詩に描かれた愛の園と同様の委曲をつくした牧歌である。この三人の関係は成人の性愛を、子どもの「無邪気な」エロティシズム（もちろんフロイト以前の意味においての「無邪気」であるが）の領域へと追いやってしまう。ディケンズは確かな芸術感覚で厳格なプロテスタンティズムの立場の読者の琴線にもふれている。すなわち原罪は子どもにまでおよぶとする考えに対する想像力による抵抗である。後にヘンリー・ジェイムズは『ねじの回転』を書いて、性を正面に据えることでディケンズの「子ども－牧歌」に対するパロディを試みる。

ディケンズの仕事は驚異的であるが、すべての作家が彼のようにたやすく事をなしえたわけではなかった。サッカレーと中産階級の読者層、およびその保守的な性愛概念との関係は不安定で、ときに緊張感をはらむものとなった。彼は感情描写の面でも、話の進行の面でも十八世紀に範を求め、エロティックなものにおける（いまでは失われた）率直さや荒々しさを指向していた。そこから『ペンデニス』序文での、小説家は男性的な雄々しさを押し隠し、人間を描くさいには「ある種の因習的なにやけた笑い」のスタンスをとらねばならないという不満、フィールディング以降はどの小説家も完全なかたちで人間を呈示することを許されなかったという不満へと続いていく。サッカレーのこの不全感は、欠点はあるものの才気あふれた『虚栄の市』に顕著である。マルクスの『共産党宣言』と同年に書きとめられたベッキー・シャープの生涯は、近代小説のおそらく最先端の洞察を示している。それは経済と性的関係の混交、その象徴的構造的交換である。階級、性、貨幣はさらなる本質的、内在的な権力関係の表出であるというバルザックの認識をさらに進めたものになっている。しかし、例のごとくここでもサッカレーは率直に語ろうとはせず、風刺を使い、かしこまった雰囲気を揶揄している。率直に表せばなにかと一悶着を起こしやすい彼の認識は、もともと「家庭的流儀」とは折り合うはずもないのだが、それに沿って書かざるをえなかった彼の作品は本意と遠く隔たるものとなってしまっている。登場人物は「人間」にまでいたらず、操り人形として作者の指示にやすやすと従っている。

ブロンテ姉妹は、当然のことながら、中産階級の嗜好とそれに対する作者の反応という図式で説明するのがもっとも困難な例である。『嵐が丘』では性への関わり方の深度は、巧妙なやり方で、すでにむかしのものとなったゴシック小説的な性へと委ねられ、隠され、あるいは様式化されている。『ジェイン・エア』の場合は、いわゆる「慎み深い」とされる女性が性愛をみずから受け入れようとする姿勢――成熟への覚醒を求めて待っている――を当然のこととして描いたために人々の反感を招いた。しかし、ここでもまた高度な様式化が起こっている。ヒロインのジェインとロチェスターのやりとりでは性的なことがらは基本的なものとされ、堂々とした情熱的語彙が個別のエロティシズムを消去してしまっている。ルクレティウスと同様、シャーロット・ブロンテには世界、この世は総体として、それゆえ結局のところ罪や穢れがまったくないかたちで欲望が充満しているという世界観がある。『ヴィレット』は作品としての完成度において劣るだけに、なおさら性の問題に関して将来に向から解決を呈示する作品となっている。エロティックな喚起力が前面に押しだされているが、語りそのものは象徴的リアリズム――日常の出来事が象徴的に配置される手法――のレベルで流れていく。そしてこれにより散文はほんとうらしさの権威を与えられたことになる。さて、『ヴィレット』からジョージ・エリオットの確信に満ちた芸術へは、あとほんの一歩のことである。『ミドルマーチ』がイギリス小説のなかで卓越した位置を占めること、必然的にトルストイへと流れ込むような説得力あふれる語りの才能の集積を示していることにはいくつかの理由がある。そのおもな原因のひとつは、ジョージ・エリオットのもつ情報の質と量である。正確かつ想像力あふれた筆力によって、素材の全面にわたって知への圧力がかけられている。すべてが完全に知られているという特殊な権威づけにより『ミドルマーチ』――「そこは広大で、人々が群れ集い、色合い深く、さまざまなエピソードにあふれた地」とはヘンリー・ジェイムズのコメント(1)――は確固たる中心を具備する。『ミドルマーチ』以前には(さらにいえばこれ以降のイギリス小説においても)このような博識も、小説に合わせて想像力の翼を広げ開陳される学問的知識もみられたためしはなかった。第二巻十五章におけるリドゲイトの医学的業績と野心のあつかいが可能になるのはこれらの知識の賜物である。選挙法改正案当時の騒擾と、そのさいに新しいジャーナリズムの果たした役割――この役割は、皮肉っぽく、しかしわかりやすいかたちでウィル・ラディスロウの描写にあてられている――を描けるのも、作者個人が集め、整然と、また感性豊かに配置した知識の総体の裏づけがあればこそなのである。『ミドルマーチ』のなかで、ジョージ・エリオットが呈示するふたつの主要な性的モチーフ、ドロシアとカソーボンの結婚生活の破綻とリドゲイト－ロザモンド関係はこの知識と同じ裏づけによって語られている。

カソーボン夫妻のローマ新婚旅行(これはおそらくはマーク・パティスンをモデルにしている)の語りは網の目のように緊密に綴られているため、どこか一節だけをとりだして作者の手腕と認知力を指摘するのはむずかしいほどである。ここローマはドロシアの心の乱れの直接的、象徴的な写しとなっている。「北半球すべての過去が遠くからかり集めた見たこともない奇妙な像や戦利品をもちより、葬礼の行進をしているようなものだった。しかし、この巨大な断片性が彼女の結婚生活の夢のような奇異感を強めていた」。季節そのものも、このどんよりとめざめた若い女性を表している。「秋と冬が幸せな老夫婦のように手に手を取って進んでゆくように思えた。そのうちのひとりはやがてさらに寒く寂しくなっても生き延びるであろう」。この章（第二巻二十章）のジョージ・エリオットは、性的な具体的描写を進めるには制限が多い状況にあって、ぎこちない言いかえをおこなっている。「色褪せたものも光り輝くものも彼女の若い感覚をとらえた」。「若い裸体をもつ多くの魂が、不調和なことがらのなかに放りだされる」。この何気ないバロック調の文体は、非常に示唆に富んでいる。「若い裸体」とは一義的には魂のことではない。それはドロシアが見た彫像や絵画への言及が何回となくされていることからもはっきりしている。「不調和なことがら」（および「放りだされる」はじつに多くを鋭く語ってくれる動詞である）というのは、完全に破綻した結婚のことを指している。しかし濃密で生き生きとした文章で綴られているために、当世風のアレゴリーに陥る危険を冒してまでこういう部分的な言いかえがなされるとしても、文章の意図は正確かつ全面的に保存されている。

いまやふたりはローマにいた。そして彼女の感情は、根底から激しくゆすぶられ、毎日の生活では新たなことがらが新たな問題を生みだしていた。そのために彼女は自分の心が間断なく発作的な怒りと嫌悪のほうに向かって、また絶望的な疲労感へとなだれこんでいくことをある種の恐怖ととももに自覚するようになっていた。

ここでの用語は、厳格な十八世紀新古典主義（オーガスタン）的な意味あいにおいて「慎み深い」ものとなっている。この慎み深さとはすなわち文の構成であり、抽象化の度合いの問題である。しかし、ジョージ・エリオットに特徴的なたたみかけるような筆致となにか既知の具体性を喚起する力があいまって、彼女がいわんとする意味はとりちがえようがない。これに肉体的な要素が絡んでくると、その効果は次のようにますますはっきりしてくる。「彼女は近くにあるものに激しい熱情を感じた。それはカソーボン氏のコートの袖にキスすることであり、彼の靴紐に触れることであった」。さらにこの新婚旅行の思い出が薄れるころになって、作者の筆は絶妙の冴えをみせてくれる。第三巻二十八章の終わり、ドロシアと妹シーリアが、シーリアとサー・ジェイムズ・チェタムとの婚約のことを話し合っている箇所。妹が言う。「ねえドド〔ドロシアの愛称〕、サー・ジェイムズに会って、労働者用の住宅の話を聞いてくれないこと？」

「もちろんいいわよ。おやすい御用よ」

「でも、姉さんがあまり学問に没頭するものだから不安だったの」とシーリアは言った。彼女は、カソーボン氏の学識はある種の霧でやがてその近くにいるものまで濡らしてしまうと思っていた。

この霧のイメージは一読、人に嫌悪感をもよおさせる。ここで語られているのは性的欠陥と性嫌悪である。それと対照的に、シーリアの感情の豊かさと住宅の描写は繊細な筆致でなされている。肉体的な問題が完璧にかつ包括的に語りのなかで処理され、正確にかつ豊かに描き出されているため、ジョージ・エリオットのおこなった抽象化、具体的な性的なことがらに対する沈黙にわれわれは腹を立てたり、それを時代遅れの語法とみることはない。

この語法はリドゲイト－ロザモンドの要素を描く場合には応分の変化を被っている。ヘンリー・ジェイムズは、このふたりについて「イギリスで書かれた小説のうちでこれほど力強くリアルな場面はないし、これほど知的に描かれた例もない」と述べている。(2) リアリティは現実との無邪気な類似性から生じるのではなく、決定的瞬間に、本質的には象徴的方法によってなしとげられるものである。繰り返し指摘されてきたように、ロザモンドに対するリドゲイトの求愛とその後のふたりの結婚の危機は、ひとつながりのキーイメージによって強調されている。全体の劇的色調はロザモンドの「美しく、長いうなじ」とそれが示す従順と怒りの動作によって表されている。「繊細きわまる丸みに現れた精緻な盆の窪」(第六巻五十八章)には素肌の領域が広くさらされている。ロザモンドのなかにはイヴと「エナメルを塗ったようになめらかな首」をもつ蛇のイメージが秘められて、それがリドゲイトの堕落の重みを増している。「なにものをも書き逃さない」という意味ではほとんどシェイクスピアにも比すべき筆致で、作者はクライマックスにおけるロザモンドとドロシアの話し合いのさいにわれわれの注意をロザモンドのうなじへとふたたび向ける。しかしこの場面ではエロティックな意味あいは抑制されて、文章は率直な苦しみを描いている。われわれが目にするのは、ここでは「ロザモンドの震える喉」なのである(この章〔八十一章〕の末尾におけるミルトンに対する意識的な模倣は、ロザモンドとイヴとの同一視を顕在化させる）。またリドゲイトによるプロポーズ（第三巻三十一章）を描くさいの象徴的な小道具の意識的かつ劇的といってもよい配置ぶりも看過してはならない。リドゲイトは「鞭を動かした。なにも言うことができなかった」。ロザモンドは「びっくりしたかのように、もっていた鎖細工を取り落として、やはり機械的な仕草で立ち上がった」（「……したかのように」と「機械的な」という用語は、彼女の仕草がお決まりの手管であることを教えてくれる）。「立ち上がったとき、彼は美しく、長いうなじの上にある小さな可愛い顔のほんの近くにいた」。蛇の暗示は明らかである。リドゲイトは「鎖細工がどこに落ちたかわからなかった」。しかし三十分後、彼は鎖につながれた人間となって家を出てゆく。彼の「心はみずからのものにあらず、自分が縛りつけられた女性のものとなっていた」。

いったいジョージ・エリオットは、非常に正確に喚起された性的事物の連想や象徴的内実、すなわちわれわれにはまさにフロイト理論そのものと思えるような鞭の動きや壊れた鎖細工についてどの程度自覚していたのだろう？　ここでは意図的かつ「公的にコード化された」意義としてという意味で彼女がそのことを自覚している必要はない。彼女の知的心理的意識は、意図した効果と直接結びつくという点で、二十世紀の作家のだれにも劣らず完璧である。ただしその「博識ぶり」には違いがあり、その違いがキーポイントである。

ジョージ・エリオットの性的感覚の把握、すなわちエロティックな感受性と抗争に関わる細密な描写には、現代作家にひけをとるものはなにもない。特徴的なポスト・フロイト的洞見とみなされる部分に関してはたいていの場合、現代作家と比較すると浅薄の感がある。しかし、彼女の性的な認識と想像力による自由な認識の働きは一八七〇年代の純文学作家のもつ語彙よりはるかに進んでおり、また優れて明示的な特徴をもっていた。ジョージ・エリオットはみずから述べたり、述べるよう求められているよりも多くを、はるかに多くを知っている。そして感嘆すべき人間性の把握に支えられたその正確な知識は、書かれたことを明白に権威づけるものとなっているとともに、あえて言葉として発せられないが、感じられたり記憶にとどめたりすることはできる寡黙な内容としての力を付与している。じっさいに触知できる生のもつ切迫した豊かさと、書きとめられた小説の語法のあいだには沈黙の領域がある。それは慣用的に取捨選択の場であり、小説家の生に対する反応――現代作家のだれにもましてそれは感覚的であり、心理学的知見に満ち、巧みである――がヴィクトリア朝の公的発話に合わせた節度と慣用的な間接表現へと転換される場である。しかし、まさにこの距離によって、知識としては蓄えられているが言葉にはされない部分の秘密の存在によって、小説は大人の生活の熱情と比類なきエネルギーを獲得する。ドロシアの不発に終わった感情教育、あるいはリドゲイトのロザモンドへの屈服を描くあらゆる箇所で、ジョージ・エリオットが描かなかった部分は、そのために内容の浅薄化を招くことも本質的な知識の欠如とみなされることもなく、かえってそれらの知識が濫費されなかったことを示している。さらにこの沈黙という行為、この意識的な作戦は、現代小説にはほぼ失われた感受性の効果をもたらしてくれる。小説家は作中人物と読者の両者を複合的な存在として取り扱うのであり、個人の内奥にあるプライバシーにまで踏みこんで暴き出すことはしない。それゆえ十分に想像力を駆使して相手の気持ちを受け入れるのである。第四巻の末尾、カソーボン夫妻の結婚の暗闇がじっさいの夜へと重なり深まっていく。ドロシアは明かりを手にして、病気の夫が階段を上がってくるのを見守っている。

「ドロシア！」そう言った彼の言葉には優しい驚きの調子があった。「ここでわたしを待っていてくれたのか？」

「ええ、下に行ってお邪魔になってはいけないと思って」

「そんなことはないのに、ああドロシア。君は若いんだ。わざわざわたしを待つようなことをしなくてもいいのに」

その言葉の優しく静かで憂鬱な調子を聞いたとき、ドロシアはなにか感謝の念、足の萎えた動物をすんでのところで傷つけずにすんだときにわたしたちの心に湧きあがる感謝の念のようなものを感じた。彼女は夫の手に自分の手を重ねた。そしてふたりは並んで広い廊下を進んでいった。

ここでの強調点ははっきりとしており、飾り気がないほど明白である。「足の萎えた動物」のイメージが担うのは、挫折感に付随するあらゆる感情、もとに戻らないまでに損傷した夫婦関係のイメージである（ここで萎えた足と去勢のあいだの象徴的、語義的といってもいいほどの同一関係を知っていることで、わたしたちの失うもののなんと多いことか）。しかし驚嘆すべきことは、ここにはカソーボンの複雑な内面性とそれがおよぼす効果が惜しげもなく開陳され、ドロシアと読者のうちに伝えられていることである。やはりミルトンの影響が随所にみられるこの簡潔な夜の一場は、ジョージ・エリオットの技法をトルストイのそれに並び立たせるものとなっている。カソーボンに対する作者の同情はトルストイ描くところのアレクセイ・カレーニンと同様、自在の筆致で人間的に描きあげられている。だが、それは多くを語らない文章による効果であることに注意してほしい。もしもドロシアの新婚旅行と結婚生活における心身の醜悪さや堕落があからさまに書かれていたとしたら、こうした繊細なドロシアの反応ぶりや完璧な共感ぶりを喚起することはいかにジョージ・エリオットといえども不可能であろう。性的なことがらに対する慎み深さがここでは制限としてではなく、個の内面を開放するものとして作用しており、作中人物は制約されることで逆に自立性を獲得するという逆説が生じている。

作者の認識に比して作者が使用できる用語が制限されるという不均衡、およびそれによって必要かつ可能になる語りの姿勢という問題は、ジョージ・エリオット以降長くもちこされることはなかった。公的に定着した慣習とそれに飽き足らない人々の抱く期待感は多岐におよぶため、安定することはない。ヘンリー・ジェイムズの『ある婦人の肖像』は多くの重要な点で『ミドルマーチ』の反復である。しかし、短いとはいえ二作のあいだに流れた年月と、『ミドルマーチ』を「旧来のイギリス小説の発展」における最終到達点とするジェイムズ自身の見解[3]が二作を異なるものとした。イザベル・アーチャーとギルバート・オズモンドの結婚生活の破綻はドロシアとカソーボンのテーマを受けて描かれており、たとえばローマがドロシアをとらえたように、フィレンツェと冷たく冴えた芸術がイザベルに迫ってくる。また大団円でのドロシアとラディスロウの抱擁をもたらす「あざやかな一閃の稲光」は、キャスパー・グッドウッドとオズモンド夫人の抱擁の場面でも空に閃いている。しかし、ジェイムズのめざす明晰で洗練された心理分析という内面観察は徹底しており、そこでは一般化された平板な卑俗表現にはもはや適当な場所はない。小説家のもつ知識が物語の語りを強化することはもはやない。そうではなく知識は語りに圧力をかけ、新しいシンボリズムの意識を作家の技法に徐々にしみこませてゆく。ヘンリー・ジェイムズにあっては、性に関する慎み深さと自制は計算された方法なのである。そこでは性的なものを排除する精力的な戦術が観察されうる。語られなかったことが次の角で待ち伏せしている。ジェイムズの小説では、いやジェイムズの幽霊話に使われるような「仮面」という特殊な語法においては、性的事象に関しての寡黙は血肉を備えた現実の陳述ではなく、その世界の微妙な欠落感を表している。語られなかったことが、しばしば突発的な詩的表現を伴ってその姿を現すことがある。『ボストンの人々』におけるオリーヴ・チャンセラーのヴェレーナ・タラントに対する思いを表した箇所の暗示する鮮明な印象にまさるものはおよそほかには見当たらない。「そして淡い雪は酷薄にみえた」。こう一言で要約することで、その鮮明度はいや増している。この箇所の喚起する不毛性と成就しなかったレズビアン衝動について語る必要はあるまい。しかしジェイムズの作品にあふれる劇的な性のドラマではじつにしばしば起こることだが、具体的な描写を避けた性的事象や省略した直接表現がいわば地下に潜行して、歪んだかたちで突出したアレゴリーを装って増殖しだす。写実的に性を描く可能性というもうひとつの慣習がジェイムズに重くのしかかっている。ジョージ・エリオットは『ボヴァリー夫人』の挑戦など存在しなかったかのように、この書物が言語と性的想像力の新たな関係の詩学を開示しなかったかのような顔で仕事をした。ヘンリー・ジェイムズにはこうした知らぬ顔をきめこむことはできない。第二のフローベールとなりうる潜在的な可能性が彼の上にのしかかるが、彼は複雑な自意識的作業という代価を払ってその可能性を放擲してしまう。

三つの有名な訴訟が現代文学における「新エロティシズム」の発展の各段階を画している。一八五七年一月の『ボヴァリー夫人』裁判、一九三三年の『ユリシーズ』の内容をめぐっての合衆国ニューヨーク地方裁判所の決定、一九六二年ロンドンでの『チャタレー夫人の恋人』の猥褻性をめぐって検事側敗訴の裁判がそれである。このうち文学的思考、公衆の基準と想像力がもつすべての可能性とのあいだの議論という観点で意義深いのは『ユリシーズ』に関するウルジー判事の判決〔猥褻性を否定したもの〕である。しかし、全面的な性表現をめざすダイナミズム、純文学における言語による性の完全な表出をめざす試みはフローベールに始まる、いやさらに正確にいえばフローベール（およびその少し後のボードレール『悪の華』の告発）を基準にして定義してよいのである。公衆に配慮する検閲と作家の責任においてエロティックな想像力を全開にしたいとする要求とのあいだの対立は、それ自体特定の、しかし自明とはいえない社会学的環境の結果である。十八世紀の放蕩者小説は性的表現に関してはフローベールのはるか先を走っていた。また、バルザックの『ゴリオ爺さん』『ラ・ラブイユーズ』のような多くの小説は、『ボヴァリー夫人』のどの部分よりもどぎつい性的病理や猥褻な性的疾病を直接的とはいえないまでも影絵映しにして描きだしている。こうしてみると文学が変容して突然に性的放縦のほうに逸れていったのではない。原因はむしろ中産階級の嗜好が固定されたことによるのだ。商業文化に特有の感性とその基準が支配的な理想を具現するという、十九世紀中葉に特徴的な仮定、どこまでの感情表現が許されるかというブルジョワ的規範に関する仮定のほうである。さらに、書籍が安価に出回るようになったことと文字を読める新しい層の台頭により小説は無視できない存在になった。旧体制（アンシャン・レジーム）のエロチカは、その内容を伝える様式化された用語とともに、エリートのためのものであった。これに対して、フローベールの芸術は少なくとも潜在的にはずっと広い読者層に開かれていた。このためそれは上品な嗜好を掲げる公的な共同体に対する挑戦としての破壊的な活力をもつにいたった。

外からみるかぎりでは、混乱ぶりを追体験するのはむずかしい。検察側はムッシュー・フローベールの卓越した才能を認めていた。彼の小説を堕落させているのはほかならぬこの才能であった。「倫理的な結論がついているからといって細部の猥褻性が相殺されるわけではない」。エマ・ボヴァリーの腰で蛇のような音をたてるコルセットの紐、若い女性がロドルフに体を任せきるときの心地よい身のふるえ、これらの描写はリアリズムではなく小説芸術そのものを不信にさらした。「芸術に対してただ一点公序良俗に反しないよう求めることは芸術の地位を低めるものではない。逆に芸術に敬意を表することなのである」。フローベール側弁護士スナールの反論は、ひとえに動機の問題にかかっていた。『ボヴァリー夫人』は深淵な道徳的作品なのであると。「これらのページには死が語られている」。すべてのエロティックな恍惚感はむかつくような自殺の場面で百層倍の報いを受ける。結果、裁判所はそこここに散見される「非難がましい俗悪性」はあるものの、この小説は全体としては姦通非難というまじめで非常に悲劇的な目的を有しているとして弁護側の主張を認めた。ヘンリー・ジェイムズはこのことをこう回想している。「われわれはあれからなんと遠くへきたものか——比較的ほんのわずかむかしのことなのだ、『ボヴァリー夫人』があそこまで非難の矢面に立たされていたのは。このことは文学知識層が大きな無意識的部分をかかえていたことを示唆している」。もちろん、これは『ボヴァリー夫人』に投げかけられた浅薄な道徳主義という評価やいらざる怒りに対する無意識であり、そこに含まれる根本的な問題に対してのものではないといってよい。

フローベールはじっさいに卓越した芸術家の才能、真剣な芸術家の一流の才はそれだけで道徳的に正当化されるのだとまで述べている。この宣言は彼がその小説技巧をみずからの健康を損なうまでに磨きあげ、膨大な技術を費やしていることに関わるだけにより説得力がある。ことが真実と虚偽のあいだの奇妙な空間で生起する場合でも、芸術作品はその時代のいかなる慣習倫理にせよ、その基準の外に存する。作品はその基準に働きかけ、それをさまざまな人間性に対するより普遍的な反応に合わせるように再構成するのであるが、あくまで規範の外部に存在し、実際の道徳律は作品内部にある。ある文学作品が正当な存在理由をもつか否かは、根本のところでは技術的な問題に関わっている。それは作品媒体たる言葉が豊かであるか、深遠であるか、読者の感情を喚起する力があるかどうかという問題である。三文小説はそれがいかに人道的な目的や道徳にかなっていようとも検閲によって却下すべきである。まず言葉や文章が二流である。次にこういう書き方は読者の感受性の範囲を狭めることになる。最後に複雑で込みいった緊急の人間的事象を描くかわりに、単純化という嘘に頼っている。厳粛な動機から書かれる小説や詩は、伝えるイメージがどんなに性衝動や動物的欲望を喚起するものであれ、それは道徳を外れるものとはなりえない。厳粛さというのはひとえに作品構造そのものから浮かびあがり、使われる隠喩の豊かさや、精力的で独創性あふれる言語表現の指標となる資質であるが、これが当の道徳律の保証人となる。厳粛に表現されたものであるなら、いかなる「内容」であれ、それを読む読者の厳粛な精神を堕落させるはずはない。人の想像力を豊かにし、意識に複雑な構造を与えて日常的反応の陳腐さを打破するものこそが高い道徳性をもつ行為なのである。この行為をなしうる特権をもっている、いやそうする義務をもつものが芸術なのである。芸術は激しい流れとなって慣習的な感性の氷塊を砕き、再構成する。現世の未練を棄てて超俗を志向するという昨今流行の姿勢とは異なり、俗世を超越するこの姿勢こそが「芸術のための芸術」精神の根底にある。「発動された形式」のもつこの道徳性が『ボヴァリー夫人』の中心にあってその芸術を正当化している。

　作品内部には必要十分の道徳律があるというこの意見はほんとうであろうか。ほんとうであるとして、それはどういうたぐいの真実なのだろう。『ボヴァリー夫人』から一世紀後、フローベールと彼の告発者が直面したよりはるかにやっかいで緊急の状況下でわれわれに突きつけられているのは、まさにこの問いかけである。これについてはもう少し先で語ろう。とりあえずはっきりさせておくべきなのは、言葉の理論、フローベールの小説における性的事象を説明する言葉と想像力の関係の理論である。

　この作品のうちに作者の天才を認めるにあたっては当初から一定の不満感があった。ジェイムズは、エマ・ボヴァリーは「じつに些細なしろもの[4]」であり、作者の仮構する微妙で豊かな心理を描くにはあまりに器が狭いと指摘する。ジェルジ・ルカーチは話の出発点としてフローベールが「最適の一語（ル・モ・ジュスト）」をいかに苦労して求めたかという自身の記録、たとえば二十回も文章を書きなおす苦しみの果てにこれ以外にはないという文のリズムを発見した箇所をとりあげて、『ボヴァリー夫人』では作者の自信が危機にさらされていると指摘する。それは現実世界のなかを余裕をもって作者の想像力が駆けめぐるという古典文学を特徴づける性質からの後退であると。作者不在の感受性（ルカーチはこの作者の立ち退き現象の原因を、資本主義の成熟が芸術家にもたらす実利主義的圧力に帰している）のみが言葉による自律的現実のなかであれほど精力的にまた究極的絶望的なまでに言葉を使うことができる。フローベールは完璧な文章というやっかいな問題にとらわれて文字どおり窒息したとするサルトルのイメージは、ルカーチの見方の焼き直しにすぎない。フローベールが文学に殉じた記録、常軌を逸したと思えるほどの情熱で苦労してなしとげた最適で完璧な表現形式、その真実喚起力、これらによって、『ボヴァリー夫人』を一読、再読する多くの読者が感じるなにやら冷たい印象、静謐な雰囲気が生みだされている。フローベール側の弁護人が作品のページに語られていると述べた「死」は、たんに道徳上エマに下される判決のことではない。

性的事象を表現するさい、フローベールの理想とした文章の徹底的な明晰性はどのように作用しているだろうか。主要な性的描写を読み返してみると、そこでは音楽的リズムが保たれ、雰囲気で類推させる余地が広くとられていることから、フローベールの語りが日常に密着した粗雑なヴェリズモ論からは隔たっていることがわかる。

彼女のまわりでは樹々の葉がちらちらと斑に光にそまり、それはさながらハチドリが翼をはためかしているようであった。まわりはひっそりと静まりかえっていた。樹々は甘い香りを吐きだしているようだった。心臓がふたたび打ち始め、血液が乳の河のように体内を流れ始めるのを感じた。そのとき、森のどこか遠く、谷の反対側のほうから奇妙な長く伸ばした叫び声が聞こえてきて、なかなか消えなかった。静けさのなかで彼女はその声に耳を傾けた。それは音楽のように、まだどきどきしている神経の名残の響きと混じりあった。ロドルフは葉巻を口にくわえたままポケットナイフ

で馬の手綱を直していた。(5)

「乳の河」や恋人が口にくわえた葉巻にフロイト的価値づけが込められているのは疑いない。壊れた手綱のような寓意的、伝統的小道具も同様である。しかしこの文章の特別な奇跡ともいうべきは、こと果てた後、エマが正気に返る過程が文章そのものによって模倣されている点にある。このシミュレーションはリズムとイメージによって達成されている。過去形の変化、きわめて意図的な句読点の打ち方、節を構成する文章の長さの調整、これらはわれわれの側の呼吸感覚を呼び覚まし、文章に合わせた肉体感覚を要請してくる。これによって読者は呈示される一連のイメージに対して反応するのであり、彼はエマ・ボヴァリーのなかで鎮まりつつある官能性と静謐ではあるが繊細にとりかこまれた平安と同じ感情をみずからのうちに経験する。呼び起こされる象徴的小道具が作者の意図した感情をまさに支持している。たとえば、森のはるか彼方から聞こえる長く伸ばしたかすかな叫び声はロマン主義文学を通じて叙情的でなにか不吉な瞬間に鳴り響いている。その最後の皮肉な残響は『桜の園』における弦の切れたような音に聞くことができる。夕日の残光に映えるハチドリの羽と樹々から漂う甘い香りはロマン主義の詩歌や散文に様式化された恍惚状態に属している。フローベールはこれらを巧みに処理している。ハチドリや樹々は外的にわれわれ自身の感受性を映しつつ、内的にはエマ・ボヴァリーがとりこむロマンスのレトリックを映し返している。このレトリックは、エマが帰宅するやいなや、姦通を犯したヒロインたちの「抒情的一団」を思い描くという事実によって、まさにわれわれの内部に場所を占めることになる。つまりはこの文章のリアリティはその官能性でわれわれを圧倒している。それはわれわれの感情、語りに即応した肉体的心理的な模倣を引きだしている。しかし、このリアリティはまったくの現実のコピーではない。文章のリズムは生き生きと脈打ち、語られる言葉というより、そのリズムが直接なにかを語りかけてくるのである（これはレオンとの評判の悪い馬車行きの場面でもふたたびみられる）。フローベールのエロティシズムとは、文章のリズムの問題である。それゆえ、模範であることが実証されることになるのは『ボヴァリー夫人』という実践のほうではなく、それを生みだした表現理論なのである。

ボードレールと同様、フローベールにおいても明晰な表現の追求はそれ自身が目的ではなく、美的形式における厳格な道徳律の一部であった。明示性の実現はフローベールにおいては依然、エレガントな様式美の観点が考慮されていた。これがモーパッサン、ゾラの自然主義運動にあっては、新しい、さらに文字どおりのかたちの明示性が出てくる。厳粛さに対する根本的な評価要素として、描写の完全性が芸術形式の完全性にとってかわった。すべてを書きつくさないことは小説家としての知的、社会的機能の放棄につながった。自然主義の作家はみずからを物理学者や分析的な歴史学者と同列に置く。彼の小説はこれらの学者と同様、人間事象について、確固とした解剖学的見解を伝えねばならない。象徴派にも劣らず（ふたつの運動はその美意識において対極の位置を占めるものであるが）、自然主義も意識して反俗物主義の波に乗った。ブルジョワにガツンと一撃を加えること、お上品な言説のタブーに挑戦することが必須要件となった。これに啓蒙される側の読者――「同胞よ、わが兄弟よ！」――はといえばみずからのショックを隠すことで、あるいは芸術家をさらに大胆な方向へたきつけることで、精神の成熟ぶりと感受性の強さを示した。一八七〇年代と八〇年代における「最適の一語」から「正確な一語（ル・モ・エグザ）」への道のりは、作家と読者同士がたがいに加速しあった衝動の結果であった。この衝動に対し、現実の再現と虚構によらないルポルタージュにおける映像手段——近代的新聞の読み物、写真——が発達し、挑戦相手として拮抗する実力を備えるようになった。これでもかとばかりに繰りだされるジャーナリスティックな文章に刺激されはするものの、すぐに免疫をつけてしまう大衆読者を相手にするため、小説はイメージから写真に移らざるをえなかった。そうして登場するのがゴンクール兄弟、モーパッサン、ゾラによる写真的描写の主張である。『ナナ』とフローベールの文章を比べてみると、エロティックな描写においていちだんと現実のほうに突き進んだことがわかる。

> ナナは鞠のように体を丸めた。体中を優しい震えがかけめぐっていくように思えた。目をうるませて彼女はもっと強く自分を感じようと体をすぼめた。それから両手をゆるめて、きつく抱擁してつぶれた乳房のところまではわせた。胸が外に飛びだした。全身の愛撫に体がとろけるように、最初は右、次に左と頰を肩におしあてた。貪欲な口元から体全体に欲望の吐息が漏れた。彼女は口をすぼめゆっくりと脇の下のあたりにキスをした……ミュファが低く長いため息をついた……彼は乱暴にナナの体をつかみカーペットの上に引き倒した。(6)

フローベールは『ナナ』のなかにかつて自分が導入し、偽善的な社会のなかで強化されていった率直な性表現という理想の勝利の絶頂をみた。「レズビアンの一団が〈羞恥心を怒らせる〉というのだな！

それがどうしたというのだ！　馬鹿者は糞でも喰らえ」

性的なショックに対する中産階級の寛容度の変化にせよ、個人的な感情はどうあれ、みずからをさらすことを嫌がる「馬鹿者」たちにせよ、これを促進したのはほとんど自動的な言語内メカニズムであった。『ナナ』から『ユリシーズ』『チャタレー夫人の恋人』、『チャタレー夫人の恋人』から『ブルックリン最終出口』まで、そこにみられるのは性的描写の明晰性に向けてのたゆまぬ歩みである。この歩みが進められるごとに、形式構造の要請する論理によって次のステップに進む必要が生じる。完全なエロスの表現へ向けてさらにもう少し近づくための言語手段を手に入れねばならない（これは映画や写真において素肌を覆う部分が少しずつ少なくなり、ポーズも大胆になっていき、完全な性交の表現へと近づいていったことと重なる）。フローベールと彼に続いた自然主義の作家たちは、小説の用語のうちに永続的に続く動力を解き放った。作家と読者は、しばしば作品に表れた最新の率直な表現に含まれる自発性や作家の慎重な道徳的勇気を誇張して考えるが、性表現に関わる全段階では言語表現における強力な自動化が進行しているのである。

一八九〇年あたりから、同性愛は一般に西洋文化において、またもっと意義深い点では西洋文化が自意識に到達するために用いてきた神話や象徴表現において重要な役割を果たしてきた。隠密あるいは公然と肛門性交および／またはさまざまな種類のホモエロティシズムにふけった芸術家が現代文学、美術、音楽、バレエ、その他周辺的な装飾芸術にいたるまで重要かつ、ある意味では枢要な地位を占めている。「現代の潮流」の色調、二十世紀の美術、文学の主要部門に隠然として位置を占める創造芸術の理論の色調をオスカー・ワイルドやマルセル・プルースト、アンドレ・ジッド、シュテファン・ゲオルゲ、ジャン・コクトーらの生涯や作品と切り離して考えることは不可能である。ジッド初期の熱狂詩（ラプソディ）や仮面劇からアレン・ギンズバーグの詩、ジェイムズ・パーディ、ジェイムズ・ボールドウィン、ウィリアム・バロウズの小説にいたるまで、あからさまであれ象徴的な表現であれ同性愛が時代の感受性のもっとも先端的な部分を活気づけている。これはなぜだろうか。

　同性愛という現象自体は広範囲にわたって研究されてきた。しかし、その原因と中心のエネルギーはいまだ解明されていない。これは焦点のあて方の問題であり、同性愛はペリクレス時代のアテネでもルネサンスのフィレンツェでも一定の役割を果たしていたし、ロココ文化のエリートはディアギレフの世界に劣らずやはり同性愛傾向を有していたという言い方ができるかもしれない。時代間の差はたんにデータの多寡によるのであると。たしかにそうした主張にもうなずけるところはあるかもしれないし、現代において同性愛が顕著に思えるのはそれがよく目につくからかもしれない。すなわち中産階級の規範を体現する媒体と、それとときを同じくした言語的、法的なタブーの緩和によって同性愛がより顕著にみられるようになった。しかしながら、ことははるかにやっかいで込み入っている。アール・ヌーヴォーから「キャンプ」、ゲイ解放運動まで、同性愛の規範と理想は重要な力をもつ。それらは自分たちだけの唯我独尊を通して、現代的戦略のもっとも特徴的部分である、生理的にも社会的にも内部で完結して外に開かれない状況を強調しているかのようである。すなわち詩について語る詩、みずからの可能性について表現する美術、おもな参照体として人の使用を想定せずに他の装飾品などの形態を意中においた器具や建築物などである。現代芸術と文学の最良でもっとも独自のものの多くは自閉的、いいかえるとその目はみずから定めた基準の外の現実や「常態」を見ようともしなければ見ることもできないし、さらに、現代の天才の多くはきわめて包括的で洗練されたゲーム理論の観点から理解することができる。そうであるならば、そこには本質的な同性愛性が存在する。こうもいえる。同性愛は哲学的伝統的リアリズムの創造的拒否、古典的、十九世紀的感受性のもつ世俗臭や外的表現の重視に対する創造的拒否であると。十九世紀的感受性によって生みだされるのはその意味と価値を「外部に求める」芸術や文学作品である。これらは権威を受け入れ、外部からのお墨付きを求める。絵画は「現実世界のなにものかに似ている」ことを目的とし、詩は真実性の最終的基準を散文による説明可能性や常識に適うことに求め、音楽は日常の発話ときわめて類似した構造をもつ。これらの古典的リアリズム、「外界」とのコミュニケーションと関係性を中心に据えた芸術や文学の根本にあるのは異性愛である。これに対して、マラルメ以降の内部に向かう詩、描くことそのものを主題とする絵画、いかなる言葉や外的な意味への翻訳も拒否する音楽、舞踏、これらが表現するのは同性愛もしくはその抽象化された自己愛というかたちに深く関わる自己満足的形態の観念とその希求であるように思える。現代という時代の鏡は内に向かって光り、自己やその影ともいうべき「他者」を苦しいまでの綿密な省察にさらしている（プルーストとコクトーにおいては「内部完結性」の図像学と鏡ゲームの規則がきわめて意識的に繰り広げられる）。

より素朴なレベルでは、象徴派以降の文学における同性愛的傾向は、芸術家が世俗臭に対してそのスタンスをより強調し、対立意識をあらわにした戦略とみることができる。芸術家自身がその創造的孤独を支えるために必須であるとしばしばみなしてきた世俗とのあいだの距離は、性に対して不寛容な厳格主義が弱まるにつれて、かえってとることがむずかしくなっていった。ロマン主義の時代は生活様式として芸術や文学を選ぶだけで社会的規範からの逸脱者、変わり者、反抗者の烙印を手に入れることができた。フローベールはこうした社会からの逸脱が必然的に困難になっていく過程をすでに見抜き、作品に妄想的な熱狂を注ぎ入れることで静かに営々と反抗を続けた。ポーとボードレールは麻薬に避難所を見いだした。それはまたブルジョワ的秩序の境界の外にある亡命基地でもあった。芸術家が世に受け入れられるようになり、その反抗もいまや洗練された大衆の無関心とおざなりの驚き方にさらされて鈍らされてしまうと、芸術家の側の自己規定の努力はますます熱を帯びていった。すなわち、どうすればおれは正真正銘の異邦人になり、正真正銘破壊的な姿勢を保持することができるのだろう（攻撃性という意味でも挑発された怒りという意味でも）？　ヴェルレーヌとランボーのスキャンダルとオスカー・ワイルドの行状が同性愛に代表的な戦略的価値を与えた。同性愛者は社会のよそ者、中産階級のポスト・ピューリタン工業文明の要となる想像力の基準、実利優先の関係性の「大いなる拒否者」として芸術家と重なりあうようになった。同性愛は部分的にせよ唯我独尊の実行を可能にした。それは世俗の常識とリアリズムを仮借のない嘲笑の対象にする。ところで、その嘲笑こそが現代芸術なのである。二十世紀も深まるにつれて、ユダヤ人や黒人がもつような別の外部性、「面倒ごとを持ちこみ、人の神経に障るような亡命者」が現れて、作家や芸術家に対して戦略的機能を提供するようになる。共通の自己愛と破壊性がこれらのさまざまな創造的仮面を結びつけている。しかし、その源泉はどうあれ、同性愛的潮流は現代文学における愛の表現に多くを、いや大部分をといってもよいだろう、提供してきた。

そのとき見えなかったことが見えてくる現在という地点から『ヴェニスに死す』を振り返ってみると、物語のもつ静かな儀礼性が目を引く。作者トーマス・マンはアレゴリーの指標をこれでもかとばかりにふんだんに用いている——ヴァーグナーを彷彿とさせるタイトル、アシェンバハという名前、死者の船、悪夢に現れる乱行、海から立ち上がる裸のアモールのような少年——が、それらはもはやわれわれの「博識」には働きかけない（わたしがテーマを定めようとしているのは知識から「博識」への過程である）。この小説でマンは滅亡に定められたものと知っていた文明の重荷と理性の夢を顧みている。そうではあるにしてもその大胆な性的表現を過小評価するのは近視眼的視点といえる。ダンの恋愛詩にも比すべきやり方で、『ヴェニスに死す』は死に憑かれたエロティシズム、危殆に瀕した欲望によって混乱の極にある人間的価値が表される「迫真の美しさ」という主題を表現、あるいは再発見したといってもよいだろう。文章の達人のこの主人公は、言葉が不当に侵入してくることに気づく。「アシェンバハは自分の言っていることが一言もわからなかった。まったくたいしたことは言っていないのかもしれなかった。聞いているうちに混ざりあいハーモニーをなすようになった」。少年の率直なまでの輝きがこの大作家を「言葉という大理石の塊」から解放する。エロスが彼を圧倒する。「精神も魂も欲望に酔っていた。彼の足取りを導くのは、たわむれに人間の理性も威厳も踏みにじるあの悪魔の力であった」。アシェンバハのひとりよがりの行動、すなわち彼が「恋人のような、愛の言葉」を惜しげもなく捧げるのはタージオの影にすぎないこと、老人と少年のあいだにはいささかの接触も言葉のやりとりもないことが、すさまじいばかりの肉欲をさらに強めている。プラトンの対話篇とソクラテスが語るエロス神話の詩的な、ある意味ではアレゴリー的な少年愛と明らかに通底しつつ、マンのこの中篇はそれに続く同様の一連の小説を導くことになったようである。ジッドの『贋金つくり』からナボコフの『ロリータ』まで、現代小説はひとりの子ども、もしくは一団の子どもに対する成人の性的関係を描いた注目すべき事例を輩出した。成人と子どもの交流はほとんど例外なく同性愛的であり、ナボコフの『ロリータ』が不安定な輝きを放つのはそれが異性愛の形をとるためであろう。

マルセル・プルーストの同性愛問題は、簡単に片づけるわけにはいかない。しかし、膨大でしばしば知的に優れたプルースト研究がこの難題の処理をいかに誤ったかは注目に値する。語り手とアルベルチーヌの恋愛関係は、文学的にいってわれわれの感受性の源泉を増大し、認識を教育し、新たな可能性をもつ感性へと目を向けさせるものであり、こうした例は芸術、文学の歴史のなかでもそう多くはない。プルーストによって性的意識のレパートリーが増えたのである。思春期の性、想像に狂うこと、嫉妬、性的喪失感といった領域がプルーストの体系化によって新たに、広くわれわれの前に解放された。偉大な芸術にはつきものの神秘的な技ながら、『失われた時を求めて』は、われわれの精神にとっていわば「未知の土地」であった感情の細かい襞や本質的な存在と見せかけとのよじれを現出させる規範的神話としての役割を果たした。プルーストに関する伝記的事実は膨大であり、かえって曖昧であるが、それによると、恐るべし、アルベルチーヌのなかにはアルベルトが棲みついている。うら若い、しとやかで洗練された女性がその仮面の下には同性愛という地下に埋もれた、より直接の真実ともいうべきものを隠しもっているのである。プルーストの「不誠実性」を酷評したアンドレ・ジッドが感じたのもそのことであった。しかし、ことはさらに絡まりあっている。われわれは同性愛だけではなく、アルベルチーヌのなかにはプルーストの知る、またその魅力を知覚していたというレベルで彼にとって大事であった女性たちの特性が具現されていることを知っている。このように二十世紀文学随一の愛の挙行は底の底まで多義的なのである。もちろん、それは批評家があれこれいう浅薄で小説の技巧的な意味での多義性ではない。アルベルト－アルベルチーヌ像という、異性愛と同性愛の規範を行き来する語り手は、性差の一時的停止、あるいは西洋伝統の特定の頂点で達成されるエロティックなものの融合という土壌に属しているのである。プルーストのエロティシズムの神秘的な完全性は、それが人工のものでもあるだけに神秘的であるのだが、これは『饗宴』で語られるふたつの性が合体した怪物の神話、レオナルド・ダ・ヴィンチ描く人体描写にある両性具有的奇想、マーロウ、シェイクスピアの詩、戯曲、ゲーテの恋愛哀歌にみられる男性性と女性性の互換性、共在などと関わる。わたしたちの想像力がはるか深く行き着くところは、やむをえず男性、女性と区切っている性をこえたエロティックな総体なのである。

プルーストがソドムとゴモラの苦悶に満ちた不完全性を対置するのは、たんなる異性愛を意識しているのではなく、まさにこのエロスの総体性に向けてのことである。ホモセクシャルとレズビアンの生活と社会を詳細に配置したこの文章は、その背徳性を断罪するような教化力をもっている。結果、シャルリュス男爵にある存在の広がりはヴォートランには許されていない。それはたんにプルーストがバルザックよりはるかに先を走っているというだけではなく——じっさい、彼は一八三〇年代の用語では不可能なやり方で堕落の世界を詳細に描写することができる——人間の愛の性質についてたゆまず悲劇的な発言をし続けているからである。プラトンやシェイクスピアと同様、現存在の自分ともうひとつのあらまほしき自分との弁証法を提起しているからである。われわれはいったい、いかにすれば愛が湧きでてくる自身の本源をなにがしか損なうことなしに、愛するものに到達できるのであろうか。ホモセクシャルとレズビアンの場合にはこの逆説はいわば凍結されてしまい、なにも生みださないまま受け入れられる。プラトンの神話の裂かれた半身としての性の男‐男、女‐女の結びつきは踏み車のようになにものも生みださない。プルーストがソドムを描くさいの断固とした厳格な態度を知るには、なにゆえ愛するものとの全的な（それゆえ達成不可能な）交流、愛するものの全的な（それゆえ達成不可能な）所有が語り手にとって生の意味になってくるのかを知るには、『ソドムとゴモラ』第一章の終わりを読み返せば明白にわかる。このように、プルーストの場合の同性愛は、じっさいに重要な位置を占めつつも、ジッドやコクトーにはみられないやり方で、想像上の、詩的に経験された完全な愛のかたちを生き生きと描いている。

ジャン・ジュネにおいては、そうした完全性はみられない。その反対に愛の分割性、局所的な愛の見方を激しく希求するところがある。ジュネの小説の同性愛的、犯罪的な秘密の世界は、嘲笑的な「他者性」をその特徴とする。既成社会との関係は破壊的で滑稽な異装と化す。そこから生じるジュネ芸術の主要な機能が変装であり、狂言的仕草であり、仮面であり、女装や男装である。とりわけこの異装はジュネの才能を刺激し、高度に修辞的できわめて公式ばったフランス語の使用が進められる。そしてその散文の質は、語りえないことにあえて立ち向かう点でヴィクトル・ユーゴーと酷似している。ジュネは同性愛関係のもつ野獣性と猥褻性を隈なく白日のもとにさらけだす。もちろん、彼独自のとくべつなやり方でではあるが。叙情の発露のスタイルでひとつ残らず書きつけることで、彼はカラヴァッジョの絵のように硬質で絵画的な非現実とでもいうべきものを創造する。ジュネにおいては、同性愛は普通の社会から隔絶された「愛の園」として呈示されるが、それは動物的–暴力的で念の入ったスラングゆえではなく、高度の様式化、そこで配置展開される芝居がかった所作、お祭りめいた儀礼性、無制限の感情表現のゆえである。ジュネはメーテルリンクやイエイツというリアリズムよりももっと形式的で厳密な美学性をもつ表現の場を求めた人々の末裔である。あることについて語らぬことが様式化であるとするなら、すべてをさらけ出すことも様式化である。

月の空へのぼれ　おお　おれの稚児よ。
口のなかへ濃い精液を注いでおくれ。
いとしい人よ　それはお前の咽喉からおれの歯へ流れ
ついにおれたちのすてきな結婚に結実する。

いちばん優しく従順な輩とやりまくって
消えいりそうなおれのからだにお前のいかしたからだを押しつけてくれ。
おれのまるい金毛のふぐりをうっとり持ち上げ
おれの黒大理石のいちもつがお前の心臓をも貫く。

この『死刑囚』の「さらに上をゆく」ことはもうできない。しかし、ここには非常な音調の高まりが感じられる。それはパロディの面からも厳密な学問的意味からも、ヴィクトル・ユーゴーやランボー、はてはペギーとも通じる残響があり、猥褻という範疇には入らないように思える。猥褻性の内容や動機の問題が浮上してくるのは、異常で大胆な描写が失敗し、自然主義と底の浅いルポルタージュの技法が文章を殺している場合である（ちょうどジョン・レチーの『夜の都会』とヒューバート・セルビーの『ブルックリン最終出口』がそれにあたる。二作ともおそらくジュネに触発されて書かれたものだ）。動物的で放縦さに満ちた男色行為からジュネが創造したのは、われわれの正常で上品な状況のもつ嘘と残忍性をそのまま、あるいは皮肉に模倣した空想の産物ではあるが、妥当性をもったひとつの世界、ひとつの劇的な形式である。

現代文学が探求した間接的な愛の表現は同性愛だけではない。ハヴロック・エリス、クラフト＝エビング、フロイトの作品の後を受けて始まった用語や描写におけるタブーの急速な風化は、それまでは純粋のポルノグラフィや、「春本」と素人民族誌の薄明地帯、あるいは法医学の専売であった多様な型の性的行動を純文学の持ち駒として提供することになった。現代小説や戯曲があつかわないような性的行動——暴力、フェティシズム、サディズム、マゾヒズム、近親相姦——は思いつくのが困難である。このうち、近親相姦はフロイト的解釈によると人間の意識の進化における始源的な構造である。それはギリシャ悲劇の神話のなかに薄ぼんやりではあるが紛うかたなく中心の位置を占めている。現代戯曲がギリシャ悲劇のモチーフに回帰するなかで、近親相姦は大いなる光を放って屹立している。兄妹のあいだの恋愛を語ってもっとも豊かで人文的に厳粛な一例はローベルト・ムージルの小説『特性のない男』であろう。この作品は未完であり、最終的にウルリヒと妹アガーテの強く張りつめた求心的衝動が成就するのかどうかは定かではない。しかし、現在手に入る第三部の断片、とりわけ月の光のなかでおこなわれる不完全な舞踏のような絡みあいが示唆するのは、ムージルがこのテーマをとらえ、現代文学にしばしばみられるような完全な結びつき、世界の「他者性」からの完全な隠遁を求める愛の象徴をそこにつくりあげようとする姿勢である。兄と妹の近親相姦と人間の孤立という普遍的なドラマに通底する要素は、コクトーの『恐るべき子供たち』とサルトルの『アルトナの幽閉者』にも小規模ながら看取される。

しかしながら現代文学の突出は、性に対する暴力性、サディスティックな要素、逸脱において明らかに際立っている。サディスティックなモチーフとエロスとの絡みあいは芸術、文学においては昨日今日のテーマではない。それはバロックやゴシック小説の感受性において顕著な役割を果たしている。苦しみをもたらすものとしての愛のイメージ、愛する者と愛される者、苦しめる者と苦しめられる者に通底する密やかな対応のイメージは、人間の意識にとっての原型であるように思われる。そのイメージはヒエロニムス・ボスの「悦楽の園」のうちに印象深い姿で具現されている。しかし、現代芸術の焦点はこれとは異なり、より広く深く、官能的幻想や私的生活におけるサディズムというものに力点が置かれている。例をあげると、ゾラの『居酒屋』(一八七八)からポーリーヌ・レアージュの『O嬢の物語』(一九五四)、ウィリアム・バロウズの『裸のランチ』(一九五九)まで、サディスティックな行動を包み隠さず書き立てる傾向は増大の一途をたどってきた。性的幻想や性を堪能する架空の現実という、長いあいだポルノグラフィの専売であった商品がそっくりそのまま純文学の世界に導入されたのである。サドは「境界の向こう側にいる」人間の劇的象徴であると同時に流行の哲学と文学的崇拝の寵児となった。この暴力性とエロティックな恥辱を探求する妄執的な想像力については別の箇所[7]で述べたことがあるので、ここでは重要点だけを示す。この種の危険なテーマほど際限もなく確信に満ちた似非道徳家的非難のたわごとを連ねようという気にさせるものも少ない。しかしながら、サディスティックな文学が現実の同様な行動を引き起こしたり、促進したりするものかどうか、またそうであったとしてもその程度はいかなるものかについてはわからないというのがほんとうのところである（臨床心理学におけるこの問題の研究はまだその緒についたばかりであるが、統計の示すところではサディズムによる挑発とそれに続くじっさいの行動のあいだには関連がある可能性がある）。サディズムの文学はせいぜい自慰の一助となる程度で、それによりじっさいのサディスティックな行動へと個人や社会を駆りたててしまうという潜在的可能性を抑えることに資しているという主張には根拠があるともないともいえない。どちらにせよ簡単に一般化するわけにはいかない。文学的な感性の持ち主、あるいはそこまでいかなくとも、それに関心も能力もある感性をもつ人々に対するサディズムからの友好的な暗示の受けとめ方は、貧困な想像的生をかこち、毎日の繰り返しで心が痩せ細り、活字に表されたもうひとつの現実という慣習を処理する能力に欠ける人々に対する衝撃とは根本的に異なっている（その意味で荒地（ムーアズ）殺人事件〔一九六三―六五年、マンチェスターでの少年少女連続殺害事件〕に関する証拠は示唆的である）。

　ここで文学史家は別の質問をしてくる。残酷性と暴力との妄執的関連のテーマは、ある意味で当時の時代の政治的性格と結びついているのではないかと。ジュネ、ノーマン・メイラー、ウィリアム・バロウズらは、自己の作品に語られる獣性は一九一四年以降われわれの生をとりまいている非人間性の危機を鏡写しにしているのだと述べている。現代の野蛮性、政治的生における広範な苛政への回帰、強制収容所と植民地戦争における計画的な人間性の剝奪、これらを汲み取ることができなかった文学とは虚偽でしかない。この議論には疑問の余地のない真実がある。しかし、暴力の文学がときに応じて事実を予知し、それを眼前に呼び起こすことがないかどうか（セリーヌの場合がこれにあてはまるだろう）、空想のなかではあっても、非人間性のエネルギーになにかを加えることで得るものがないかどうか、を即断することは困難である。

現代文学の想像力が前代をこえて、じっさいにはるか深く掘り進めてしまった（その認識そのものは古くアイスキュロスにまでさかのぼるのではあるが）といえるのは、権力関係として愛と性愛の絡みを描きだした点にある。ストリンドベリ、プルースト、D・H・ロレンス、ベケットに学んだおかげで、われわれは性的関係とは社会的、経済的関係に存するさまざまな抗争、友好、陰謀行為の親近的空間における再現である事実を、以前に増してはっきりと認識している。性愛と貨幣のあいだにある象徴的、精神身体学的つながりはベン・ジョンソンの戯曲に早くも予示され、スウィフトにおいてはっきりと示される。しかし、社会的 - 経済的隠喩と愛の「自発性」とのあいだに平行線を書き入れたのは現代小説の発展によるところがきわめて大きい。それはまずバルザックとジョージ・エリオットに見いだされる。次にジェイムズの『鳩の翼』と『黄金の杯』で見事に追求されることになる。エロティックな基準がより問題含みになり、権力関係と性における支配追求の争いが熾烈を極めるようになって浮上してくるのがサディズムのモチーフ——厳粛で悲劇的なレベルでの——である。エロティックな苦しみ、この愛の「日常の生理」のテーマが、他に類がないほど力強く劇的に表現され、明白に経済的階級抗争に関連づけて呈示されているのがジョン・クーパー・ポウイスの『グラストンベリー・ロマンス』である。彼の『グラストンベリー・ロマンス』と『ウルフ・ソレント』こそ、おそらくドストエフスキーとプルーストの性的想像力をこえたところにある唯一の、そういってもよいなら「前進」であろう。ポウイスのエロティシズムはロレンスのそれよりももっと徹底していて、はるかに繊細であるが、それは個人的で、しばしば不吉なレトリックのためにぼやけている。もしももっと多くの人に読まれるならば、『グラストンベリー・ロマンス』の「川」の章はその「冷血で根源的な猥褻性」により、『チャタレー夫人の恋人』の赤裸々な描写に注がれた多くの驚きと怒りをみずからに集めることであろう。『悪霊』のなかの出版を拒否された有名な箇所にあるように、『グラストンベリー・ロマンス』の「鉄の棒」では人間の残忍性と欲望の心理に通底する暗い根源が探究されている。作中のオーウェン・エヴァンズは、ポウイス自身と同様、サディスティックな想像になかば憑かれている。コーデリア・ギアドが赤ちゃんを身ごもっていることを告げる。

「もし男の子だったらなんていう名前にしようかしら、オーウェン?」そう言ったときの彼女の声は、彼には耐えがたかった。自分の気持ちが優柔不断の引き伸ばし台の上で人造ゴムのように長々と伸び切った状態のときに、虚ろな耳元に声が飛び込んでくる。そんな声ほど人の神経を激しい怒りで煮えくりたたせるものはないのだ。

「トーチャー〔苦しみ〕にしろ!」彼は紫色の椅子にきちんと座り肘掛けをギュッとつかんで叫んだ。彼女の帽子のつばが彼の体の下でへしゃげた。「トーチャーと名づけようじゃないか。そして女の子だったらフィニスだ、おしまい、だ。その子はおしまいになるから。なにもかもおしまいになるんだ」

この後に現代文学のもっとも興味深く魅力的な性交の場面が語られる。コーディは、途方にくれた、優雅とはいえない仕草で服を脱ぐが、彼女は本能的になんでも知っている。彼女は「燃えるような目で男の欲望の琴線」をかき立てる。性愛はサディズムを包みこむこと、生そのもののように奥深く、わたしたちのなかにある所有と破壊衝動のように込み入った共通の根本にふれることでそれに勝利するのだ。

しかしながら、一般の人々が新しい文学的自由の明らかにもっとも横溢した要素と考えているのは、こうした性的倒錯や性的病理の分野の表現ではなく、とくに小説においては異性愛交渉の表現のほうである。百年の間にわれわれは『ボヴァリー夫人』の暗示的な性表現——おもに性行動を模した文章の律動の暗示や象徴的な小道具の呼びかけなどが十分示唆的である——から、次のような文章をみるまでにいたった(どちらも今日の状況を代表するような描写であり、これらはいまやどこにでもみられるたぐいの文章である)。

ことは真剣な段階に入った。おもしろい冗談や賢しい考えを交わす場合ではなかった。彼は彼女の上に乗っていた。もっと自分に引きつけようと腰を抱いて、大きく堅いもので彼女のカントを押し開けた。ペニスの先を膣のなかに入れたままにし、容赦なくこすりつけた……彼女は腿をしぼって彼を抱えこんだ。汗をしたたらせる肢体が二回目を迎える準備を終えた……彼女が熱い川となるまで、そして自分のなかにだれがいるのか、なにがあるのかを彼女が知らず、知ろうともしなくなるまで彼のセックスは続いた。(8)

……私は突然彼女をうつぶせにした。私の猛りたった復讐の一物は……全体重をかけて彼女を押さえこみ、万力のように堅く頑固に閉じようとするのを割りいり、彼女を犯した。そう知ったのは彼女が私の下で声も立てずに罠にかかった小動物のようにバタバタと身をよじったからだ。その抵抗はすさまじく、私に最後の一線は越さすまいとした。しかし一ミリずつ入りこんでいき、とうとう象徴的な、それゆえ現実のヴァギナの婚姻の部位はとらえられ、私の好きにさせられた。犯したのだ、完全に征服したのだ。十分かそれ以上かかったと思う。しかし猛り狂う一物がすっぽりと奥まで突き刺さったとき……彼女は小さな絶頂の叫び声をあげた。私は新たな身の震えを彼女に感じた、それは最初はさざなみ、次に中波、そして彼女の全体を揺らし始めた……(9)

完全に自由な性表現へ向けての変化、打ち続く前進の歴史は複雑であり、詳細な研究に値する。ゾラとモーパッサンの作品は性的事物の名称使用を慎重なやり方で拡大した。それが人間の人体や生物学的に決定された社会に対する働きかけであるかぎり、自然主義の全運動——ゴーリキー、ドライザー、ハウプトマン——は新しい赤裸々なエロティシズムの表現へと向かうものであった。『ユリシーズ』『チャタレー夫人の恋人』およびセリーヌやヘンリー・ミラーの作品において「突破口」が開かれたときにおこなわれたのは、明らかに言語的レベルでの作用である。性的経験を細かい襞にいたるまで完璧に表現しようとする感受性への転回、性的経験こそが小説の生き生きとした生命性と不可分であるという確信は、フローベールにすでに明らかである。その意味で、ジョイスやロレンスのとった手法は「技術的」なレベルである。もちろん、ある意味ではその技術性は言語形式と文学形式の哲学全体を含んでいるのであるにしても。そこで挑戦され悪魔払いされるのは語彙のレベルでの性的タブーである。「排泄の場」と性器そのもののなかで起こることが四文字禁忌語として見られ、はっきり記される。モリー・ブルームの性的幻想とチャタレー夫人の牧歌的性愛に続くものは、きわめて不可避的に、数学でいうところの収束関数となり、限界点に達する。この新たな体制のもとで、小説は一世代ごとに全体的表現、すなわち言語に可能なかぎり露骨で正確な言葉を用い、すべてを言いつくすことに向かって歩を進めてきた。この「性愛を通してのやり方」にも各段階がある。ウィリアム・フォークナーの『サンクチュアリ』(一九三一)とリアリスティックな犯罪小説は映画と大衆小説に関わっているが、同時にエロティシズムのスラングと、素っ気なく的確な猥褻な表現を使ううえでの典拠を新たに導入した。第二次大戦後のアメリカ小説には、即物的で簡潔な表現法が備わった。ジョイスとロレンスが戦った意味論の決戦は一九五〇年代終わりには彼らの勝利に終わった。いかなる言葉もいかなる表現も人々に使用されないような聖域に押しこめられることはない。戦後英語文学の最良の成果のひとつ、ドリス・レッシングの『黄金のノート』には、ジェイン・オースティンのエマとそう隔たってはいないエラの心情が描かれている。

もう彼女は眠れない。彼女は男への憎しみにあふれた幻想にふけりつつ自慰をおこなう。ポールはかき消すようにいなくなってしまった。彼女は自分が体験した温かく力強い男を失った。いまでは、冷笑的な裏切りものとして思い出すだけである。彼女はこの真空状態で性の欲望に苦しむ。屈辱感に苛まれ、いま思うのが自分が「セックスする」ために、「愛撫され」「満足感を求める」ためだけに男に頼っているということである。彼女は自分を卑しめるためにこういうあからさまな言い方をする。(10)

ここにみられる繊細な喜劇性、明らかに『エマ』と同質の喜劇性は、その表現が「あからさま」ではなく失われてしまった品のよさ、あるいは、すべてを明白に表す時代の前にあったまさに「大人の率直さ」ともいうべき段階をいまに残しているという事実に、まさに由来する。

この「前代未聞の率直さ」に対応する社会学的、心理学的相関現象は本稿の射程の外にある。それは以下のように広範囲にわたる問題である。人間の文学性におけるいかなる感性の欠陥、想像力に関わるいかなる不信が、言葉に対するこの偏執的で哲学的に粗雑な投資をもたらしたのか。長いあいだの発話における「私的部分」への言及、また、性の秘め事や隠語の禁じられた用語を人々が安易に用いたために起きた価値の切り下げと、われわれの世紀を特徴づける性的なものに対する政治、商業、科学からの攻撃とはいかにして関連するのであろうか。逆に言いかえると、かつてフロイトが無意識の象徴的な語彙を白日のもとにさらけだしたごとく、性的な用語からその超自然的な喚起力を取り去り、白日のもとに引きずりだそうとする努力が存在しているのだろうか。またこうした性をオープンなものにする「啓蒙活動」はどのように大衆の民主化や、人々に等しなみの特質を備えさせようとする社会と関わるのだろうか。というのは、ある作家が大胆に切りこんで、以前はタブーとされた性的表現に踏みこんだまさにそのとき、その大胆さは文学性に乏しい大衆、非特権階級には感得されないのである。大衆にとって、性の言説とは長らく単音節のそっけないものであった。文学における、すべてのものを明示するという急速な動きは、どの程度において、すべての語りの形式が映画の手法に向かうという論理的結論にすぎないのであろうか。こうもいえる。小説におけるあからさまな性的表現とは、「写真言語」への試み、カメラとテープレコーダーによって可能になった総体的な現実再現性(ヴェリズム)への言語による挑戦にすぎないのではないだろうか（この文脈で注目に値するのは、オスカー・ルイス教授の『ラ・ヴィーダ——貧困文化におけるプエルト・リコの一家族の物語』のようなドキュメンタリー作品の記録の性的啓示が、いまではいかに小説家の想像力の発露と似ているかという事実である。テープに記録された生活は小説特有の言葉をまねた出だしで始まっている）。これらの問題は、察するに政治と関連した検証可能な意味をもつ観念である（とわたしは信じるのだが）想像的な生とはどう関わるのであろうか。すでに性的行為における標準化がなされ、心的レパートリーのうちもっとも内密で傷つきやすい部分における個人性、個人的な発見が衰退の途にあるという証拠が、その厳密な証明は困難だが現れている。用語の平板性と野蛮性が個人の意識の領域、不可思議な特性を減じている。同時にオーガズムや性的能力、受け身側の積極性といった新しい神話が、性的表現の期待の水準、期待の道筋の水準を設定することになるのかもしれない。しかしじっさいは、この水準はただ一握りの人々によって実現されているにすぎない。ふつうの男女に関していえば、新しい性愛活動という贈り物、広められた素晴らしさの観念は虚構である。それもおそらくはヴィクトリア朝時代人に関する極端なまでの性的潔癖主義や偽善性（しばしば誇張される）の理論と同じくらいたちの悪い虚構である。

言語の問題を正面からあつかう学者は、広い意味あいにおいて人間の事象にふれるが、それに比べると文学史家のあつかう問題は些細なことである。新しく獲得した性的表現の自由が文学形式、なかんずく小説に与えた影響はいかにして測定できるのだろうか。

ジェイン・オースティンの小説では、様式化された用語――それが排斥するもの〔性的表現〕によって緊密に様式化されるのだが――が、小説家と読者のあいだにおける期待の許容範囲の契約として作用している。こうした取り決めに導かれた安定した世界像は、作家が限られた言葉でしかも完全にすべてを言いつくすことを可能にした。想像力が行きわたる定められた領域は、見事なまでに開発しつくされている。しかし、その領域は、小説という新しい技法と条件をもつ形式よりも、限られた喜劇舞台の枠組みにこそふさわしいものであった。舞台では当然観客の言葉に対する水準は一定のものとなる。結果、あまりに多くのことが文字に表されないままに、それゆえ実現されないままに残された。もっと正確にいうなら、当時許容された語彙からはみだした部分は、さらに大きな視野における欠落をともなったのである。しばしば非難されることであるが、同時代の差し迫った歴史的社会的危機に対するジェイン・オースティンの悪名高い無関心は、性的用語の抑圧と無関係でもなければ、偶発的な文学的慣習で片づく問題でもない。それは十九世紀初頭に顕著に台頭してきたエロスと無意識に対する新しい感覚の排除と深く結びついている。ジェイン・オースティンは性愛表現に対して発動したのと同じ排除指令を、政治や階級、貨幣の用語に対しても適用している――この文学表現は、後のたとえばスタンダールにみられるような洞察の要請や可能性とはもう一致しない。彼女は許容表現に関する厳密な基準を盾に、いかなる感受性の乱れ――それがエロスであれ、経済であれ、政治であれ――も寄せつけない。それを許せば彼女のもくろみの秩序と深謀は深いところで損なわれてしまうであろう。かわって、もっとより大きな世界を創造することもできたかもしれないのだが。エマを貫く恋の矢はまさに大当たりだったのであるが、ジェイン・オースティンの上品な同時代人が愛でたシルエット画のように薄っぺらで深みのないエマという媒体をやすやすと通過してしまうのである。

ジョージ・エリオットからコンラッド、初期のD・H・ロレンス、トーマス・マンにおよぶ小説の偉大な「古典的」段階は、エロスの領域における用語と作者の意識のあいだの明白な創造的な緊張関係と密接不可分であるようにわたしには思われる。『ミドルマーチ』『ある婦人の肖像』『アンナ・カレーニナ』『ノストローモ』『虹』『魔の山』のうちに看取できるのは、その明瞭な完全性とエロティックなものに対する知性である。あらゆる細部において、人間そのもの、心理の過程そして性的な経験の中心性に対する小説家の見方が感じとれる。心理的、社会的文脈に関わるものはなにひとつ省略の対象とはならない。小説家の言語は必要とされるあらゆる認識を網羅する。われわれはその言語のすぐ「背後」、あるいはそのなかに、生き生きとした知識の膨大で追体験可能な総体を感じとるのである。

言語の「背後」、あるいはそのなか、というのが肝要である。すべてが明示されつつ、それが内部化されている。カレーニン夫妻の結婚生活ではその破綻ぶりが徹底的に語られる。性的な危機の痛みと特殊性が読者に迫ってくる。しかし、それを語る媒体、トルストイが創造的現実の周りにつくりあげる世界は濃密で真実の重みをよく伝えているため、その危機感覚はごく単純なイメージ――消えようとする暖炉の火――によってわれわれに伝えられる。イザベル・アーチャー、マダム・マール、ギルバート・オズモンドの三角関係は現代小説のどれにもましてむき出しのサディズム、性的苦痛、のぞき趣味の要素に依拠している。わたしたちはジェイムズが理解させようとする残酷な解釈をとらざるをえない。しかし、ここでもやはりそれを要請する箇所は「内部的に」表現されている。それを呈示するのは性的用語ではなく、完全に焦点の定まったイメージ喚起力であり、それにふさわしく統御された文の調子のほうである。マンの小説における性の病理は正確で随所に読みとれる。しかし、クローディア・ショーシャとメインヘール・ペーパルコルンにまつわる「事実」は、明晰で奇妙に残酷な無邪気さをもつ神話のいわば内側を通ってわれわれに伝えられる。意味における「写真的な説明」は不要である。この性的意識とそれを表す用語のあいだにあるギャップは、小説家にとっていくつかの問題を突きつけることになったのは言うまでもない。前に示唆したように、ジェイムズの性に関する豊富なシンボリズムと間接的な言いまわしは、表現形式のもつ未解決の不適性という問題に結びついている。コンラッドのある部分にみられる大げさな叙情性と曖昧性を結果するのもこの種の不調感かもしれない。しかし、『ミドルマーチ』『アンナ・カレーニナ』『ボストンの人びと』『息子と恋人』において、知識と「表現されたもの」とのあいだの緊張感は、想像力に対して均斉のとれた圧迫感と平衡感をもたらしている。そしてその必然的な延長で、小説における政治、経済、社会的リアリティの取り込みが可能になるし、それが要請される。古典小説と呼ばれるものが他の文学、歴史作品にもまして適切で複雑に入り組んだ社会のイメージ、知識に支えられた社会のイメージをつくりあげているならば、それはまさしく古典においては、人間的な愛憎に対してもつ有機体的視点が社会に、また全体としての生にまで広げられているからである。粗野であからさまな性的語彙という誤謬に陥ることなく保たれてきた性的知性は、その語の真の意味、すなわちスタンダール、ジョージ・エリオット、トルストイ、初期のロレンスにおいて発現したと同じ意味で政治的知性になるのである。

『チャタレー夫人の恋人』からノーマン・メイラーへとつながっていく新しい、性的用語の自由、すべてを言いつくすことへの衝動という変化は、小説の——こう呼んでよいのなら——形而上学に対する変化をもたらした。この変化が最初に認められるのは『ボヴァリー夫人』に対するフローベールの評言においてである。現在の小説家の作中人物の動かし方は古典的小説家のそれとは異なる。その相違をはっきりと説明することはむずかしいが、意味するところは——トルストイは自分の作中人物の自律的で恥ずべきほどの活力と作者の意図に対抗する「反抗心」に言及して証言している——比喩的以上である。すべての作家はみずからの小説の人物を「生みだし」、彼らを支配する。しかしジョージ・エリオットやヘンリー・ジェイムズ、トルストイにあっては、小説中の男女には手つかずの自由地帯が設定されているように思われる。それは独自の生を保証する聖なる泉のごときものである。この効果は、私的生活（プライバシー）という重要な概念に由来するとわたしは思う。偉大な小説家の描く人物においては、作者みずからは完全に理解していながら逐一言葉に置きかえていない部分、とくに性にまつわる部分がある。小説家は作中人物のある種の自由の特権をみずからの想像力に一致させているように思える。われわれが他人に示すのにきわめて近いこの自由によって『ミドルマーチ』や『戦争と平和』といった作品——複雑で深みがあり、すべてを知ることも学ぶこともできない——はわれわれとともにある。ジョージ・エリオット、ヘンリー・ジェイムズ、トルストイは厳粛な協同作業をわれわれに認めてくれる、というよりそれを要求してくる。なぜなら彼らは完全な人間理解を示しながらそれを語ってはくれないし、ましてや声高に叫ぶことはないからである。彼らはわれわれの感受性を引きだして、協同作業の一環としての反応を要求する。その結果、われわれは想像に関わることになる。すなわち控え目ではあるがわれわれは「彼らとともに創造する」のである。われわれは読書行為の最中にその存在をあらわにされることも、巧みなやり方で心を騒がされることもない（ところでこうした読者側の興奮が新しいエロティシズム特有の技法である）。小説家は作中人物と同様、われわれ読者の想像的生の自由をも保証してくれる。「新しい自由」においてはわれわれをいじめてくるような調子さえある。われわれの想像作業は仕組まれたものとなり、猥褻な言葉が耳の奥で声高に叫ばれる。新しい用語は真実と嘘の見分けを困難にした。先にあげたふたつの文章（一七八—九ページ参照）のうち、どちらが現代小説の巨匠で、どちらが匿名の三文小説家が書いたものか注釈なしでおわかりだろうか。大胆な性描写や、四文字語の多用は急速に常套と化した。その紋切り表現には、ペトラルカの恋愛詩の技法なみに作者の手のうちが透けて見えており、使われるパターンはそれよりも少ないときている。声高に言いつのる者は貧しい。『ドクトル・ジバゴ』はけっしてわれわれになにかを訴えようとする小説ではない。しかし、われわれは、じっさいはパステルナーク自身にのみふさわしい詩的才能とそれに対応する政治的洞察を主人公の上に仮定する気にさせられる。それにもかかわらず、ジバゴとララの関係は、現代の愛の詩学において魔法にも等しい権威を打ち立てている。ここに感じられる性的関係の成熟、完全性は唯一無二のものである。しかし、やはりこれを表すパステルナークの筆致は非常に寡黙である。トルストイやマンと同様、彼は語らないことで意味を創造しているように思われる。ジバゴとララを囲繞する暴力、激しい恐怖感はメイラーの『アメリカン・ドリーム』や『ブルックリン最終出口』で喚起されるものと同質の根本性をもっている。われわれはこれらを読んだ後、等しく体の震えを感じ、またおそらくはなにかを教えられる。しかし、われわれを創造に誘うことで、すなわちわれわれ自身の内奥にある言葉には表せないが経験したことからの響きをとらえさせることで、パステルナークはわれわれを一読後、もっと自由な自分にさせてくれる。精神を解き放つこうした力にとって肝要なのは、性的用語が想像力を縛る平板さを免れていることであるとわたしは考える。

あからさまな性的表現に関する現在の基準は、小説一般の病と結びついているかもしれない。多くの重要な現代小説に妄想的なまでに繰り返し現れる作中人物の台詞や行動の非人間性は、当然のことながらその対位法としてヌーヴォー・ロマンにおける「人間性の不在」を置く。二十世紀絵画や彫刻のある流派ならびに多くの現代小説においても人体の分裂、デフォルメ処理がなされている。生身の人間は非具象絵画と同様にヌーヴォー・ロマンからは一掃されている（少なくともその理論上は）。われわれは小説や戯曲の語彙に多くの言葉を付け加えてきた。われわれはすべてのことを語り、またすべてを表している（よしいまはそうでないとしても、来週、来月にはその日が来るだろう）。われわれは想像された作中人物の生の存在に対する不可思議な驚きの気持ちを失ってしまったのだろうか。

アンナ・カレーニナが、イザベル・アーチャーがその作者やわれわれをもこえて生き続けるというリアリティの逆説に対する驚きの気持ちを失ってしまったのだろうか。二十世紀の言説、文学、写真的表象における「性革命」の分析が最終的に示すのは、それが非常に深い部分での価値観の変質に根ざしているということかもしれない。西洋文明の歴史における中産階級段階から離脱しようとしているわれわれにとって深奥の部分での変容が起こっているのは、個人というもの、私生活を支えられたうえに成り立つ自己同一性というものの性質であり、また個人と死という事実との関わりの性質である。個人的な感受性という基準、ルネサンス以降の詩と小説に暗黙のうちに込められていた作者と読者の文学趣味の交換、文学の生命性の基準は必然的に文学エリートのつくりあげた失われつつある過去に属しているのかもしれない。個人を分別しない、映画的な未来、個々の死、あるいは芸術的名声に関わって進行中の、たがいの無関心という規範は、われわれが知っていた文学という慣習を時代遅れのものにしてしまうかもしれない。エロスと用語法の考察から直接導きだされるこうした問いは、その問題をはるかにこえた領域への広がりを見せている。

現在、性表現の「完全な解放」がもたらしたものは新たな隷属状態、以前に比しての文学、とりわけ散文小説における自由の制限、自信の喪失にほかならない。タブーの崩壊は、いままで経験したことのない新たなショックを生み、過激な言葉や行為を求める努力を加熱させた。

もっともこういう見方は当世的ではない。それにわたしはどのようなかたちであれ、強制的な検閲には異を唱えるものである——サディスティックな書きものとなるとわたしの筆鋒も少し鈍るのだが。しかし、少なくとも現代の巨匠のひとりはまさに詩的自由という、われわれと同じ理由で検閲を歓迎している。ホルヘ・ルイス・ボルヘスは語る。

数学的言語、哲学的言語とは異なり、芸術の言語は間接的である。その根本にある必要欠くべからざる技法は幻想と隠喩にある。明示することはない。検閲は作家に対してこの根本的な手段をとらせるように仕向ける……自己の技術を知る作家は世の良識を汚すことなく、また同時代の慣習にそむくことなく、言わんとするところをすべて言いつくすことができる。申すまでもなく、言語自体がひとつの慣習なのである。[11]

問題は単純ではなく、検閲はその小さい一面にすぎない。大事なのは単純化、非文明化により縮小の危機にある人間の感性の教育、活性化の問題である。性的経験は人の意識の中心を占めるがゆえに、言語の能力に対する拒否と挑戦をふたつながら呈示する。少なくとも今日にいたるまで人類がその人間性を明確に表現してきたのは、この言語の能力に負うところが大きいのである。

注

（1）Henry James, 'The Novels of George Eliot', in *Views and Reviews* (London, 1908).

（2）*Ibid.*

（3）*Ibid.*

（4）Henry James, 'Gustave Flaubert', in *The Art of Fiction and Other Essays* (Oxford, 1948).〔ヘンリー・ジェイムズ「ギュスターヴ・フローベール」渡辺久義訳、ヘンリー・ジェイムズ作品集8『随筆・評論』青木次生編、国書刊行

会、一九八四年、所収〕

(5) Gustave Flaubert, *Madame Bovary* (Paris,1857), Pt. II, Ch. ix. 〔ギュスターヴ・フローベール『ボヴァリー夫人』第二部九章〕

(6) Emile Zola, *Nana* (Paris,1880), Ch. VII. 〔エミール・ゾラ『ナナ』第七章〕

(7) G. Steiner, *Language and Silence* (London and New York, 1970). 〔ジョージ・スタイナー『言語と沈黙』由良君美訳、せりか書房、新装版、二〇〇一年〕

(8) Harriet Daimler (pseudo.), 'The Woman Thing', in *The Olympia Reader* (New York, 1965).

(9) Norman Mailer, 'The Time of Her Time', in *Advertisements for Myself* (New York and London, 1959). 〔ノーマン・メイラー『ぼく自身のための広告』山西英一訳、『ノーマン・メイラー全集5』新潮社、一九六九年、所収〕

(10) Doris Lessing, *The Golden Notebook* (London,1962). 〔ドリス・レッシング『黄金のノート』市川博彬訳、エディ・フォア、二〇〇八年〕

(11) Jorge Luis Borges, 'Pornographie et censure', in *L'Herne* (Paris, 1964).

Ⅵ　ウォーフ、チョムスキーと文学研究者

われわれが考察するふたつの立場は、「モナド主義的」もしくは「相対主義的」立場と「普遍主義的」立場と名づけることができる。モナド主義者の言い分によれば、言語間の差異は類似性に優っているのである。知られているすべての人間はなんらかのかたちで言語を使うということ、われわれが証拠をもっているすべての言語は知覚した事物を名づけたり行為を示すことができる——これは疑いなく真実である。しかし、「すべての種の構成員は生命を維持するのに酸素を必要とする」類型に属していながら、人間は人間言語のじっさいの機能を、もっとも抽象的で「瑣末なまでに深層的な」意味において以外には解明していない。問題となるのは文法形式と意味論的慣習の気の遠くなるような多様性であり、説明が求められているのは複雑ではあるが明らかに遠心的な発展の歴史である。われわれの状況は、外見においても本質においてもバベル以後の相互理解不可能性の状況である。現在地球上には四千から五千の言語が存在している。さらに数千の言語が過去において話されていたことが知られている。言語の現象学に関するどのような洞察も、この謎めいた豊饒さから出発し、そしてそこへ帰らねばならない。

普遍主義的立場は、すべての言語の基本構造は同一であり、したがってすべての人間に共通であると主張する。諸国語の非類似性は本質的に表面的なものにすぎないというわけだ。いかに表面的な特徴が特異かつ奇妙であろうとも、深層にある構造と制限がすべての文法の形式を生成し決定しているというのである。重要なことはこれら中心的な生成要素の理解と形式化であり、表層の研究は主として音声と歴史への興味である。

これらふたつの極端な議論の中間には、無数の中間的な、制限されたアプローチがありうるし、またじっさいに存在する。どちらの立場も絶対的な厳密さをもって主張されることはめったにない。ロジャー・ベーコンの普遍文法、ポール・ロワイヤルの文法家たち、そして現代の変形生成文法のうちにさえ、「モナド主義的」な傾向とニュアンスは存在している。また他方、フンボルト、サピア、そしてウォーフの相対主義においてさえ、普遍主義的概念が見いだせるのである。

さらに、どちらの立場の現代版においても、その議論の主要な系譜は共通の源泉にさかのぼることができる。

一六九七年、ドイツ語の改善と矯正に関する論文のなかでライプニッツは、言語は思考の伝達手段ではなく決定力をもつ媒体であると述べている。思考は内面化された言語であり、われわれは特定の言語が命じかつ許す範囲内で感じたり考えたりするのである。国語は国家よりもさらに深いレベルで異なっている。国語はまたモナド、「永遠に生き続ける宇宙の鏡」であり、各々のモナドはそれ自身に固有の視線と認識にしたがって経験を映しだす、あるいは当世流の言い方をするなら「構造化する」。どのふたつの言語も同じ世界を解釈することはない。だが、同時にライプニッツは、一六〇五年のベーコンの『学問の進歩』における「実在的記号（リアル・キャラクター）」の弁護以来、十七世紀の典型的特徴となった多くの普遍主義的目的と希望も共有しているのである。ライプニッツは晩年になって、すべての人間に理解可能な意味論的体系を提唱した。そのような体系は数学的象徴法と類似したものとなるだろう。数学的象徴法が効果的であるのは、まさに数学の約束事は人間理性の構造そのものに基礎を置いており、それゆえ地域的な偏差から免れているからである。普遍的記号法（カラクタリスティカ・ウニウェルサリス）はまた中国の表意文字にも似ている。つまり、ひとたび「世界的な目録」がつくられれば、受け手の母国語がなんであろうとメッセージはたちどころに解読され、少なくとも文字のレベルではバベルの災厄は修復されるだろう。

モナド主義的概念と普遍主義的概念の同様の共存は、ヴィーコにおいても見いだされる。文献学は新しい学問の鍵となる。というのは、発話能力の進化の研究は精神の進化の研究であるからだ。とくに隠喩は活発な感情と文化的自己意識の獲得の普遍的な要因である。すべての国民が直接的、感覚的なものから抽象的なものへという言語使用の主要な段階を同様に通過することは、ほとんど確実である。しかし同時に、デカルトとデカルト主義におけるアリストテレス論理学の拡張に対して反対したことによってヴィーコは最初の、真の「言語歴史学者」、つまり相対主義者になったのである。すべての人間は「想像的普遍性」を通して表現しようとするが、その普遍性はたちまち異なった形態を獲得する。「ほとんど無限の個別性」が異なった国語の統語的、語彙的本体を形成する。これらの個別性が民族と文化の世界観の驚くべき多様性を生みだし、反映するのである。この「無限の個別性」の程度はたいへんな深みに達しているので、アリストテレス流、デカルト流の数学モデルにもとづいた普遍的「記号論理学」や言語文法は致命的な還元主義でしかないのだ。

ヴィーコがじっさいにハーマンに影響を与えたかどうかは疑わしい。ハーマンの瞠目すべき知性のカバラ的考察と混乱した豊饒さは、明らかにより重要である。しかし、その直接的な背景がなんであれ、一七六〇年に書かれたハーマンの『ある学問的問題に関する試論』が相対主義的言語理論への決定的な一歩となったことはたしかである。ハーマンが誤って言語的差異を、異なった民族における発声器官の知覚不可能な偏差が原因であるとしたことは、たいした問題ではない。彼の理論がおおいに示唆的であるのは、言語は特定の歴史的 - 文化的風景の「真理の把握（エピファニー）」、あるいは分節された具現化であるという公理ゆえである。ヘブライ語の動詞の形態はユダヤ教の祭儀の複雑な精密さと切り離して考えることはできない。しかし、ヘブライ語自体が、ヘブライ語のなかに現れる共同体の特定の本質を形成し、決定する。それは文明の内部で内面と外面の両方に働く言語の形成的エネルギーによる弁証法的な過程なのである。

その仰々しさと狂想的書法にもかかわらずハーマンの『種々の観察』（一七六一）と『文献学的着想と疑問』（一七七二）は、わたしの知るかぎりじっさいの言語研究に対する相対主義的原理の最初の本格的な適用である。フランス語とドイツ語の異なった語彙的、文法的情報を吟味したハーマンは、一般的で還元的推論によるデカルト的座標もカント的意識主義（メンタリズム）も、言語——人間独自のものであるが国民間できわめて異なる——が現実（言語形態）を形成し、かつ逆に地域的歴史的経験によって形成されるさいの創造的、「前‐理性的」かつ多様な過程を説明できないと主張している。いくつかの点でハーマンの示唆に負ってはいるが、ヘルダーの業績は真の比較言語学への移行の節目をなしている。「言語による国民の観相学」の必要性を説くヘルダーは、国民性は言葉に刻印されており、また逆に国民性は特定の国語の特質に規定されると主張している。言語が堕落し、不純なものとなったとき、それに対応して政体の趨勢と命運にも衰退が訪れるであろう。母国語の活力を確保するのはまさに詩人の役割である。

ヘルダーとヴィルヘルム・フォン・フンボルトの各々の業績のあいだの短い期間は、言語思想史のなかでももっとも実り豊かな時期のひとつである。サー・ウィリアム・ジョーンズの有名な『ヒンドゥー語に関する三周年記念講演』(一七八六)は近代インド‐ヨーロッパ文献学の端緒となった。シュレーゲルの『インド人の言葉と知恵について』(一八〇八)はジョーンズの考えを広め、比較文法の概念を確立するのに多大の寄与をなした。スタール夫人の『ドイツについて』は、言語(この場合はドイツ語)と歴史、政治機構、国民の心理とのあいだには形成力のある決定的な相互作用があるという理論を広く流布させた。これらすべての議論と推論はフンボルトの著作のうちに収斂するように思われる。

フンボルトの業績は中心的であり、広く知られているので、簡単な要約だけで十分だろう。そのなかには一八二二年一月におこなわれた講義、『文法形態の発生と観念の発展に対するその影響』、そして彼が一八二〇年代から死の年である一八三五年まで取り組んだ大作『人間の言語構造の多様性と、人類の精神的進化に対するその影響について』が含まれている。言語は唯一検証可能でア・プリオリな認識の枠組みである。われわれの知覚は感覚の全体的な、組織されていない流れに対して枠組みをはめることから生じる。「言語は思考の形成手段である（Die Sprache ist das bildende Organ des Gedankens）」。フンボルトはここでbildendとBildungを「イメージ」と「文化」という二重の含蓄をともなわせて用いている。異なる言語的枠組みが異なる世界イメージを定義するのだ。「すべての言語は一個の形態であり、それ自体の形態原理を含んでいる。それぞれの形態原理は生来の、個別の原理に由来する統一性をもつ」。人間の国語が相互に異なるかぎり、その結果としての世界の形態は全体的な、しかし不定形な潜在性からの局部的な選択でしかない。このようにしてフンボルトはモンテスキューの環境主義とヘルダーの国家主義を、知覚された世界の積極的で多様性をもつ形成者としての人間意識というポスト＝カント的モデルに結びつけたのである。

『人間の言語構造の多様性について』（とくに第十九節と第二十節）は予言的明敏さをもつ言語学的観念にあふれている。それがC・K・オグデンの「対立」理論とレヴィ＝ストロースの二項構造主義を先取りしているとみることができる。だがその議論の核心は、現実の言語＝文化資料に対するその理論の適用にある。

フンボルトはギリシャ語とラテン語の文法を、このふたつのそれぞれの文明の歴史的社会的性質と関連づけようとする。ギリシャ語の統語法は生活の流れに細かい関係の網をかぶせる。そこからギリシャの思想と詩歌の弁別的な性質が生まれたのであるし、同様に、ギリシャの政治生活の個別化、分裂化の傾向と、詭弁のもつ曖昧さにつけ込まれやすい性質もそこから生じた。またラテン語の謹厳さ、簡潔な語法、固有の男性的性格はローマ風の生活様式の積極的な鋳型であったのである、等々。

その表現は雄弁で、歴史的な細部のあつかいは正確である。だが、議論は循環的である。文明は所与の言語により独特に、個別的に特徴づけられる。しかるに、言語はその文明に独自の、特定的な母型である。ひとつの命題が別の命題を証明するのに用いられ、次に逆のことがおこなわれる。言語と精神の創造にまつわる相互関係という究極の謎があるかぎり、事態が変わることはない。しかし、この循環性は相対主義的立場の最大の弱点であり続けるだろう。

ここではフンボルトからウォーフにいたる継続したラインを示唆するだけでよいだろう。シュタインタール（フンボルトの断片的テクストの編者）の著作を経て、言語学的相対主義はフランツ・ボアズの人類学に流れ込む。そしてついにはサピアとウォーフの民族言語学へと到達する。同様の動きはドイツでも起こる。ひとつの特定の国語を他の国語から区別する独自の「内的形態」というカッシーラーの理論がフンボルトの形態原理から直接に派生してくる。一九二九年から一九五〇年までに書かれた一連の本で、レオ・ヴァイスゲルバーは「モナド主義的」原理を、ドイツ語の統語法とその統語法が生みだし、ドイツの歴史に具現されている知的心理的態度の実際的-個別的な研究に適用することを試みた。一九三〇年代にヨスト・トリアーは彼の「意味論的領域」の理論を展開した。それぞれの国語あるいは言語モナドは全体的概念領域の殻のなかで拡散し、機能する（量子物理学とのイメージ上での相互関係は明白である）。どちらの場合も経験からの言語的フィードバックは個別的である。こうして、異なった言語の話し手は、異なった「中間的世界（Zwischenwelten）」に住むことになる。

エドワード・サピアが一九二九年に発表した論文中の説明は、ライプニッツにまでさかのぼる議論の系列の全体を要約している。

じっさいのところ「現実世界」は、かなりの程度までその集団の言語習慣にもとづいて無意識的に構築される。どのふたつの言語も同じ社会的現実を表現していると考えられるほどには似通ってはいない。異なった社会が住む世界は別個の世界である。それはたんに同じ世界に異なったラベルが貼られているだけではないのだ。

われわれの言語習慣は、差異化の累積的弁証法の産物である。言語は異なった社会形態を生成し、それらの社会形態は言語をさらに分割する。

ベンジャミン・リー・ウォーフの仕事はサピアの見解の拡張と洗練であるといえる。ウォーフの「メタ言語学」は近年、言語学者と民族学者の両方から激しい攻撃を受けている。しかし『言語、精神、現実世界』(一九五六)にまとめられた彼の論文は、驚くべき洗練と哲学的才気を示す理解のモデル、方法論となっている。それらの論文は言語学者と民族学者ばかりでなく、詩人と文学研究者にとっても関連のある重要な可能性を示しているのである。ウォーフは、ヴィーコ的な哲学的好奇心をもっていた。彼とローマン・ヤコブソン、I・A・リチャーズが同時に活動した時期は、意識の形式的浸透の歴史のなかで、もっとも重要な節目のひとつといえる。

ウォーフのテーゼはよく知られている。個人の母語は彼が世界でなにを知覚するか、彼がそれに関してどう考え、どう感じるかを決定するのである。個々の言語は小宇宙といえる「思考世界」を構成する。「個々の人間はその小宇宙を自分の内部に宿しており、それによって大宇宙を可能な仕方で測定し、理解するのである」。「普遍的客観的現実」などというものは存在しない。あるのは異なる言語文化によってつくられた「分割（セグメンテーション）」の総体だけである。そのことは全人類に共通な時間、空間、同一性、連続性に関する根源的普遍的な神経生理学的把握が存在しないということを意味しない（この問題に関して、ウォーフはしばしば誤解されている）。しかし、幼児が彼にとって固有の言語世界に入るやいなや、普遍的要素は枝分かれをし、地域的な特定性を帯びる。このようにして独特のインド－ヨーロッパ語的時間感覚とそれに対応する時制体系が生じたのである。異なった「意味論的領域」は非常に異なった仕方で色、音、匂いの全体的スペクトラムを分割する（唯一普遍的なものは感覚器官のもつ限界である）。ウォーフはそうした見解を最後の論文のひとつで次のように要約している。

じっさいのところ、思考はもっとも神秘的なものである。そして、それにもっとも大きな光を投げかけたのが言語の研究である。その研究の結果、人間の思考形態は彼が意識していない、動かしがたい法則化されたパターンによって制御されていることがわかった。それらのパターンとは、彼自身の言語の知覚されざる複雑な体系化のことである――このことは他の言語、とくに別な語族に属している言語と比較対照すればすぐにわかるのである。人間の思考それ自体がひとつの言語――英語、サンスクリット、中国語――の内部にある。そして、すべての言語はたがいに異なった巨大なパターンの体系なのである。その体系の内部で、個人の意思伝達ばかりでなく自然の分析、関係や現象の知覚と無視、推論の流れ、意識という建物の建築といった仕事を基礎づける形式と範疇が文化的に規定されるのである。

このテーゼが「疑問の余地のない証拠にもとづいている」ことを示すために、ウォーフは比較意味論的分析をラテン語、ギリシャ語、ヘブライ語（彼自身の理論とファーブル・ドリヴェの神智学的カバラ主義とのあいだには明らかな関係がある）、コタ語、アステカ語、ショーニー語、ロシア語、中国語、日本語に適用しようとする。しかし、ウォーフの仕事でもっとも重要なものは、一九三五年ごろから一九三九年のあいだに書かれたアリゾナのホピ族の言語についての一連の論文である。ここでは生活のなかの「パターンの体系」と言語の相互作用が個別的で詳細な例にもとづいて論じられている。

これらの分析をあつかう資格があるのは専門家だけであるが、ウォーフの結論はここで復習してみるに値するだけ有名でありかつ印象的である。ホピ語の文法が世界に当てはめる形而上的枠組みは、英語の場合よりも近代科学が描く世界像にはるかによく合致している。ホピ語の事象のあつかい方――推論的論法と「距離をおいた行為」――は、ウォーフによれば精妙であり、かつ二十世紀の波動・粒子理論や相対性理論が要求するような暫定性を担保した姿勢が可能なのである。

ウォーフは、言語学に内在する偏見、すなわちごく少数の言語にもとづいて構築される言語理論の傲慢さ、サンスクリット、ラテン語、英語が人間の言語に対して最良どころか自然な祖型を提供するのだという臆面もない断定を摘発して倦むことがなかった。ほとんどデカルト－カント的論理とヨーロッパの平均値を標準とするような意味論的慣習にのみ依拠しているたぐいの言語、精神、現実のとらえ方は、ウォーフの主張によれば傲慢な単純化にほかならない。一九四〇年に出版された「科学と言語学」の結論部分は全体を引用するに値する――とくに合衆国の言語研究の趨勢が一般性への確信と数学的確実性という教説に支配されがちな今日においては。

地球上に存在する言語体系のあいだの信じがたいほどの多様性を公正に理解するとき、われわれは次のような感情にとらわれざるをえない。人間の精神は想像できないぐらい古いのではないか、文字言語が残されているわずか数千年の歴史は、地球の過去の歴史を測る巨大な物差しに残されたわずかな鉛筆の跡にすぎないのではないか、最近の数千年の出来事は進化論的な意味で文字を綴ったとはけっしていえないのではないか、人類は最近の数千年間になにかを急激に発明したり、総合的な統合をおこなったりはしておらず、はるかな過去から受けついだ言語体系と自然観のうえで少々戯れていたにすぎないのではないか。だが、こうした感情も、またわれわれはその実体が知られていない言語という道具に危うく依存しているという感覚も、科学への希望を失わせるどころか、逆に真の科学的精神に不可欠な謙虚さを育むのであり、また真の科学的好奇心と客観的態度の妨げとなる傲慢さを締めだすのである。

この種の言明は、中国の哲学テクストの英語への翻訳は人間の歴史のなかでも「もっとも複雑な出来事」であるというI・A・リチャーズの言葉と並んで、文学研究者が自分の研究材料――言語――を考えるときに心に留めておくことが望ましいものである。

ウォーフの立場がここまで断定的であるがゆえに、彼の立場それ自体への批判はかなり普遍主義的なものとなる。「文法学者による発話の流れの分節と、知識あるいは知性による分節が重なり合うと仮定すべき説得力のある理由は存在しない」とE・H・レネバーグは語っている。単語は一定不変の精神の作用を具現してはいない。言語過程のどのような操作モデルでも——たとえばウィトゲンシュタインの「語の意味とは言語のなかでのその使用である」という発見——ウォーフによる思考と発話の原始的、決定論的な平行関係を反駁することができる。そのうえ、もしサピア゠ウォーフの仮説が正しく、もし言語がじっさいに現実に関して根本的にそれぞれ異なる意味をもつモナドであるなら、言語をこえた意思伝達はいかにして可能となるのだろうか。第二言語の習得や、翻訳を通して別な言語世界に入り込むことはいかにして可能となるのだろうか。だが、このような転移は明らかに起こっているのだ。

バベルの破局が言語と同じ数の種類の相容れない文法を生みだしたのだという信念をもつ十二世紀のピエール・エリーの相対主義に対して、ロジャー・ベーコンは基本的な統一性という原理を対置させた。「文法は本質的にすべての言語において同一である。たとえ表面的には異なっていようとも」。普遍文法がなければ異民族間の真の意思伝達も、またどんな種類の合理的な言語の科学も望みえないのである。偶然と歴史によって形成された諸国語間の違いはたしかに驚くべきものがある。しかし、それらの根底には、すべての人間の発話を支配する制約、不変性、分節的関係性の原理が存在している。ノーム・チョムスキーによれば、すべての知られているあるいは想像可能な言語は「同一のパターンから派生する」。したがって言語学の真の仕事は「言語の普遍的特性を説明することでなければならない。それは一方では、言語の事実上の多様性に惑わされてはならないし、また他方では、言語習得の急速性、均一性と言語習得の成果である生成文法の著しい複雑性と広がりを説明できるくらいに豊かで明晰でなければならない」。

その普遍的特性とは音声学的なものである場合もあるだろう。トルベツコイとヤコブソンが示したように、音声を発し受けとる神経生理学的装置は、すべての人間の発話形態の音響構造に反映されている。だが、文法の普遍的特性はさらに深い層に達している。たとえば、それは主語‐動詞‐目的語の語順に関係しており、目的語‐主語、目的語‐動詞‐主語の語順は、普遍的な知覚の順序にとって奇矯な逸脱となるほどにまれなものであることを示唆している。ほかにも文法の普遍的特性は細かい点におよんでいる。「名詞を後置修飾する形容詞は、名詞の語尾変化の全カテゴリーをうけつぐが、そのとき、名詞はそれらの変化のひとつ、またはすべてを欠くことができる」。三十の言語に依拠して、J・H・グリーンバーグは、すべての人間の発話の根底にあり、基本的に統一性をもった現実像を組織化する四十五の根本的な文法的関係を列挙している。

チョムスキー流の文法は、音声学の「精度の低い」資料と文法の普遍的特性に関する民族言語学的、統計学的処理の浅薄さに対する不満から出発している。それは、一連の規則を通してわれわれがじっさいに話したり聞いたりする文、あるいは「音声事象」を生成する――すなわち「表層へともたらす」――深層構造という枠組みによって、現象学的深みへと分け入っていく。すべての言語はその表面的な特徴がたがいにいかに異なっていようとも、究極的には同一の制約と変形手続きに従うのである。「意識の顕在的あるいは潜在的レベルをはるかにこえて」位置づけられたこれらの深層構造は、関係のパターンあるいはもっとも形式的な文法規則よりさらに抽象的な一連の秩序であると考えられている。「このより深く、より重要な言語学の理論概念に関する信頼できる操作の規準が……将来得られるであろうと期待する理由はない」とチョムスキーは言う。深海に住む生物を光のもとにさらすとき、その形は崩れ、完全に変形してしまうだろう。だが近年の普遍文法は、さらなる深みへと向かおうとする。「深層・深層構造」について語るエモン・バック教授は、チョムスキーが軽率にも類比によって深層構造を文法関係の「原子レベルの事実」に喩えるという過失を犯した可能性を主張している。道具主義的普遍性の究極のレベルでわれわれがあつかうものは、「間接的な音声学的表現しか受けつけない抽象的な種類の代動詞である」（ここでの「代動詞」という用語は「想像可能ないかなる根源的な文法形式にも先立つ」潜在的な階梯を指しているとわたしは考えている）。しかし、われわれがその深さをどの程度のものと考えようとも、チョムスキーのモデルにもとづく生成文法は普遍主義である。それは、「たとえ利用可能な特定の語彙的項目が言語によって大きく異なろうとも、同一の概念的内容はどんな言語でも伝達可能であるという考え方の直接的な表明――フンボルト－サピア－ウォーフの仮説に対するもっとも強いかたちでの直接的な否定の表明――なのである」。

このふたつの仮説のどちらが正しいのだろうか。

こういうかたちで問題を提起するとき、その粗雑さがすぐに明らかになる。だが、この粗雑さこそ、現今の変形生成文法家によって提示されるきわめて多くの包括的洞察と決定的証明の主張に内在するものなのである。起源と構造に関するどのような単一の仮説も人間に知られているもっとも複雑な現象学的経験、すなわち言語を一気に解明することはないだろうと示唆するのは、陳腐なやり方かもしれないが、しかしなんらかの自己啓発的な効能はあるだろう。単一のアプローチが最終的決定権をもつことはないであろうという公算は、どのような人間の発話の生成モデルも必然的に分子生物学、神経生理学、人類学、そしておそらく「古代社会学」をも包含し、そこでは一個の学問分野が万能ではありえないという事実によって強められている。

相対主義的主張、普遍主義的主張のどちらも深刻な疑問を引き起こさざるをえない。

われわれがフンボルトを論じたさいに指摘した議論の循環性はウォーフにも当てはまる。どのような「外的」証拠が、アパッチ族が春を「下降する白色」として記述することの根底には認識の相違があるのだといううウォーフの主張を立証したり、論駁したりできるだろうか。ある国語の話者が経験を異なって知覚するのは彼がそれについて異なった話し方をしているからだという仮定には、同語反復が潜んでいる——この仮定は、われわれが知覚の相違を言語の相違から推論しているという事実にもとづいている。さらに、もし認識と知覚の類型学がほんとうに関わっているのならば、ホピ族やアフリカ諸語の話者がわれわれと意志を通わせることができ、また明らかに大きな負担はともなうが「われわれの世界」に急速に適応できるのはどういうわけだろう（だがウォーフなら次のように尋ねるだろう。われわれはほんとうに意志を通わせているのか。原住民はほんとうに適応しているのか。その適応というのは経済的、行動的な要請によって押しつけられた心理的仮面ではないのか、と）。

根底にあるのは、語の完全な意味での翻訳の問題である。わたしの信ずるところでは、言語理論においてこれより深い問題は存在しないし、またわれわれの思考がこれよりも暫定的で意見が多岐にわたるものも存在しない。

モナド主義的立場の論理を究極まで推し進めれば、異なる意味論的領域間の完全なる翻訳行為はありえない、すなわちすべての翻訳は近似的なものにとどまり、存在論的にいえば意味の還元であるということになる。ある特定の国語の語法に活力を与える感情と連想の文脈の母型は部分的にしか他の用語法に移すことはできないし、またそれは原語のもつ強烈さ、情緒的手段、形式的自律性を必然的に低下させてしまう迂言的、言い換え的戦術をもってしか実行できない。詩人たちはしばしばこのことを感じていた。

普遍主義的文法は逆のことを主張する。すべての言語の「相互翻訳可能性」、すなわち閉じた言語——母語の情報提供者と外部からの学習者が、長く困難な作業にはなるが、「外面化」できないような言語——は地球上でいまだに見つかっていないという事実が、普遍的立場のもっとも強力な「証拠」になるというのである。だが、このことが述べられているチョムスキーの『文法理論の諸相』の議論を詳しく検討してみよう。

深層に形式的な普遍的特性があるということは……すべての言語が同一のパターンから派生することを意味するが、しかし個別的な言語間に一項一項の対応があるということではない。たとえば異なった言語間の翻訳の合理的手続きがあるわけではないのだ。

ここにはなにか重大な理論の中断または不当な推理があるという疑いをもたざるをえない[1]。脚注が読者の困惑を増幅する。「任意の言語間の翻訳の合理的手続きの可能性は実質的な普遍的特性が十分かどうかにかかっている。じっさい、諸言語がかなりの程度同一の祖型をもつと信じる十分な理由はあるのだが、合理的な翻訳が一般的に可能であると考えるべき理由はほとんどない」

このことはなにを意味するのか。

「一項一項の」という考え方は論理的、実質的論点を曖昧にするだけである。言語の普遍的要素が言語から言語へと転送されるさいの「位相」は――「任意言語間」という言葉のなかにある無言の圧力に注意すべきだろう――非常な深みに位置しているのかもしれない。しかし、いやしくもそれが機能しているのならば、なんらかのレベルで「一項一項の対応」が証明可能となるはずであろう。そのような場合、「翻訳の合理的手続き」は少なくとも分析的に記述可能なはずである。もしも逆にそのような手続きが「一般的に」可能であると考えるべき理由がほとんどないならば（この「一般的に」という言葉はなにを意味しているのだろう）、普遍的構造に関するどのような真の証拠があるのだろう。変形規則によって意味論的に解釈された「深層構造」を、音韻論的に解釈された「表層構造」に写像するこの理論は非常に優美で論理的な到達度をもったメタ数学的理想化ではあるが、しかし自然言語の実像ではないということなのだろうか。

普遍的深層構造という仮説と「翻訳の合理的手続き」の間の乖離は深刻である。『ことばと対象』の第二章における翻訳の決定不可能に関するクワインの議論は、このとてつもなく困難なテーマに、おそらくわれわれが知る他のなによりも大きな注意を払っている。意義深いことに、クワインの分析はウォーフ的と呼べる側面と、チョムスキーに近い分析的枠組みをもっている。クワインの議論は、鋭敏ではあるのだが、言語行為がひとつの言語から他の言語へと横断するときになにが起こるのか、どういった形式的、実存的移動が遂行されるのかという問題への解答となるにはほど遠いのである。

このふたつのアプローチに対する批判的試験は、明らかにじっさいの言語にそれらを適用してみることである。チョムスキー自身が言うように、必要なことは「論理的に適切な仕方でのみ機能しようとするまじめな比較研究であり、すなわちそれはさまざまな言語の記述に十分な文法を構築し、しかるのち、どのような普遍的原理がそれらを規制しているのか、どのような普遍的原理が諸言語のもつ特定の形式を説明するのに役立つのかを決定していくことで達成されるのである」。彼はヒュー・マシューズのヒダーツァ語文法、ポール・ポスタルのモホーク語の研究、ケン・ヘイルのパパゴ語とワルビリ語の研究などをそれに当てはまるものとして引いている。適切な判断を下せるのは関連のある民族言語学者のみではあるが、これらの論文に対するチョムスキーの評価を疑うべき理由はなにもない。やっかいなのは、「記述に十分な文法」がなにを意味しているのかということである。われわれが英語はいうにおよばずラテン語に関してそのような文法をもっているのかどうかは議論する余地のある問題である。論理学者や文法家のなかには、たとえどのくらい完全なものであろうとも生きた言語のなかの可能な発話のすべてを記述できる一連の規則など存在しないし、民族的、文化的、歴史的な他者によってそのような記述がなされるという考えはまったく非現実的なものであると考えている者もいる。

それと同時に、ウォーフによって提起された問題と彼が開始した方法は論じつくされたわけでも、有効に反駁されたわけでもないことは強調する必要がある。一九五三年の「文化における言語」に関する会議で素描された方向の研究は、現在も進行中なのである。文化と概念的慣習のあいだの相違という疑いえない問題に対する解答が、とくにフランクリン・フィアリングによって主張されたように地球上には非常に異なった進化の段階にある共同体が存在しているという事実のうちにあるのかどうかを決定するにはまだ早すぎる。話されている言語の総数を考えた場合、われわれの研究はいまだに統計的には有意な結論を得る段階には達していないのである。ある言語学者の言うとおり、「言語の普遍的特性に関する初歩的な観察以上のことを期待したり、それらが永久的な妥当性をもつであろうことを期待したりするのはいまだに時期尚早なのである。世界の言語の三分の二、あるいはそれ以上の言語に関するわれわれの知識は依然として不十分である（あるいは多くの言語に関しては知識がまったく存在しない）」。ウォーフのテーゼに対してこれまでなされたなかでもっともバランスのとれた評価においてヘルムート・ギッパーは次のように結論づけている。これらのテーゼはその初期のかたちにおいては証拠が不十分で、方法論的に弱点も多い。しかしウォーフによって提起された問題は、言語と文化の理解において大変重要である。[2] その評決はまだ下されてはいない。

さらにもうひとつ引用をしてもよいだろう。そこでは相対主義者と普遍主義者の論争が、哲学的コンテクストのなかに置かれている。「言語と現実」に関する論文のなかでマックス・ブラックはいう。「これまでの研究に鑑みるならば、普遍的、哲学的文法の未来はほとんど見込みがないといわねばならない。例の根源的文法を発見しようという希望は、空間を表象するための唯一真正な座標系を発見しようという希望と同じくらい、幻想的なものである。われわれは座標変換の規則によって、ひとつの空間表象様式から別の空間表象様式へと移ることができるし、また翻訳の規則によって同様の事実陳述の手段をもつひとつの言語から別の言語へと移ることができる。しかし、座標変換の規則は空間に関するなんの情報も与えはしないし、また一連の言語間の翻訳規則は、現実の究極的性質についてなにも教えてくれはしない」

普遍的特性という直接的な話題から一歩退いてみると、問題になっているのは言語の根本性質に対する見解にほかならないことが明らかになってくる。変形生成理論と他の方法論との間の論争は、根底においては言語は定義可能な体系であるのか、定義不可能な体系であるのかという問題にかかっているのだ。これらふたつの観点はまさに数学的、哲学的意味と帰結をもっている。チョムスキー流の深層構造分析と書き換え規則は、言語が定義可能な体系であるという仮説にもとづいている。それに対してホケットは次のように反駁する。「過去百五十年の困難な研究のあいだにわれわれ学者が言語に関して学んだことによれば、言語はどうやら定義不可能な体系であるし、またそれは人間が最初に定義可能な体系を考案することを可能にする人間の全体的な身体的経験の一部にすぎない」

唯名論と実在論というはるかに古い認識論上の論争に根をもっているこの意見対立が解決されたり、単一の証明可能な解答が与えられたりすることはありそうにない。(言語という)重要な現象をどのように理解し配列するのかという、この二者択一的な立場は相互に無効にしあうことはない。そしてもっとも鋭敏な言語哲学者ですら足を踏み入れることを恐れる領域においては――「日常的言語使用に対するわれわれの意識の感受性」を増大させることだけをおこなうというJ・L・オースティンの謙虚な目標を思いだしてみよ――文学の研究者は二重に躊躇することになるだろう。
だが、じっさいのところ選択はすでになされている。これがわたしの論点である。どこで、いつわれわれが文学テクストの研究をしていようとも、われわれはウォーフ的方法論とチョムスキー的方法論のあいだで選択をしているのだ。われわれがそうした枠組みを定義する労をとろうとるまいと、文学におけるわれわれの言語の知覚は相対主義的であり、もしこういう言い方が許されるならば超ウォーフ主義的である。

言語の歴史を研究するとき、また十分な反応を示しながら詩や散文の一部を読むとき、われわれは尽きることのない個別性という母型に取り込まれている。われわれがこの仕事にうまく取り組めばそれだけ、われわれは還元不可能なほど複雑で特異な生の形式という経験にますます巻き込まれてゆくのである。

この個別性の原因はさまざまである。文学研究者は言語を通時的に見る。彼は時間の圧力は絶え間がなく、かつ複雑であることを知っている。言語行為は約束事、社会的哲学的推測、その時点の偶発的強調などのなかに埋め込まれているのである。たとえば一七二〇年代の詩の語法的枠組みにおいて、特定の言いまわしが取り込まれ利用されるその仕方は、ほんの十五年後に通用したものとは明らかに異なっている。逆説的なことに、偉大な文学の永遠性は時間に縛られているのである。じっさい、言語的変化、新しい調性の発展、意味論的領域の変容が顕著に現れるのは文学の内部なのである。われわれのアンテナが鋭くなると詩、劇、小説、随筆はみな言語の暦であり、その生年――一七九八年、一八三六年、一九二四年――はわれわれの最良の分析手段によっても調べ尽くせない複雑さと広がりをもっていることがわかるのである。

特異性のもうひとつの源泉は場所である。言語は場所によって、ときには町によっても異なる。言語は社会的‐職業的環境の刻印を何重にも帯びている。階段の上と下には異なった用語法がある、ゲットーには隠語、市場には共通語(リンガ・フランカ)が。厳密な意味では発話にかかる環境的圧力は測り知れないほど多様であり、文学はこの複数性を具現しているのである。

この点を、強調し単純化したかたちで論じてみよう。意味深い文学テクストは――それはとても短いものかもしれない――それ自身の「言語圏」を生みださずにはおかないし、もしもわれわれがそれを十分に経験するならば、その存在によって認識の領域、連想の構造、それをとりかこむ言語をなんらかのかたちで変えずにはおかない。文学の理解は普遍的要素に関わるのではなく「存在論的個別性」に関わるのである(この用語はハイデガーおよび、ハイデガーのヘルダーリンへの注解からとられている)。ある作家の全集がよい例となるだろう。作家が彼の認識可能な「世界」をつくりだす行為は言語的なものである。「文体」という概念はとらえがたいことで悪名高いが、まじめにみるならば、言語の諸相の外在的研究よりもはるかに多くのものを含んでいる。一貫した文体はそれをとりまく日常言語のなかで機能している、あるいはもっと正確にいうならそのなかに残留し、活力の大半を失っている集団的で無批判に受け入れられている規範的なものの見方への反対陳述なのである。文体はそれ自身の「ものの見方を語る」し、またその用語法が視野と内的展開の論理をもっている場合には、われわれは、特異な照明のなかの環境と風景のなかに入るように作家がつくった構築物のなかに入っていく。しかし、すべての点においてこの新しい「署名つきの」現実は、言語によって、日常語に基礎を置いてはいるが個人的陳述の強烈さによって洗練され、複雑にされ、新たにつくりだされた作家特有の語彙的、統語的用法によって生成されるのである。

したがって厳密な意味で、すべてのまじめな文学作品にはその語彙と文法がある。ダンテ、シェイクスピア、ラブレーにはそのような用語集と文法書があり、他のほとんどの作家にそれがないのは作品の質が卓抜しているという付随的な性質のためである。すべての実質的な作家はひとつの「言語世界」を展開するのであり、われわれはその輪郭、音調、特質を知ることができる。それらについての語彙的‐文法的研究が可能なのである。ウォーフはすべての言語および言語が分節する文化はそれぞれ独自の「思考世界」を組織化する（有機的構造をつくる）と言ったが、文学の読者は同様のことをすべての作家について、そして鋭敏な反応が最大限に引き出される場合にはすべての優れた詩、戯曲、小説についていえるだろう。

問題は、コールリッジがわれわれの「思索の手段」と呼んだもののそっけなさとその即興性にある。われわれは創作過程の解剖学と私的感情の公的形式への翻訳に関してほとんどなにも知らないばかりか、個別的作品が提示する吟味すべき個別的要素は、恐ろしいほど数が多く、微妙で、絡みあっているのである。それはおそらく、この語の数学的‐論理学的な意味で通約不可能なのである。

問題は単純ではあるが、言い方は正確にする必要がある。テクストに焦点を当てる分析法は無数にあるし、それらを定義することも可能だろう。そのなかには書誌学的、文献学的、歴史的、心理学的、社会学的、伝記的その他いくつかの方法がある。われわれがある詩にそれらの「読み方」のすべてを適用し、その詩の言語的、形式的、コンテクスト的側面のなかでわれわれが適切な解明の方法を適用しなかったものはないと想像してみよう。だが、われわれの理解の総計はかならずやわれわれの前にある意味という事実におよばないだろう。もしそれが可能ならば、われわれの解釈は積極的な同語反復を、すなわち意味のあらゆる点で原作に等しい、その詩の相対物をつくりだすことができるだろう。しかし、ボルヘスの寓話の外部にはどのような完全な直訳（メタフレーズ）も言いかえ（パラフレーズ）もありはしない。最良の読みと最良の批評はそれ自身とその対象との距離を視覚化し、分析的に表現することによって詩や劇に奉仕するのである。偉大なる理解行為――『抒情民謡集』に対するコールリッジ、『神曲』に対するマンデリシュターム――は慎重に定められた理解困難領域と原作を切り分けるのである。それはわれわれに、「分析、位置づけ、解釈的反響はそこまではいけるがそれ以上はいけない」と語っている。しかし、それは作品自体をより広く自律的に明晰にし、批評をより強く実践し、かつ論駁するに値するものにするような仕方で語っているのである。それは誠実に議論された距離と認識論的な感覚の鋭敏さの過程である。

　文学作品の「無尽蔵性」にはなんら神秘的なものはありはしない。その理由のなかには偶然的なものもある。作家の語彙の正確な語源的な価値、その詩が書かれた時点における言語の一般的な流通と個人的用語法の相互作用の正確なあり方、ある特定の機会において作家が対象として語りかけていた感受性――それ自体おそらく地域的で肌で感じることができた――についてわれわれは十分に知ることはできないのである。成熟した詩、小説、劇において諸要素――文体的、作詩法的、音韻的要素――の意味を決定するコンテクストはひとつの全体としての作品である。『ボヴァリー夫人』にあるいかなる段落も――ひょっとしたら一文にいたるまで――その意味論的価値がこの本の全体を暗示しないものなど存在しないことを示すことも可能だろう。この種の力動的な凝集力は、批評的再陳述の列挙的、解体的視野をこえているのである。だが、さらに歩を進めることは可能だろう。偉大な芸術作品のコンテクストとは、それが属する文化、それ以前の表現手段、それに引き続く作品の総体なのである。方法論的に予言可能な適合性の限界といったものはない。潜在的意味のコンテクストの総体とは、ウィトゲンシュタインがいう意味での「起こっていることの総体」なのである。

だが還元不可能性の存在論的な基盤もまた存在する。テクストと解釈者の相互作用はけっして閉じていないのである。物理学におけるきわめて不透明な「決定不可能性」の概念、すなわち観察対象に対する観察行為の仕方から発生する困難は、われわれの文学経験においてはありふれたことである。中立的な読みはありえない。読まれる素材は、読者の要求と反応によって設定される「力の場」とでも呼ぶべきものにおいて変化する。『オデュッセイア』『リア王』『悪の華』の実存性、すなわちそれらの歴史は、それらがこれまでに引きだし、また将来において引きだすであろう読みと誤読によって、その反応の実体に沿ったかたちで形成されるのである。作品に対するわれわれの見方も、個人的環境の差異や年齢とともに、あるいはわれわれが読み、経験した事柄の閉じることのない蓄積に関連して変化する。この等式のどちらの側——テクストと読む行為——もいわば動いているのである。古典的作品が注釈、模倣、混成(パスティーシュ)、パロディ、解釈の蓄積によって魅力が高められ、生産的なかたちで複雑化されるということこそ、偉大な形式であることのひとつの証しなのである(二流の作品は洞察によって魅力が減じたり、それが生みだした解釈の内容と同等か、それよりも劣るものになったりする)。

その結果、複雑さの状態、すなわち文学研究において生起する分析と対象の関係のあり方は、言語学であつかいうるなにものをも範疇的にこえてしまうことになる。これは、われわれがいままでにもっとも基本的な発話単位（「ジョンはメアリーを愛している」）ですら完全な記述と完全な形式化を達成しているのかということに関する哲学的、専門的な重要な論争の問題である。もっと控え目にいっても、たとえもっとも単純な文学作品であっても、文字どおり閉じることのない変動過程にそのような分析が適用可能であると考えるのは妥当ではない。

では批評家や文学研究者は言語学からはなにも学ぶものがないのだろうか。このふたつの方法論に関する最近の一連の論文(3)においてわたしが示そうとしてきたように、まさに逆のことがいえる。今世紀初頭レニングラードとモスクワの「言語サークル」で提唱され、後にプラハで推し進められた詩学、文学構成法、文体、ジャンルに関する共同研究は重要なひとつの流れであり続けているし、また必要な理想形でもある。彼らの自然言語の取り扱いは単純で図式的ではあるけれども、言語学的技術は「深層の読者」にとってたいへんに興味深い。大部分それは分析者の態度、統語論と意味論の言語学的分析が陳述の織目（テクスチャー）に対してもたらす精密さと驚きに関係している。たとえばソシュールからチョムスキーにいたる現代の最良の言語学者とムーア、オースティン、クワイン、ストローソンといった言語哲学者の著作を読むならば、われわれの前にある問題に対して、忍耐強く批評的に研ぎ澄まされた注意を払わざるをえない。われわれが詩の文法を「文法の詩」、すなわち「言語の形態論的、統語論的構造のなかに隠された詩的資産」の産物であるとみなすというヤコブソンの有名な主張は常識にすぎない。しかし、わたしが思うに、この相互関係は発見的かつ方法論的である。それはオースティン流にいうなら周到に自己のバランスを崩しておくことなのである。

もしも「言語学」に「民族言語学」あるいは言語学的人類学、「社会言語学」と発話障害と病理の研究（「心理言語学」）といった付随的な学問分野を含めることが許されるなら、それらが文学の歴史と批評と関わる範囲の広さは疑いえないものとなる。リーヴィス博士の「完全な意味における、つまり完全な具体的実在性における言語は……どのようなかたちの言語科学の認識範囲をも逃れてしまうのだ」という警告は、むしろ制限的にすぎるだろう。いまだに暫定的モデルと方法論的試みの集積と対比しうる「言語科学」が存在するのかどうかは、けっして自明のことではないのである。しかし、「完全な意味における言語」はまた、批評的、テクスト的、歴史的探求の知られているすべての技法による認識の範囲からも逃れていく。望まれることは、局所的な知識の獲得、特定の事例の解明、意見の不一致をより弾力的でより生産的な状態にしてゆくことなのである。そしてその点に関していうなら、言語学的‐批評的共同作業から得られるであろう利益はすでに明らかである。

ヤコブソンとI・A・リチャーズ以来、われわれは異なる読み方を実践して*い*る。われわれは文学作品がその統一性の基準を内在化させる仕方の新しい啓示を得ている。「詩的真実」に関するさかんに論じられている問題を念頭におき、さらには隠喩のような表現手段は「真実機能」の体系とそれ自身の論理、より正確にいうなら「象徴的論理」を生成するという仮定をも念頭においているわれわれは、ジョンソン博士やマシュー・アーノルドよりもはるかに細心な読み方をしているのである。われわれは、文学的文体における意味と統語法のあいだの——累積的、相反的、転位的——関係への意識が増大することによって、利益を得てきた。ポープにおける音効果と語彙的な意味は一致する傾向にあるが、ダンにおいては音声効果と意味的単位のあいだにおそらくは意図的な不一致があるという統計的分析は、たんなる思いつきではない。それは形而上詩学と新古典主義詩学における感情と表現手段の関係の差異に関する基本的な洞察を導きだすかもしれない。発話行為における「発話の発語内の力（イロキューショナリー・フォース）」に関するオースティンの仕事と、そこから生じた文法的‐哲学的議論が劇詩、小説中の対話、修辞学の呼びかけ構造に関するわれわれの理解にとってなんの関心事にもならないということは想像しがたい。そのような例はまだまだ増やすことができる。

文学研究における言語学の刺激と支配を具現する少なくともふたつの動きがすでに存在している。その最初のもののなかにはシュピッツァー、クルティウスの仕事とヤコブソンの大部分の仕事が含まれる。それは文体論的、歴史的関心と、比較文献学的および伝統的な意味における通時的言語科学の結合を示している。ヤコブソン、リチャーズ、エンプソンを経て、これらの伝統的な比較論的方法は、現代の意味論、言語哲学、深層構造といった新しく、より専門的な方向性をもった言語意識へと変化している。いくつかの例をあげるだけでも、エンプソンの『複合語の構造』、英詩の活力と構造に関するドナルド・デイヴィーの二冊の鋭敏な書物、ツヴェタン・トドロフによる叙事物語の分析、ロラン・バルトのバルザック研究、ジョセフィン・マイルズの「続 詩の意味論」、アーチボルド・ヒルの「詩と文体論」などを生みだした文学的‐言語学的理解という二重の焦点を簡単に無視することはできないだろう。じっさいのところ、文学研究と批評のある重要な側面の未来が言語学との関係を発展させることに存すると考えるべき理由があるのだ。わたしの判断によれば、言語学は大学の文学の教育課程における訓練と教育目標の根幹をなすであろう。

しかし、この関係が実り豊かなものとなりうるのは、それぞれの関心のあり方が明確に理解されたときのみである。この基本的な区別の障害となっているのは、「深層」と「表層」という用語の最近の用法、より正確にいうならこれらの用語によってもたらされる階層である。

この定義に従うなら、文学作品の読者と研究者は「表層で」作業をしていることになる。彼らはわれわれがじっさいに見かつ聞く音声的事象、語、文をあつかう。それがわれわれに入手可能なすべての実体なのである。そのほかになにかあるのだろうか。変形生成文法は、それがあるという。分節化されたテクストは深層の、根源的な構造から生成された、たんに外面的で部分的には偶然的な産物であるというのである。その構造とはどのようなものであろうか。それはその性質において神経生理学的な、あるいは分子的なものですらあるのだろうか。それらはなんらかのかたちで進化してゆく皮質に刻印されているのだろうか。それはわれわれの記述能力を超えた抽象化と形式化の等級のある種の「前統語的」な直筆署名を構成するのだろうか。チョムスキーの言語理論はなんの解答も与えてはくれない。チョムスキーはなんらかの解答がやがて与えられると考えるのはまったくもって非現実的であると示唆することもある。だが、生得観念に関するしばしば辛辣な応酬における場合のように、彼はより伝統的でメタ－カント的な意識主義と「プログラミング」の図式をほのめかすこともあるのである。

しかし、その不透明さと未確認の隠喩的な内容がなんであれ、「深層構造」の概念は強力で肯定的な価値づけをされているし、「表層」の概念は本質的に軽くあつかわれている。だが、強力な象徴的推論を伴うこの垂直軸全体がまがいものかもしれないのだ。すでにみてきたように、言語の「表層」

は無尽蔵なまでに複雑である。表層はなんら質的、存在論的な浅薄さをもってはいない。話し言葉、書き言葉を活性化する語法的、歴史的、文脈的、個人的要因は、どのような分析的還元もこえてしまうほど多様であり、かつ変化し続けているのである。そしてそれらは独自の、ほんとうの意味での「深層」をもっている。じっさいの語句の歴史においては、時間はそれに先立つ語句の響きあいという気の遠くなるほど複雑な生命をもっている。韻文における作詩様式、そしてもっとめだたないが、しかし機能性を重視する散文の体系の根底には、社会の進化と、おそらくは運動力学的、神経生理学的な環境適応といった深層面が存在している。精神分析的研究が創造過程に関する検証可能な洞察を可能にしたのかどうか、図像と象徴の精神分析的解明が妥当なものであるのかどうかという問題は、未解決のままである。しかし、詩の存在と発生段階における作者の意図を関係づける深層の実体性には疑問の余地がない。これらの関係は、旋律の発明と同様、もっとも複雑な現象に存しているが、それに関してわれわれはごく基礎的ではあるがなんらかの認識はもっている。

われわれは「深層」のいくつかの使い方を区別しなければならない。最新の変形生成文法の研究書のページを飾りたてている樹形図はX線ではないのである。それらはいかなる経験的で独立して検証可能な意味でも「深層の絵図」を与えてはくれない。樹形図それ自体は、議論を進めるためのひとつの手段、言語と精神に関するある特定の仮説の図表的な表現なのである。その仮説の妥当性は証明されるかもしれないし、証明されないかもしれない。そしてたとえその妥当性が証明されたとしても、その結果として示されるのは「取るにたりない深層」であるかもしれない。つまり、文法構造と普遍的特性に関する発見は初歩的で、恣意的に図式化された単位にしか適用されないのかもしれないし、あるいはそれらは例外的ではないけれども、たとえばすべての文法は数量形容詞をもつといった陳腐な一般性しかもたないのかもしれない。この「取るにたりない深層」という可能性は重要である。尽きることがなく、緻密で、精神的な負担を強いるチェスの深淵さは公正な類比を与えてくれる。

文学の研究においてわれわれが出会う「深層」は、それとは対照的に繁雑で定義不可能で個別的である。しかし、それらは取るにたりないものではない。文学の読者や批評家の観点からみれば、キーツの手紙やナデージュダ・マンデリシュタームによる彼女の夫の創作過程の記録——影のような「言葉の誕生」以前の、未完の音楽に支配された唇——のなかに、言語の生成に関していかなる言語学的論考において見いだされるよりも大きな洞察が含まれているのである。それも当然のことといえよう。どちらのアプローチも人間の言語という圧倒的な事実に関わっている。しかし、探求の領域とそれらがめざす正確さの度合いはおおいに異なるのである。

一九四一年にジョン・クロウ・ランサムは「求む。存在論的批評家」という広告に比した論文を出した。もしそのような不死鳥が現れた場合には、その人物はまた言語学者でもあるだろう。わたしが示唆したいのは、彼の言語学は——彼が詩の自律的な生命形態に関わるかぎり——ぎこちなく響くかもしれないがウォーフ的であるだろうということである。われわれの言語学もまた、ブレイクの言い方を借りるなら、「特定の細部に宿る神聖さ」を追求するものであり続けねばならない。

注

(1) このことに関する詳しい議論は、G. Steiner, *After Babel* (London and New York, 1975) 参照。

(2) Helmut Gipper, *Bausteine zur Sprachinhaltsforschung* (Düsseldorf, 1963) pp.297-366 を見よ。

(3) G. S. Steiner, *Extraterritorial* (London and New York, 1971).

Ⅶ　ダンテはいま——永遠の相における噂話

オシップ・マンデリシュタームは「ダンテについて語る」というエッセイのなかで『神曲』を結晶体の成長になぞらえている。そこでは結合体創造に向かう止むことのない衝動が結晶の成長を貫き、統括している。

かくして多面体構築能力の本能をもつ蜂が、さらに必要なだけ仲間を呼び集めてこの一万三千面体の結晶をつくりあげるとしたらどうなるかを想像してみなくてはならない。つねに全体のかたちを念頭においておこなわれるこの蜂の仕事は、各段階の過程において困難の度合いは異なったものになる。蜂の巣の構成が進むにつれて蜂同士の連係は広がり、ますます複雑になっていく。こうして空間がおのずからできあがってゆく。

1976

ポープの『人間論』のなかにも力動的な統一性を描いた同様の比喩が見受けられる。

いかなる妙技か！　蜘の巣は、
糸の一本一本を手探りし、糸に乗って暮らしている。

結晶体、蜂の巣、蜘の巣の生命たる網状体。これらの類比は、『神曲』の全体が「ひとつながりの統一体であり分割不可能な詩である」とするマンデリシュタームの喜ばしい発見へと連なっている。一万四千二百三十三行におよぶこの詩連は、文献によれば十年にわたる追放生活と政治的混乱のなかで創作された。生き生きとした詩連に凝縮されたその中身の価値は読者の側の読みの質、詩によって触発され鍛錬されて詩全体の企みとさまざまの強調部分とを相互に均衡関係を保ちつつ読みとくことのできる能力に左右されることながら、こうしたかたちの凝縮が可能になるのは、いくつかの語りの中心軸が設定されているためである（「結晶体的テーマの統合的な展開」）。

ひとつの軸はコンテクストに関わるものである。平凡な例をとりあげてみよう（それがベストであろう）。すなわちなにか新奇な貢献をするという考えを抑え、かつ登山者をからかうように立ち現れる尾根のように、つねにさらなる視点、新たな解釈の高みがあることを示してくれよう）。すなわち、『神曲』には直接的なホメロスの知識がないというものである。中世はホメロス物語の材料をいわゆるクレタ島のディクテュスの日記から得ていた。そこでは、たとえばオデュッセウスはテレゴノスの手にかかって死に、息子テレマコスはキルケに殺されたとされる。こうした状況にありながら、ダンテはホメロスの意味の範囲を根本から増大し、「すでにそこにあったこと」を付け加えることでその意味の核にまで到達した唯一の「近代人」（ジョイスが登場するまで）であった。そうすることができたのは彼をとりまく環境、彼を支える文学的‐哲学的コンテクストが権威をもって、ホメロスの意味のなかにダンテの洞察を引き入れ、そこに据えることができるほど示唆的、永続的に堅固であったためである。彼はラエルテースの漂泊の息子〔オデュッセウス〕をラテン文学線上に位置づけた。それは個別の英雄の成長を歌った古代の失われたおびただしい詩歌群に対し距離をとり、それを模作したウェルギリウスを通して見たということである。ウェルギリウスを通してかつそれを跡づけるというやり方は『神曲』が過去との一致を求めるにあたっての認識的、劇的方法なのである。

ダンテはセイレンの歌に関する重要な注釈をキケロの『善悪の目的について』第五巻のなかに見いだしている。すなわち、セイレンがそのそばを通る船人を釘づけにするのは彼女らの甘美な歌声でも歌の魔力でもなく、彼女らが知識を吹聴することであった。「知識を貪欲に求めようとする人間」が故郷に帰ることを放棄してまでセイレンの知識をとるのはなんら不思議なことではないとキケロは注している。ホラティウスは『書簡』第一巻二において同様の指摘をしている。セネカのルキリウス宛道徳書簡第八十八番のいわば行間には、後にダンテがオデュッセウスの目的を説明するさいに鍵となる否定的調子が漂っている。あの男は「われわれが知る世界の彼岸」に行ったのにちがいないとセネカはふれている（じっさいジェノヴァのヴィヴァルディ兄弟は一二九一年世界の果てに旅立ち、なにひとつ痕跡を残さず消えてしまうことになるのだが）。われわれもまた、家庭にしばられた日常的規模ではあるが、航海者として激しい心の嵐に翻弄されるのだし、われわれの堕落はオデュッセウスを苦しめたのと同じ誇り高い苦難にわれわれを追い込むのだ。これは、セネカの文章にあふれているたぐいのちょっとした、何気ないといってもよい教訓話だが、しかし、それは書物間の引照と相互引照の網目のなかの結節点なのである。

さらに網目は続く。ブルネット・ラティーニは、自身も『地獄篇』のなかで過ちと美点を備えた予言者として現れるが、地の果てにあるヘラクレスの柱のことを歌った詩を書いている。『アエネーイス』第一巻で英雄アエネーアースは部下の船乗りたちに過ぎ去った危難を思い出し、暗い恐れを吹き払うようにと説く。十二世紀のフランス詩人シャティヨンのゴーチェ（ウォルター）の『アレクサンドロス大王の歌』はさらにこのテーマに近いものとなる。われわれの世界にはもはや旅する土地はない、しからばこのまま武具を錆させぬように「別の太陽の下で暮らす人々を捜しにいこうではないか」（ダンテはこのテクストを知っていたらしい）。運命に翻弄されるダンテのオデュッセウスの舟は『アエネーイス』第三巻五百二十行やプロペルティウス『哀歌』第四巻六の詩篇四十七番での船団のように帆を広げる。運命が襲いかかるときも、それは試験済みのいわば認可された用語で表される。オデュッセウスの語る南極の浄火の山裾にある大渦巻は、『アエネーイス』第一巻百十四―七行で荒れ狂い舟を巻き込む渦巻に酷似している。人の生命を奪う逆巻く波は同じであり、言葉にも『アエネーイス』からの響きがある。

ast illam ter fluctus ibidem torquet　しかし波は三度船をその場でひねりまわし　〔『アエネーイス』〕

tre volte il fé girar con tutte l'acque　三たび船体を周囲の水とともに旋（めぐ）らし

〔平川祐弘訳。以下『神曲』からの引用は同訳にもとづく〕

『地獄篇』第二十六歌におけるダンテのこの「創案」は驚嘆すべきものであり、その挿話の語り口は彼の独創である。しかし、詩行の配置、深みをもたらしはするが独創や非対称形式とは矛盾するさまざまな作詞上の制約、最小の語彙で最大の含意をもたらすやり方などは先行するコンテクストに依存している。それらはすでに規範となって流布している前代の古典作品から流れ込んできている。これは詩、小説、歴史、神話、典礼、哲学、聖典、俗書などあらゆるテクストはのちの引用や引喩のために存在するという自明の前提条件によって成り立っている。『神曲』もこの前提がなければ文学的には現存のかたちにはならなかったであろう。詩的な技を保証する「魂の動き」(ダンテ自身の言葉)はその意味で集合的、累積的である。コンテクストは個別のテクストに対して働きかけ、その生命を形づくり特定の霊感を結晶させる。またテクストが独自におこなおうとするむだな道草や自閉的創案をいましめる。

もうひとつの例。『煉獄篇』第二十五歌はダンテの旅路中、生理学の面からも形式の面からももっとも論議をよぶ箇所の一例である。後にミルトンが想起することになるその問題は、悔い改める死者の霊に肉体側の秩序がおよぼす正確な影響に関わっている(「養分を取る必要がないものが／いったいどうして痩せるのでしょうか?」)。これに答えてウェルギリウスは、オウィディウス『変身物語』第八巻〔原文第七巻を修正〕に語られるメレアグロスの死の例をあげて肉の秩序で説明できないものもあるという事実を告げる。この挿話にも、燃え尽きる木片と哀れな狩人メレアグロスの死という、一見したところ無関係の存在間にまさしく同時発生的に起こる神秘がある（この同時性は精巧を極めた壮麗なラテン詩表現として表現されている――「ふたつのもの時を同じくして消え果てり」）。

しかし、メレアグロスの挿話からの類推は、計算されてはいるが部分的であり、ただの暗示にとどまっている。そこでウェルギリウスはスタティウスを呼んで、ダンテへの説明を依頼する。スタティウスが一流の詩人とはいえないことは、彼の返答が筋の要請に応じ技術的、「散文的」であることに暗示されている。しかし、キリスト教徒としての彼の魂は、そうでないウェルギリウスよりも、啓示された真実に、いやもっと正確にいうと世俗から教養までの知識理解のさまざまな階梯の論理により肉薄できるのは当然である。消化に関する彼の説明は、食物が血になり、血が人体組織の生殖能力になり、この血が精神の植物的、感覚的、理性的階梯へと変容していく過程を詳らかにしており、説得力に富んでいる。スタティウスの議論が、正典的テクストに対する選り好みのない態度が生む、豊かで示唆に富んだ言葉の節約をもって依拠しているのは、一連の多様な材源である。それらは異教のものもあればキリスト教的なものもあり、多くは意図的に並置されている。こうして累々と積み重ねられ、相互に連関しあうことで生き生きとした枠組みが形成されている（マンデリシュターム言うところの「おのずからできあがってゆく」六角形の空間）。用いられているのはアリストテレスの『動物発生論』、アウィケンナの『医学典範』と『動物論』、アリストテレスの『魂について』、アルベルトゥス・マグヌスの『動物論』、アヴェロエスによる『魂について』注解などである。これらはみな、魂がいかなる変容を経て魂のなかに入るのかを説いたアクィナス『神学大全』の内容を予示し、そこに融合されていくことになる。

右に列挙した典拠は、われわれのダンテ理解を非常に助けてくれる。アリストテレス的思考作用から発し、異教的、ときにはイスラム世界の思想を特例的に間接的に経由して、確固たるトマス・アクィナス的思考へといたる理解の道筋は、『神曲』におけるダンテ個人の巡礼の旅に再現されている。ウェルギリウス、スタティウス、そして忘却のレーテ河からアルベルトゥスとアクィナスの待つまばゆく光る真理の太陽天にいたる巡礼の旅人に明かされるいくつかの継起する理解作用は、知性と想像力から啓示に達する過程を解き明かし、系統立てている。しかし、この啓示は古代人の学者の霊感溢れる分析的作品においては表面には現れず、いわば「胎児のまま」である（これは第二十五歌のなかでさまざまに直接暗示されるイメージである）。この詩においてはその一言一句が先行する、あるいは同時代の文学表現の総体から切り取られた対応部分と関連しているのであり、この連関が逆に『神曲』の構造全体を塗り固め、ひとつのものにしている。

もうひとつの軸は作中に言及される地名と人名である。ダンテは霊的な動きや言葉にできない聖なる事象を具体的な事物のなかにつなぎとめる。その詩空間は物質や地形で濃密に彩られている。このようにしてテクストとコンテクストの文脈が網の目のように絡みあい、テクストの語源の「織物（テクスチャー）」の範疇へと陰影を帯びて重ねられている。その生地の内容は柔らかなもの、しわにまみれたもの、なめらかな表面や石のような感触の縁をもつものなどである。ルドルフ・ボルヒャルトによる秀逸な『神曲』の古典風ドイツ語への翻訳（一九〇四—三〇年）は、この点をどの注釈書よりもよくふまえており、物語を具体的事物への苦難に満ちた旅、坑道の縦穴や泥土採掘場、岩石採石場へと下っていき、今度は岩と氷の抜け道を通って不思議なものに触れることができるほどの天上の光、銃眼模様をなしてきらめく光へと向かう旅に仕立てている。

ダンテは聖書にみられる正確な陸地測量と、地形の様子を表す巧みな描写を承知していた。かくて『地獄篇』第三十歌の「第十濠」は「周囲の長さが十一哩、／幅は少なくとも半哩はある」とされ、第三十一歌のニムロデの顔の大きさはもともとカンプス・マルティウスにあった松毬ほど（四ヤードを少し越える）もあり、腰より下の部分はゆうに三十掌尺もあると述べる。『煉獄篇』第十歌の環道の幅は「人の身長のおよそ三倍ほど」、すなわち一六から一八フィートとされ、ここでは肉体から霊へ向かう状態のはずであるにもかかわらず、やはり人体の測定単位が使用されている。こうした正確さ、とくに幾何学的といってもいいようなそれは、『天国篇』の焔のような中心にまでおよび、具体的事物性と、その定義上言葉にできず再現もならないものとのあいだの重要な形態的緊張関係をはらんでいる。

この旅は二重の地図を描きだす。ひとつは地中、もうひとつは北イタリアである。ふたつはつねに言及されることで巧みに編みあげられている。これらはしばしば詳細な現実の場所にあわせてつくられている。それはロマーニャ、トスカーナ、ロンバルディ、マレンマの各地方である。地獄の穴にいる巨人たちは、シエナの北西八マイルの低い丘の頂上に立つモンテレッジオーネ城の塔に似ているとされる。巨人アンタイオスが力強い肢体を屈めてウェルギリウスとダンテを手に取り、最後の絶望のるつぼへと下ろす。そのときダンテは巨人の屈んだ体の傾きに目をとめ、それをボローニャにある斜塔のひとつガリゼンダになぞらえてこう述べる。「雲がその上を通るごとに、／手前に倒れてくるような印象を受ける」（地上の石に対し、光と風、影と霧の働きをぬかりなく周到に配置するダンテの鋭い才能を特定できる一例〔第三十一歌〕)。なおこの塔は現在一六三フィートで、一〇フィートだけ垂直線より傾いている。煉獄の山の裾にある崩れ岩の道の勾配を目に見えるように表すのに、巡礼ダンテは、モンテフェルトロ地方の岩の砦にあるサンレーオへの道のりと、エミリア州のレッジオの南約二〇マイルにあるビスマントヴァ山の劇的な板状の出っぱりを例にあげる〔『煉獄篇』第四歌〕。『天国篇』第十一歌でわれわれは純粋の火、霊性のすぐそばにいたる。そこでトマス・アクィナスがおこなう聖フランチェスコの霊への祈りの内容は、地上に密着し、地形上確かであり、まさしくベデカーの旅行案内書のようである。いわくアッシージ、トゥピーノ川とキアシオ川、グッビオ近くの高原、スバージオ山の西方、穏やかで肥沃いやます斜面、アッシージに隣するペルージャの町、より高き所を求めてペルージャを去る人がくぐりぬける太陽門(ポルタ・ソレ)。これらの正確な知識、衒学趣味、地方性が幻影の弧の跳躍を地に足のついたものにし、ほんとうらしさという権威を植えつける。

人名が落ちる滝のごとくあふれている。地獄と煉獄の割れ目のひとつひとつには詩人の隣人、仇敵、文学者、男色者、親戚、傭兵隊長、農地開拓民、リュート奏者らがぎっしり詰めこまれている。人物造形はいかなる小説にも劣らず、微細なところまで書き分けられている。「シエーナの浪費隊」、若き暴食者の群れ、財産と自身の徳の浪費者たち(皮膚は疥癬におおわれ、爪から血を流しつつ)はいまや永劫の罰のどん底〔『地獄篇』第二十九歌〕に塗炭の苦しみをなめている。しかし彼らの同類、マコーニ家の一員ラーノはひとり全然異なる居場所、第七圏谷第二円〔同第十三歌〕を与えられている。この書き分けが奈辺に由来するかを判じ解くことはわれわれにはできない。ラーノはアレッツォの戦いに兵士として参加し倒れたためであろうか。

あるいは『煉獄篇』第十四歌におけるトスカーナの名家を列挙する名高い箇所をみてみよう。これらはほとんど血筋が途絶え、厳然と衰え果てている。ダ・ヴァールボナ、マナルディ、カルピーニャ、ラムベルタッツィ、ウバルディーニ、ティニョーゾ、トラヴェルサーロ、マルヴィチーニ、パガーノ。これらは、狼の群れ、芸術のパトロン、バーニャカヴァル、カストロカーロの君主、ベルティノーロ、フォルリの君主、庶民のねぐら、焼けついた小屋、城、州の領主たちである。彼らの熾烈な抗争は紋章の表面〔抗争や縁組の跡が図像の配置によって読みとれる〕やヴィラーニの『年代記』、パジェット・トインビー編纂のダンテ辞書で跡づけられる。ここでも全体を統一するために、固有名詞をぎっしりしきつめ物語をおおう技法が用いられている。地獄描写の狂的な過激性と『煉獄篇』において魂の肉体離脱に向けてしだいに高まる諸段階は、あふれんばかりの精細な固有の局所的触感をもつことでおさまりがつけられている。われわれが盗人の濠（『地獄篇』第二十五歌）で語られる恐ろしい変身譚を信じるのは、その衒学的でありながら忘れられない印象を残すニュアンスのせいである。プッチオ・シアンカートひとりは蛇にからまれながらも「ただひとり姿を変えなかった」とされる。彼に関する出典によると、彼の盗みは盗賊団の他の同類とは異なり「洗練された都会風」のものであったとされる。彼は一二六九年に追放されるギベリーニ党のガリガイ家に属していた。周知のことである。

さらにこうした名称の使用により、時間的配置が厳密に確定される。『神曲』は複数の時の流れをもつ。すなわちダンテ自身の年譜、ベアトリーチェの生（一二九〇年六月死亡）、天国にいたる旅の長さ、天体運行の流れ、そして天国の永遠の運行へ向かって退いていく歴史的な時間性が重ね合わせられて、ときに混乱を生ずる。詩人はそこに家族や一族の連なる家系図をもちだして統一をつける。かくして同じ一家が、父親は地獄、息子は煉獄に分かれて何度も登場し、兄弟が業罰と至福に振り分けられたり、従兄弟や姻戚が業火にまみれ、あるいは至福の高台に乗せられたりすることがある。この仕組みの要(かなめ)は『天国篇』第十五歌におけるダンテと彼の曾曾祖父との出会い、カッチャグイーダによる過去の物語である。それはふたたび古(いにしえ)の固有名詞で満たされている。ラヴィニアーニ家、ネルリ家、そしてアリギエリ家自身。ここにいたり、この詩は一体となる(「ひとつの結晶体のようなかたち、即ちひとつの体」)。

この技法と効果は、まさにゲルマントの夜会に帰ってゆく語り手のものと同一である。そこでは形式ばった嘆き、皮肉に満ちたひとりひとりの名前の想起、ふさわしくない縁組、あくどい野心、紋章に描かれた家の断絶などが特徴的に呈示されて、プルーストの膨大なもくろみを単一の有機的総体のなかに描きだしている。じっさい『神曲』と、『失われた時を求めて』との構造の一致は精査の価値がある。どちらの場合も細々とした正確な細部がより集まって強い説得力をもって迫る。超越の動き、空間と時間の内的とりこみ、あるいはその否定に向かう動きは、内在性のなかに、すなわち地域性、一族の醜聞、楽屋落ち、教区でのみ通じる用語など、がらくたがごちゃまぜになった容れ物のなかに押しこめられている。すなわちテクストは、特定の時間と場所を与えられているがゆえに、時間性も空間性からも解き放たれている。ダンテとプルーストはだれにもまねできないやり方でわれわれに永遠の噂話を提供しているのだ。

作品としての統一を保証する三つ目の仕掛けはいうまでもなく、『神曲』のすべての細部が互いに響きあい共鳴しあう事実である。『煉獄篇』第一歌百三十二行のめだたないが明白なオデュッセウスへの言及箇所（「生きて還れたためしはないという海だった」）は、『地獄篇』第二十六歌でオデュッセウスがかいま見たそびえる山がまさに煉獄の山の島であることを明かしてくれる。このイタケー島人のことはふたたび『煉獄篇』第十九歌のなかの息を飲むような見事な箇所で呼びかけられている。

「私は」と女が歌った、「歌い女のセイレン、
大海原の真只中で船乗りたちを迷わせてしまうほど
美しい歌声に恵まれておりました。
この声でオデュッセウスを正道から
誘きだしたのでございます。私のはたにいる者は皆
恍惚として、滅多に立ち去る者もおりません」

ダンテは『煉獄篇』第二歌において近づいてくる天使に対して、『地獄篇』第九歌八十六―七行（「会釈するよう合図した」）と同じ様子でひざまずく。『地獄篇』第十四歌百三十六行のレーテ河への予示的な言及（「レーテの川はこの深淵の外で見る折もあるだろう」）が成就するのは、はるか『煉獄篇』の終わりにかけて（第二十八歌二十五―三十五行）のことである。『天国篇』第十一歌の至福にいたり巡礼者〔ダンテ〕は人間の悪辣な愚行、「詭弁を弄し」生活するものの愚に思いを馳せるが、この言いまわしは『地獄篇』第二十七歌におけるグイド・ダ・モンテフェルトロの告白の調子を想起させるべく仕組まれている。枚挙にいとまはつきないほど、全体の詩の構造を通じて、響きあい重なりあう個々の言

葉、文章の構成、イメージ、特別な言及や所作が認められる。そしてこの呼応のパターンは世界に対するダンテの解釈における類推解釈と寓意解釈の原則を実演しているのである。

これに加えて韻律による形態的つながりをあげよう。三韻句法（テルツァ・リマ）でよろわれたダンテの詩法は、対照法、交叉対句法、倒置法、対位法などあらゆる形態の語句の配置を可能にする。さらに加えて数秘術による統一性（大地の四元素、聖霊の三段階、十二使徒、十二宮、十二ヵ月）、およびアヴェ（ave）とエヴァ（Eva）の並置と綴りの鏡像関係にみられる直写主義の神秘がある。これらがあいまって、マンデリシュタームの「多面体をつくりあげる才能」の実例、ひとつの分割不可能な詩である「一万三千面体の叙事詩」を説明する、作品を結合と収斂に向かわせる偉大な規範の地軸が現出する。

これらの細部の諸点はチャールズ・S・シングルトンによる新版[1]に実例を求めることができる。六巻のうち三巻はテクストに、三巻は注釈にあてられたこの版は、ボーリンゲン・シリーズにふさわしく、細かいところまで神経が行き届き、きれいな印刷の、手触りのよい造本がしてある。基本的にはジョルジョ・ペトロッチの一九六六―八年の「エディツィオーネ・ナツィオナーレ版」のイタリア語を踏襲した原文が左ページに、英訳の散文が右ページに載せてある。『地獄篇』『煉獄篇』『天国篇』のテクスト巻はそれぞれ対応した注釈巻をもち、一行ごとの注解と注釈、歴史的事項のコメント、出典の引用、主要な対照箇所が載せられており、解釈を原文のかたわらにおいて楽しむことができる巻構成になっている。解説は網羅的でもないし、もともとそう意図されてもいない。なかの一冊にふと目をとめたイタリア人のある同僚は、地獄の怪物のひとりの起源を示すのにオウィディウスの『変身物語』を引くのは正しいが、ダンテがその箇所に記した奇妙な改変を説明するのにオウィディウスの

『祭暦』を引くのを忘れているとわたしに指摘してくれた。固有名詞の索引はついているが、本の価値を損なっているのは、もとのテンプル・クラシックス版にあったような摘要がはずされている点である。文献目録は総じて文献学的であり、学者らしいつくりとなっている。

全体の特徴はその純正主義にあるといってよい。「現代の注釈家」の下にはT・S・エリオットもエズラ・パウンドもオシップ・マンデリシュタームもR・P・ブラックマー、フランシス・ファーガソンの名前もない。エーリヒ・アウエルバッハ、シュテファン・ゲオルゲ、ルドルフ・ボルヒャルト、フィリップ・ソレルスら詩人、再読する者、文学の開拓者ら、『神曲』を自由に活気づける手助けをした人々の名前も洩れている。生涯をダンテの研究に費やしたシングルトン教授にとって、この詩人の偉大さには比肩するものがない。その精神は「神の創造された宇宙と、人類とすべての生物に対する神の摂理の計画」の忠実な〈模倣〉、第一歌の第一行からさまざまに展開される完全な表現のうちに胚胎されているにちがいない、神の行為の〈まねび〉にもっとも近づく精神であった。詩の内容的、語学的観点からはさらに解明すべきところが多い（この六巻本に加え、七冊目の「ダンテ資料集」の刊行が期待できるゆえんである）。しかし、おそらくシングルトン教授は評価を切り上げたり切り下げたりするような批評の姿勢については愚挙とみなすであろう。

テクストに対する情熱的な従順の姿勢は、その翻訳にも看取できる。現在多くの良質の英語訳は、メルヴィル・B・アンダーソン、J・D・シンクレア、ドロシー・セイヤーズとB・レイノルズの共訳、ロレンス・ビニヨン（労作）、および複数の訳者によるテンプル・クラシックス版などが手に入る。これらとシングルトン訳を対照させるのは簡単だが、意味がない。シングルトンには原文との一致に腐心するという真の翻訳者のもつ秘めた欲望がない。彼は原文と読者のあいだに介入して理解の助けを図ろうとはしない。いわんや原文の代わりに説明したりするはずもない。シングルトン訳は、贔屓目にみて、文章がそこそこリズミカルに、また、堂々とした調子で流れてゆくというタイプの行間注釈本といったところである。それはヴァルター・ベンヤミンの言うところの、唯一の偉大な翻訳は外国語の初等読本の逐語訳につきるという逆説に近い存在である。もっとも、ベンヤミンは錬金術風のこじつけによって、その理想の翻訳としてヘルダーリンの難解なソポクレス訳を挙げるのだが。シングルトン訳はていねいではあるが不適切であり、それゆえ読者の側に多くの発見をもたらしてくれる。読者は、より正確な意味を把握するために辞書とダンテ時代の文法書を活用して自分でイタリア語をつなぎあわせることになる。そして助けや確認が必要になったら右のページを頼ればよい。シングルトン教授自身の立場は明確である。すなわち、いやしくも成熟した存在の理性の人間的認識の試金石たる『神曲』に真剣に取り組もうとするものは、『神曲』の「高尚な俗語」を通してダンテに迫る苦労を厭わない。この本の散文対訳は原文と最終的な訳とのあいだの中間地点にあるリンボにすぎないというのである。

しかし、このシングルトン教授の版は読者を見いだすであろうか。いや、さらに野心的な翻訳、模倣、まねびを備えていたとしても、この『神曲』は読者を見いだすであろうか。

一九二九年、T・S・エリオットは詩人の宗教的あるいは政治的発言と、作品から受ける読者の快楽の関係を確証しようとしたとき、ダンテを引きあいに出した。もともとI・A・リチャーズの「疑似陳述」――特定の詩的基盤において真実で説得力をもつ種の陳述――の理論と、英国国教会に入信した彼自身の詩に向けられていたが、このエリオットの議論は説得性を欠くように思われる。彼によると、人が読書からより深い快楽を得るのは、詩人の確信を共有している場合である。ダンテの詩は緻密で読者の同意をかきたてる権威性がある。これはシェイクスピアにはしばしば欠ける特質である。しかし、承服しがたい体系的内容や明白なイデオロギーをもつ詩を読んでも「くっきりとした快楽」を感じることもある。ダンテはこのどちらかの、あるいは両方の可能性を満たしてくれる。どちらの反応を示すにせよ――この点に関してエリオットの口調は権威的でもあり、また狡猾でもあるが――膨大な量の神学的、哲学的内容を摂取しておかねばならない。こちら側の知的真空状態をさておいて異を唱えたり、嫌悪感を示したとしても、それは児戯に等しい。しかし、読者の側の反応がどうあれ、対象に対する「信頼」もしくは「理解したうえでの反対」というどちらかの立場をとることが重要である。いまから振り返ってみると、エリオットの気がかりの大部分は、特権者のそれであることがわかる。現在のわれわれが「われわれのうちいったいだれがダンテを読んでいるだろうか、彼と意見をともにするのであれ、反対するのであれ、直接イタリア語を通して彼を読むことができるものはいるだろうか」という問いかけをするなら、その答えはさらに明らかなものとなろう。

「偉大な文学は〈生〉について語る」というのはロレンス的な常套句である。しかし中世このかた、二十世紀の新古典主義者、皮肉な擁護者（エリオット、パウンド、ジョイス、マン、ヴァレリー）にいたるまで、この「について」という側面は力点を置いて構造化されてきた。「生について語る」ことはふたつの重要な意味で、本質的に媒介的であり、文学的である。人々に受容され、人々を刺激し、みずから開花するジャンルという高度な文化に属する作家は、他の作品を通して「生」に対する基本的な反応を理解し、フィルターをかけて精選する。彼は生（なま）の現実につまずくことはない。彼の創作物の環境を包む自由と制限、および彼が答えることになる変容、拡大、批判を導く挑発は、すでに言語的‐文学的な直系関係の「ただなか」にある。作家はその関係の網目に属しており、それを改変することもできる。こうした反射、反応の様式化は深い層で起こるため、個人としての「創造者」は、経験的事実は美学的、技術的先行作品が達成した伝統や「一連の組み合わせ」を通して把握されるという事実をほとんど認識していない（ゴンブリッチは、コンスタブルが地面のある部分を描くさいの感覚が、いかにも画家自身が直接にその目で見たかのように思われるにもかかわらず、じっさいはゲインズバラの手法を取り入れていることを明らかにした）。ある画家の目に捉えられたものは、しばしば別の画家の目にとらえられたものである。

もうひとつの意味での「媒介性」は、「経験」「現実」「生（なま）の材料」という観念そのものに発する。全員とまではいかなくても多くの作家や思想家にとって、別のテクストには赤裸々な生の力が込められている。こうした人々は、ときに高邁な内容をもった古の他人の詩、哲学議論、宗教論文を読んで衝撃を受けることで、より濃密で多くの影響を摂取しながら生を生きている。こういうケースではすでに「書物化された」経験から「生の荒々しい経験」を分離することは意味をなさない。数えきれないほどの革命家にとって存在の本質的事件、真理の把握体験（エピファニー）とは、ルソーやマルクスを読むことであった。シェリーにとってプラトン体験ほど彼の人生を変えるような実存性をもった生の背景、肉体的、精神的出来事があっただろうか。

ダンテが並みはずれて「書物的」であるのはこのふたつの意味においてである。ウェルギリウス、オウィディウス、スタティウス、セネカとの関係、正確に考慮されたアルノー、カヴァルカンティ、グイニッチェルリとの近親性と距離意識、これらが一個の人間として、詩人としての彼の存在の材料である。アリストテレス、アウグスティヌス、またアクィナスの聖なる鏡を通して見たアリストテレス、これらはふつうの補助的な意味での「典拠」ではなく生きた意味をもつ総体、ダンテの感受性がその鼓動を記録する理性と感情の活気に満ちた空間なのである。古典やヘレニズムの文学、ギリシャ、ローマ、イスラムの科学、形而上学の教説、教父や聖典釈義の総体、プロヴァンス派の文学や「新しい文学」、これらについての中世の知見はいかなるものであれ、『神曲』のなかに一切合切が取り込まれている。それも直接的なレベルでの大脳、神経、感覚における経験として。ここでは引喩とか類推という概念はまったく意味をなさない。ダンテにとって、自分以外のテクストは自己を表してくれる有機的な相互関係をもっている。これらのテクストは、生がそれについて語るように直接生について語っている。

こうした他のテクストを通しての存在と理性の融合、没入状態は、現代を生きるわれわれには備わっておらず、それを自由に使いこなそうという気ももたない。ダンテの完全な自己贈与、再現の感覚を「読みとる」ことはますます困難になってきている。ポスト・ロマン主義、ポスト・ニーチェ的シナリオは、書斎を抑えつけて生まれでる青春の森からの衝動、素朴な自発性を描く。そして前代の文学や哲学が決定的な個性的特質となりうるという仮定（たとえばトマス・アクィナス派としてのホプキンズ）、「生の本」はじっさいに活字として印刷されうるという仮定は、反動的な見方であるとみなされるようになった。ダンテの〈精神の運動〉と物質的場所は、『アエネーイス』の内部にも、『神学大全』の知的構造のなかにも、スタティウスの『テーバイ物語』の隣にも仮構することはもはや不可能である。ダンテと西洋文化の知性の総体が理性と認識の共通の文字たらんとして仮構したものが読みとられることはもはやない。『神曲』の生地(テクスチャ)を覆いつくした言及、引用、隠れた引証関係は、いまではなにかに頼って調べなくてはならない。この作業は、厳密に実行されればテクストにとって目に見えないところで壊滅的な打撃をもたらすのは明らかである。脚注が広がり、さらに初歩的なものまでつけられるようになるにしたがって、詩そのものは後景に遠ざかる。ダンテの語りのもつ辛辣さ、ただならぬスピード感、深遠な問題についての込みいったエピソードを一気に攻め立てて語りつくす激しい緊張感などが致命的に失われてしまう。そのかわりに気の抜けた言いかえやひからびたアカデミズムが登場する。

さらに、われわれは断片性、「独創性」、拡張性の美学に縛られているため、『神曲』のすべてを摂取した権威性や形式的な完結性を前にしてどう反応していいかわからない。こうした反応はおそらく叙事詩というモード全般にわたって、われわれの能力を損なっている。われわれはもはや軽い気持ちで「長大な」詩に立ち向かうことはない。われわれはホメロス、ウェルギリウスからミルトン、クロプシュトック、『諸世紀の伝説』および神と悪魔を描いた最後の読まれることのない驚異的な叙事詩〔『サタンの終わり』〕とを書いたヴィクトル・ユーゴーにいたる想像的、知的、政治的達成という中央軸を博物館の陳列ケースへと委ねてしまった。もはやボイアルド〔『恋のオルランド』〕、アリオスト〔『狂乱のオルランド』〕、タッソーと三代続いた「叙事詩の叙事詩」に心を留めることもない。しかし、まさしくこの三人の流れがイギリス・ロマン主義文学の多く、とくにバイロンを活気づけたのである。

今日、だれがカモンイスの『ウズ・ルジアダス』を、一八二六、一八五三、一八五四、一八七七、一八七八、一八八〇年と六度にわたって「異なる」英訳が出たというこの活力に満ちた一大叙事詩を読むであろうか。パウンドの『詩編（キャントーズ）』の妙味はこうした叙事詩の伝統を博捜しつつ、みずからは現代的な反叙事詩の風潮に染まって断片性、個性、未完結性、根本的な自己中心性を達成したことである（この点ではブラウニングの長詩の非常に近しい継承者である）。

この中心性からのずれはまた「微視的視点」とも関わりをもつ。ここでは『煉獄篇』の終わり近く、巡礼者ダンテがウェルギリウスに別れを告げる場面をとりあげてみよう。

『煉獄篇』第二十七歌の終わり、ウェルギリウスはおのれの倫理的、知的理解力の限界を明らかにする。彼はここにいたりダンテに「王冠」と「法冠」を戴かせ、「心身の主（あるじ）として」授ける。この微妙な言いまわしには傑出したアウグストゥス時代の雄、ウェルギリウスが神の付託を受けてダンテをそこまで導いた内的正義、荘厳な鍛練、自己統治が高度に達成されたことが示されている。第二十八歌四行目にあるさりげない語句〔「先生の言葉をそれ以上待たずに、この土手を離れる」〕のニュアンスは、この旅ではじめてダンテがみずからの意志を発揮したことを語ってくれる。第二十九歌五十六行目では、それまでつねに「師」「導者」と尊称されてきたウェルギリウスがたんに「善きウェルギリウス」と呼ばれている。「燃えたつような朱（あけ）の衣（ころも）をまとった」ベアトリーチェが近づいたとき、ダンテは最後にかつての師のほうを向くが、彼に向かってただ「ウェルギリウス」とのみ呼称する。しかし、『アエネーイス』自体はこの箇所においてもっとも輝かしい現れ方をする。ヴェールをつけた淑女が歩みよるとき、ダンテは「昔の炎の名残りがよみがえってきました」と述べる。これは『アエネーイス』

第四巻二十三行のディドーがアンナに向かっていう、「古い焔の残り火を感じます」の引用である。それに続く三行連句〔第三十歌四十九―五十一行〕では正式な惜別の辞が語られ、ウェルギリウスの名が三度唱えられる。そこでは「優しくしたわしい父」という尊い呼び名が与えられる。この三回の呼びかけは、ふたつの統一体に属する。ひとつは数秘術的バランス（このあとにベアトリーチェがもう一度彼の名前を呼ぶことになるので、三連句の前のダンテの呼びかけと合わせて一対三対一のバランスが保たれる）、もうひとつは前代の古典に典拠がある（ウェルギリウスの『農耕詩』第四巻五百二十五―七行にエウリュディケの名前が三度唱えられている。これはその前の彼女の死と冥府への降下を痛烈に写しだしている）。ここに聞こえているのは反響のさらなる反響、時代が下るごとにその間隔が細かく統御される漸減音である。

ここでは技量としての洗練された「聴力」が要求される。たんに集中して読めばよいのではなく、全体の構成に目を配りつつ、細かな字句にも目を留めて、表面下の動きを捉える能力が必要とされる。それがほんの些細なことであれ――たんなる時制や格の変化であるかもしれない――その相違箇所はプロットの主要な外観と構造に対置して読み解かれ、力動的な相互作用として説明されなければならない。水面下に隠れた引用、パスティーシュの発見、テクストの重要場面のあいだにある一致や相互影響の把握は瞬時かつ正確であることが要求される。また、それは全体を統御するペースを乱さないように控え目に指摘されねばならない。

注釈と快楽に必須の習慣は到達不可能な奥義ではなく、ただ今日では廃れてしまっているだけである。われわれは普遍的な自然世界の媒介としての詩という概念をおおかた棄ててしまった。ダンテの詩の用法に必須の要素で、明らかに認識できていた技術的情報や歴史的記録、分析的議論の諸機能は、現在ではほぼ完全に「散文」の領域に移されている。われわれにはかの静穏（自分の周りにおいても、自己のなかにも）も、全体的な関心に向けた精神の深い位置からの不動の視点もない。そのため、ウェルギリウスとの別れの場面が描きだすあの繊細にして響きあう過去への想起や衝撃が奏でる錯綜したハーモニーは聞こえてこない。現在われわれはある種の雑音レベル、静電気の乱れ、刺激に囲まれて暮らしている。そのため、ダンテのテクストがもつよそ見を許さぬ切迫性を受け入れること、それに備えた読書態勢をとることを不可能とはいわないまでも、人工的な行為に変えてしまうほどである。

日常的なレベルに話を移そう。われわれから暗記の習慣は消え去り、テクストの字句の記憶はほんのわずか蓄積されるだけである。しかし前代の詩、神話、地勢上、歴史上の標識を参照する必要があるとき、西洋の高踏文学、とりわけ叙事詩が依存したのは記憶であった。記憶を十分に働かせて読むことによって、すぐに引用を見分けることができる。また、さらに訓練された静かな集中力により次の行が口をついて出てくる。『煉獄篇』第二十七、二十八歌のウェルギリウスへの呼びかけが、『詩編（キャントーズ）』第二十九、三十番のモチーフを読むと、無意識のうちにそのまま現れてくる。音楽家はその唇や指に、有名なフレーズや難解な箇所を覚えこませている。ダンテが読まれることを意図した読者にせよ、ヘルダーリンやトラークルを読むときのハイデガーにせよ、ことは同じであった。しかし、おしなべて読書に不可欠の静謐状態、文学性、他の娯楽の禁止、詩を人間の中心的な営みの用語とみなすこと、こうした『神曲』の最新の生命性を保証してきた要素が現在では下火になってしまった、いや、もっとはっきりいうと専門家の手にわたってしまったのである。こうして、シングルトン教授の著作という贈りものには、いったいこの労作がだれのためになるのだろうという一抹の憂鬱がうかがわれるのである。

しかし、こういう問題のほかにも根本的な部分での障害もある。『神曲』には一貫してサディズムがちりばめられている。たしかにひどい時代ではあった。贋金づくり、偽占い師、さまざまな宗派の無頼たちが生きながら焼かれた。ダンテ・アリギエリ自身も追放令を受けており、フィレンツェの地で当局に拘束されれば同じように火刑に処されていたであろう。飢餓や、傭兵や群衆を使った復讐劇が街中にあふれ、個人のテロルは高度になり、茶飯事と化した。こうしてトスカーナ生活の訴訟事件表には些細な待ち伏せ事件や町の喧嘩、親類同士の傷害事件がおびただしく記録されることになる。しかし、ダンテの表情にはもっと曖昧で哲学的な残忍さが読みとれる。ここでの彼は、恋愛詩や『新生』におけるきわめてもの柔らかで女性的な態度に対抗するかのように、苦痛の巨匠になる。彼は苦しみの場面を長引かせ、さらに苦しみを与える。ヴィラーニの年代記に語られているコルソ・ドナーティの死は、以下のようにフォレーゼの予言（『煉獄篇』第二十四歌八十二行以下）のなかで潤色されて、醜悪なかたちで登場する。憎まれて故国を追われた黒派（ネリ）の党首ドナーティは馬の尾の下に引かれて地獄に引き入れられて、途中体のあちこちを馬に蹴られたあげく、ボロボロになって死んでいく。注釈者たちはこの箇所に寓意的意味を付加しようとした。しかし、ここは文字どおりに解釈すべきところである。ここでダンテは裏切りものとみなす人間への懲罰の場面にいきあわせたのである。『地獄篇』における拷問の詳細の見事な描写は名高い。死後の生を描いた中世のフレスコ画（トルチェルロ島、シエーナ、ウンブリア地方の教会に多くある）、教会の説教、民間伝承なども同様の悲惨な苦しみに満ちている。しかし、ここでもやはりその効果をより不吉なもの、より個人的なものにしているのはダンテの芸術の繊細な描写力、表現言語の高貴な力なのである。そこには人間の誇りに満ちた精神が込められている。

ナチスやスターリニストの血なまぐさい所業を過去の遺物と感じるわれわれには、こうした聖なる野蛮に備える準備ができていない。地獄での永劫で不毛の監禁と懲罰を説くキリスト教の教説とイメージのなかに、強制収容所という手段が予示され、おそらくは潜在的に現実のものとされてきた。こうした事実に対してわれわれは自分の奥底で、しかし営々と積み重ねられてきた心の動きを感じる。地獄を描いたダンテの幻は全知の神と苦痛をめぐる長いあいだの人々の幻想夢の部分のなかでももっとも高尚な部類に入る。しかし、それでもそれは同じ夢の一部分であることには変わりない。夢は習慣化する。強制収容所は「地上の地獄」にすぎないとするナチスの強弁には茶番劇以上のものがある。

死後のもうひとつの場所、『天国篇』を完全に読みとくには、膨大な注釈をもって具体的事物や劇的緊張関係を解明しても不可能であろう。賛美のトレモロは非常に長く伸ばされ、光輝には一点の曇りもないために、そこにはわれわれの解釈がどうであれ、至高の存在の単調な印象が生じる。ミルトンが天上界を描くさいに使った政争や卑近なイメージによる描写、大砲などは、基本的には俗の言葉で表しえない題材に生き生きとした外観を与えようとする工夫であった。貴婦人マテルダによってレーテの向こう岸へ渡されてしまうと、少なくとも神学者でないわれわれにとっては、現実の実在感の要素がなにがしか『神曲』から引き去られてしまう。そうした不満感をエリオットはこう述べる。われわれは「詩の素材としての至福描写に関しては偏見をもっている」。

問題はもっと根が深い。天国で交わされる言葉は同語反復的であり、確定したことを調和的に繰り返すかたちになっている。生きた台詞はそのなかに逆の意味を含む可能性という影の部分、ざらざらした部分をもたねばならない。こうして地獄と煉獄にあってはダンテはわれわれに行間に耳を傾け、行間を読みとる技を強いてきた。しかし、天国ではこうした用心深い読みは不敬となる。そこには完全な真実が焔と燃えさかっているのであるから、それを伝える言葉の力は色あせる。それゆえ、焔のバラに近づくさいにダンテが幼児の舌足らずな言葉を用いることには言葉の無力というアレゴリー以上の意味がある。われわれはヴィクトリア時代やラファエル前派の芸術家にみられる天真爛漫な神への賛歌、ケルビムのような童心、卑俗な聖母賛歌——詩、彫塑、音楽の分野での——とは一線を画している。かつてエリオットは自分はロセッティに対して「反旗を翻した」、すなわちさらにいえばロセッティのダンテ解釈に対して反発したのだと主張した。しかし、じっさいは彼よりも現在のわれわれのほうがその解釈と遠く隔たっている。

理由はともあれ、事実ははっきりしている。『天国篇』ではダンテは全体の構成からすっぽり抜け落ちている。古典のテクストを日常感覚の細部まで行き渡らせる快楽の流れ、明晰性の流れから抜け落ちているのである。彼は断片を通して、だれかの口を通してわれわれにやってくる（いったいいまでもイタリア人は『神曲』を読んでいるのだろうか）。

しかし、『神曲』にはわれわれの時代に当てはまる点が多くあるからといって、なにも現代を特殊で悲劇的に選ばれた意味をもつ時代ととらえる異説を唱える必要はない。ダンテは詩歌と政治の融合に関してはやはり巨匠である。彼は文学的、哲学的創造力の公平な基準と、政治的実践主義の党派的気概、近視眼的発想を結びつける。彼は政治的強制や策略を推し進めよとの主張が個人の意識のレベルでは多くは偽物であること、暴力が日和見主義の不完全な努力を組織化することを知っており、われわれに教えている。詩は、もしそれに耐えうる政治であれば、その政治を整ったかたちに仕上げねばならない。しかし、ある一定限度をこえてはならない。こえてしまうと小綺麗な偽物が非人間性と混沌の言い訳として立ち現れる。いかなる作家も——ドストエフスキーとコンラッドはだいぶ近づいたが、しかし彼らといえども——優雅なイデオロギー（帝国の規範、市民的「威厳」の理想像）と権力の技術的、現実的な細部という対立した規範に対してダンテほど瞬敏に反応したものはいない。「社会の現実との関連性」についていえば、まさに『神曲』のなかにはヨーロッパ統一体の論理の最上の実質が備わっている。

現代にとって重要な意味をもつもうひとつの問題は抽象語、とりわけ科学用語における言語の守備範囲である。専門化されていない言葉が一般的感受性、個人の判断力、自然科学と応用科学の規範をいかに取り込んでこれらを支配することができるのだろうか。生物学、物理学、医学、宇宙科学などの増大する巨大空間——この言葉は道徳的、心理学的可能性と同様にじっさいの大きさも含んでいる——を、たとえ隠喩を通じておこなうにしても、俗語表現に還元することは可能であろうか。そうした還元が不可能である場合に、日常の言説は、新しい現実のモデル、すなわちそれが科学者の数学的、形式的用語で表現された場合の「真実」という新たなパターンから遠ざかり孤立することになるであろう。逆に諸科学のほうは一般的な認識の土俵とは異質にずれていることを知るであろう。十四世紀はじめの状況は、現代とは明らかに異なり、その分裂の度合いが小さかった。しかし、そうした状況にあって、ダンテがみずからの言葉で技術的な諸相を描き上げ、鋳掛け屋や服職人の秘伝の日常をよく把握するのみならず、生理学、錬金術、天文学を隠喩として「包み容れた」ことは手本とすべき技であった。科学的形而上学的省察に対して、ほんとうらしく見せる権威を取り込んで与える点で、彼ほどの手際を見せたものはいない。『神曲』を読むと、シンボルや類推、直喩、隠喩、修辞のたぐいが深遠な知識や「技術」を日常の感覚へ変換していくありさまを経験できる。ニュートンの天体力学を器用に取り込んだポープの作品以来、こうした挑戦は影をひそめてしまったという事実がわれわれを苛立たせる。ダンテは文学ともっとも離れた科学や哲学の仮説でさえ、それを知ることで人間の想像力のためになにごとかを加えることができるし、またそうすべきであること、また、詩はそうしたことを想起させる自然からの声であることを示している。

帰還は決定的な意味をもつ。『神曲』の膨大な引照領域と宇宙的空間の広さを指して、ペギーは「ダンテ、この地球の放浪者」を批判した。しかし、放浪者どころではなく、彼にとって中心地は磁力と還元力に満ちている。「(その名は)トスカーナ全土に鳴り響いたものだ」〔『煉獄篇』第十一歌百十行〕。こうしてこの叙事詩を通じて『天国篇』第二十五歌冒頭の故郷への思慕の苦しみほどその意味が重いものはない。超越的な至福の焔のさなかで、詩人は「羊小屋」への帰還を夢見る。すべて牧歌は故郷への帰還の試みである。この見事な一節における語の選択が的確であるのはそういう次第である。

まだ、仔羊(こひつじ)であったころの私が寝ていた

あの美しい羊小屋から私を閉めだした邪(よこしま)な狼(おおかみ)たち

地下の地獄でも、ひとりひとりの市民の身の上が詳細に観察されて描かれている。人はその出身の村、州、城の高台をもつ。『神曲』は帰還に向けての壮大な螺旋の旅となる。われわれは、いまこの現在においては明らかにどこか別のところにいる。われわれに見える風景は損なわれてはかないものとなる。詩は人間が自分の過去と自己のうちに「居住」することを教えている。みずからの言葉と、彼の存在を包む有限の事物、有機体、場所のうちに安住する人間がいる。詩は、卑近でこれ以上還元できない小枝に無限を接木する。ダンテの足は一度も地面を離れることはない（足（sole）は魂（soul）と読みかえてもよい）。『神曲』は地に根の生えた動きという矛盾する秘儀を達成している。ところで、その秘儀がなければわれわれの生に対する公的な意味も私的な重みも存在しないのである。

　われわれは「地獄の颶風(ひょうふう)」〔『地獄篇』第五歌三十二行〕に巻きこまれるか、さもなくば故郷をめざして歩を進めるのだ。その第一歩として、小暗い森というのも悪くない。

注

（1）*The Divine Comedy: Inferno; Purgatorio; Paradiso.* Translated with a commentary by Charles S. Singleton. Bollingen Series LXXX. 6 vols. (Princeton, 1970-73).〔『神曲』平川祐弘訳、河出書房新社、全三巻、二〇〇八―九年〕

Ⅷ　書物の後には？

こういう問いはいかにもわれわれにはふさわしい。それはさまざまな意味で現在の感性の様態を表している。われわれは大上段から本質的に破壊的な質問を発することができる。しかし、それはそのなかに未来をたのむところのあるヘーゲル＝マルクス的な根本主義とは違う。問題の根元を提起するのはそれを解決するためであり、破壊と解体は解決に向けて避けては通れぬ危険であることを知っているためであるという公式の仮定を前提にする根本主義とは違う。そうではない。われわれがものの大本に対峙する様態はさらに両面価値的である。そこに答えがたしかにあるという確信をもてないときでも、われわれは根源的な問いを発するのである。じつのところはそうした結果にともなう破壊的性質、黙示録的色彩がわれわれをやさしく誘っているのかもしれない。われわれは「最後のもの」、文明、イデオロギー、諸芸術、さまざまな感受性の終焉に魅きつけられるのである。われわれはまさにニーチェ、シュペングラー以来の〈終末待望論者〉である。われわれの歴史観は、レヴィ＝ストロ

1972

ースが深い意味を込めて韻を踏んでいみじくも言ったように、人類学（アンソロポロジー）ではなく等質の死へ向けて進む〈エントロピー学（エントロポロジー）〉である。

　これは知性にとっての喜び、貴いもののもつ一種の憂いへとつながる。おそらく自己の死を思惟することができる種はざらにはいないし、どの社会もが自己の没落と新たな他の力への屈服の可能性をイメージできるわけでもない。しかしそれは自己実現の要素を内包した否定的根本主義である。これは複雑な広がりをもつ問題である。別のところでも書いたが、今世紀の世界の政治における政治的暴力性は、過ぐる何百年も前から芸術や文学、黙示録的理論のなかで予示され、夢に語られ、幻想のうちに書かれてきたことである。カフカの作品の秩序にある予示の力は、ある意味でそれが模倣する異常性や非人間性に「備えよ」、それを「準備せよ」ということではないだろうかと問うてみるのは意味がある――もちろん弁証法的な意味において。それゆえ、書物に未来はあるか、書物の終わりの後にはなにが来るのかという問いを発するとき、われわれはたんに問題を設定する以上のことをしているといえる。すなわち、そういう問いを発することができる、じっさいに発しているという事実自体、おそらくわれわれの恐れる衰弱過程の一部なのかもしれない。さらに、その問いによって、衰弱が早まるということもありうる。人が根本的な問題を問うとき、そこにはかならず客観的な解決の可能性が存在するというのはマルクスの有名な定式である。そうかもしれない。しかし、われわれの心は穏やかでいられなくなるかもしれないが、こうもいえる。人間は否定的な答えをあらかじめ引きだすためにのみ特定の質問を発することが許されているのかもしれない、と。

　しかしながら、もちろんわれわれはどうでもよい質問として、あるいはニヒルなふざけごころで問いかけているのではない。書物の延命の可能性を問うゆえんは、われわれがその問いに内実を与えている社会的－心理学的－技術的環境に生きているからである。またこの問題を掘り下げ、綿密に証拠を検証していきたいと考えているが、同様にこの問いそのものが積極的に関与してみずからを明かしてくれることも望みたい。それはヘーゲルの鋭利な用語を借りると、われわれの問いが〈止揚〉されることである。問いかけというのは、その問題を取るにたらないもの、あるいは誤って措定しているとみなす視点を明らかにし、その存在を確かめることを可能にするひとつの行為である。また、そううまくいくことはまれではあるが、問いかけることで相手を挑発して、ほんとうに恐れていたり、求めていた答えではなく、新しくもっと優れた問いかけにつながる最初の輪郭が引きだされることもある。こういうのは第一等の種類の答えである。以上のことを心にとめたうえで、われわれがふつう思いえがく書物の終焉の考察を可能にする、果てはそうする責任を生じさせてきたような歴史的、現実的土台を、非常に簡単ではあるが眺めてみよう。

第一に強調する価値があるのは、「われわれがふつう思いえがく書物」というのはある地域、文化にのみ、それも比較的短い歴史的時間のうちにのみみられる特異な現象であるという点である。われわれは、読書人であるゆえに自分がどっぷりつかっているこのきわめて特殊な場所や状況のことを忘れがちである。包括的な読書史などというものは書かれたためしがない。もし書かれていたら、ふつう使う意味での読書、すなわち「黙読」という読み方はせいぜい（最初に黙読について記した）聖アウグスティヌスをあまりさかのぼらない時代以降のことであると知らせてくれるだろう。しかし、ここではもっと時代範囲を限定しよう。個人生活に広く行き渡り、その中心の事物としての書物の存在は経済的、物質的、教育的な達成をその前提としている。その条件が満たされるのは西ヨーロッパ、およびその直接的影響のもとにあった地域では十六世紀後半を待たねばならない。モンテーニュとベーコンはすでに読書人であり、自己の内的生活と活字形式の将来とのあいだの関係を深く認識していた。しかし、彼らといえどもその書物の読み方は完全にはわれわれと一致しない。文字の権威の捉え方、書き言葉に対して幾層にも積み重ねられた秘伝の技法——文字の表面的なレベルから神秘的解釈まで——の感覚は、前代の、意味を絵解きとして、すなわち「イコン」として読みとる考え方と共通のものがある。現代の読書のスタイル、自発的な書物との関わりという風潮は、たとえばモンテスキュー以前にはその例を見つけにくい。このスタイルは、宇宙の、あらゆる生の衝動の真の目的は一冊の至高の書物（ル・リーヴル）を創造することであるというマラルメの有名な一節にきわまる。これでモンテスキューからマラルメまでを問題とする歴史は、たかだか約一世紀半である。しかし、マラルメ自身がここで問われている問題の最初の一歩を呈示していることは明白な事実である。

　書物が花開いた古典時代は多くの物質的要因に左右されていた（読書の歴史に関する包括的な資料はない。さらに必要とされるものに関する多くの示唆は、ヴァルター・ベンヤミンの批評やアドルノの音楽の社会学のうちにあるものの、われわれは読書の社会学なるものをもたない）。

　修道院の書見台に置かれた書物や、鎖につながれて大学の図書館に配置されていた書物は十七世紀のそれとは異なる。古典主義的な段階では、書物は個人の所有物となる。これは生産、流通、保管というさまざまな特別の可能性が一致して関わって生まれる様態である。個人所有の書斎というのは、家の広さや規模といった建築的問題ではない。そこには非常に複雑な社会的‐心理的価値観の諸相が凝縮されている。それには空間と静けさがとくべつに配置されねばならず、それが決定されることで、全体としての家のかたちが整えられていく。見た目や触覚のレベルでは、個人の書斎はある特定の形式あるいはジャンル——このふたつは緊密に関連しているのだが——を偏愛する。それはたとえばパンフレットのたぐいよりも製本されたものを、フォリオ版よりも八つ折り版を、ばらばらの単行本より全集やセット物を指向する。精神的現実は、こうした物質的事実と切り離すことはできない。自分の書斎にひとりで座って読書する人間は、ある特定の社会的‐道徳的秩序の産物であると同時に、またその秩序の創造者である。それは特定の教養、購買力、余暇、階層のヒエラルキーの上に打ち立てられたブルジョワ的秩序である。彼の家の別のところには、本棚の埃を払ったり、彼が呼べばすぐに答えて入ってくる使用人が控えているはずである。また、子どもたちには父親の読書中はうるさい音を立てたり、書斎に入り込んだりしないような教育が施されているのだ。かくて古典主義時代の読書行為——これは十八世紀の絵画や彫刻では〈読書する人〉という主題で描かれる——は多くの隠れた権力関係の焦点となる。すなわち教養人対使用人、余暇のあるもの対仕事に疲れたもの、広々とした環境対すし詰めの家、静けさ対喧噪、男性対女性、大人対子ども（ただし女性が夫や兄弟、父親と同じやり方、同じ意味あいで読書するようになる歩みはきわめて緩やかである）など。

こうした権力関係と価値の前提が一挙に壊滅してしまった。現在では個人の家庭で読書室を備えるところは少ないし、その塵を払ったり背表紙の皮に油を塗ってくれる使用人をもつものはさらにまれである。以前には考えられなかったほどの光と騒音が、とくに都会の家においては個人の空間に満ちている。また非常に多くのケースでは、読書は他の媒体――テレビ、ラジオ、レコード――と拮抗して、それとの競争を経たうえでなされている。現代の家庭にはタブーの空間も聖なる時間もほとんど残されていない。すべてが許される場と化している。むかしは本棚だった場所はレコードキャビネットが占め、LPがずらりと並んでいる（これこそ現代の風潮、われわれの知的、感情的生活を包む母胎における本質的に重要な変化である）。むかしの意味での読書という行為がおこなわれている家庭はごくごくまれである。それは高度に専門化された体制のなかでおこなわれる。すなわちおもに大学の図書館、あるいはアカデミックな「研究室」である。その意味でわれわれは、静かな塔のなかにあったという有名なモンテーニュの円形読書室以前の段階に立ち戻っているといってもよい。われわれは古（いにしえ）の聖職者のように、特別な専門的空間のなかで「真剣に」読書に励むのである。そこでは書物は専門的な道具であり、静けさは制度化されている。

現代のペーパーバックはこの新しい環境変数を直接に、見事に効果的に体現している。まず場所をとらない。読み捨ても可能である。その小ぶりな体裁は、さあ読むぞという構えも不要でいつなんどき中断されるかもわからない「移動中に」読まれることを可能にしている、いや、そう意図されている。

三文小説と同じような外形を呈しているため、ペーパーバックは――たとえ高級な内容であっても――だれにでも気軽に手にとれることをうたう。そこにはお金や教養をもつ選ばれたものだけが手にすることができるというようなあからさまなエリート臭はない。空港のラウンジやドラッグストアでは、ミッキー・スピレーンと並んでプラトンが仲よく同じ本棚に置かれている。

しかし、書物の地位に変化をもたらした主動力は、さらに根深いところにある。デカルトからトーマス・マン（書物に対する古典主義的時代の姿勢を保っていた最後の完全な代表者）の時代までは、明確な哲学的信念と認識方法が精神生活における書物の第一義性の底流にあった。以前にこの問題についてはいくつかの点を詳しく検討したので、ここではその要約だけを示すことにする。

たいていの場合、書物はほとんど別の書物についての書物である。これは意味論的規範のレベルでは正しい。すなわち、書かれたものはつねに以前に書かれたものに言及する。明白な引用、隠れた引用、引証、言及などが表現や叙述の基本的手段である。過去がそのもっとも生き生きとした姿を見せるのは、この繰り返しのダイナミズムによる。しかしこの言及システムの過程は意味論以外の領域までも包括する。文法、文学用語、ソネットや散文小説といったジャンルには、前代の人間経験の形式化が体現されている。書物に書きとめられた思想、感情、事件は生（なま）のままでは現れない。表現の形式はしばしば「潜在意識的」ではあるが、強力で複雑な価値観や境界線を抱えている。数年前、E・H・ゴンブリッチはある示唆的な評論のなかで、ゴヤのマドリードの反乱を描いた素描画という、このうえなく過激でいかにも自然発露的な絵画表現でさえ前代の芸術作品のフィルターを通して様式化されていることを示してくれた。ことは書物であれ同じである。すべての文学はその背後に、前代の文学がその意味を認めた人間的経験をもちあわせている。作者の最初の衝動がいかに新鮮で激しいものであれ、出版のために書くという行為は「読み手としてのこれまでの」読書時の反応と連動するので、高度な「定式化」あるいは慣習化にさらされている。作者の背後には強力な過去が存在している。

現在は、定められた可能性の範囲のあいだをかいくぐって動くしかない。

伝統と制限というこの要素が古典的世界観の本質をなしている。ホメロス、オウィディウスから『ユリシーズ』『夜鳴鶯に囲まれたスウィーニー』まで、西洋文学には他の作品への言及が広範囲にわたってみられ、偉大な作品は一様に以前にあったことを鏡写しにし、所与の焦点を変えることしかしていないのだとしたら、その理由はわれわれの文学性の中心にある。西洋文化と中国文化は、非常に厳密な意味での本の文化であった。西洋文化はおもにギリシャ語で書かれたきわめて少ない量の聖典、古典、模範形式から出発して、模倣という自意識形態によって変化、再生、パロディ、パスティーシュを展開させている。ベン・ジョンソンの言葉を借りるなら、こうした創造的〈摂取（インジェスチョン）〉によって、言説の道をたどる曲線はホメロスからウェルギリウスへ、ウェルギリウスからダンテへ、ダンテからミルトン、クロプシュトック、ジョイスへ、そして『詩編（キャントーズ）』に明らかな過去への回顧性へと流れていく。十二世紀の戯曲とオペラにはオレステースをめぐる悲劇が十五編、アンティゴネーものが十二編あった。アルキロコスはホラティウスへ、ホラティウスはジョンソンへ、ジョンソンはドライデン、ランドーへとつながり、ランドーはロバート・グレイヴズへと向かう。夭折した詩人や英雄の死への悼み、その追悼の念を歌う詩は『ギリシャ詩歌集』以来途切れることなく、相互言及を繰り返しつつ、「リシダス」から「アドネース」を経てアーノルドの「サーシス」、テニスンの『イン・メモリアム』へと、またイエイツの死を悼むオーデンの挽歌——オウィディウスの響きが組み入れられている——へといたる。印刷形式と書物の物理的体裁によって伝統の枠組みが強制的に定められてきた。まさにこの点においてわれわれは西洋文化を、アレクサンドリアの大図書館、グーテンベルクとカクストンの図書室と進んできた文化の延長として特徴づけることができる。それは現在の書物の視覚的、直線的強制力という、曖昧で証明不可能な暗示ではなく、確固とした物質性である。

詩の結構、感覚の活力に対して、既存のジャンル、引証、仕組まれた言及の響きあいの構造がもつ密接な相関関係の意味するところはさらに大きい。マラルメの〈書物〉とは、死に対する効力ある護符である。これこそホメロスやピンダロスにおける偉大な発見、誇らしく呼ばわる声である。詩人の言葉は彼が語る出来事をこえてはるかに生き延び、詩人に不死の称号を与える。ホラティウスやオウィディウスもこれを敷衍して、時による浸食を受けて塵と化すことのない言葉、刻まれた真鍮や大理石の寿命をこえる言葉の生命を歌った。これが西洋文学の合い言葉となる。すなわち「わたしは死んでいく。わたしの人生なんて過ちや無知の修羅場だったといってもよい。しかしわたしの書は後世に残るだけの真実と美を秘めている。これから生まれる者がわたしの書を読むことだろう。わたしもそうして机に向かって古典を読んできたように」。これこそ『オデュッセイア』の吟遊詩人デーモドコスの秘密である。そして二千五百年後、ポール・エリュアールが同じ感懐を〈永続のきびしい欲望〉という言葉に託している。

不死を得るか得ないかという賭けは、それにみあうだけの言語の力があれば成立する。この観念からは、神秘的な色彩は捨象されている。言葉は個人の表現の要求をすべて満たすことはできない、現存の言語は詩人の内なる心象を描くにはとうてい力不足であるというのが西洋文学、とりわけ詩歌の伝統的な見方である。しかしこうした修辞自身も言語に頼って表現されているのだ。正確かつ美しく自己を表現できない苦悩が的確に伝わるが、それもまた常套句なのであり、雄弁の一部に取り込まれているのである。ペトラルカ風のソネットはつねに自信に満ちた技術で、詩人の恋のたぐいまれな激しい思いのたけを伝えることができないという基本的な不満で始められる。十字架の聖ヨハネの『霊の賛歌（カンツィオーネス）』のような神秘文学はその最たるものだ。しかし、そうしたえも言われぬことの周辺の意味にしても、正しく明確な偉大な言葉によってわれわれに伝えられるおかげで、こうしたことがわれわれの知識となるのである。

ここでもやはり、書物とその読者という複合体はユダヤ－ヘレニズムという独自の出自をもつ。奇妙に、極端なまでに文学的で書物に対するこだわりをみせているこのふたつの古代の源泉から、われわれは言葉に対する高く安定した評価を受けついでいる。この二大文明によると、言葉――ロゴス――は人間の信仰、論理（ロジック）、神話（ミソロジー）の中心を占める。また、人間の言語と「外なる世界」の関係を正しく把握して表現することは、認識論的にいって不透明なものとなる。口に出た言葉が示す意味と、思ったことを口に出すことのあいだには深い問題が横たわっている。また、お互いを理解しあうことや正確に物事や感情を示すことも同様にむずかしい。言葉に関わるこうした問題にもかかわらず、この不透明さが分析され、認識されるのは言語学的方法、すなわち言葉によるのである。われわれは言語世界に住んでおり、それがわれわれを混乱に導く周辺的なジレンマの源になるとしても、それは同時にわれわれの意識や自然に対する優位の根源でもある。

この確信をじっさいに体現したものが書物である。そしてそれはかつての偉大な口承叙事詩の時代から、少なくともランボー、シュルレアリスムまで、何度か奇妙な異議申し立てを受けながらも根強く残っている。

こうした哲学的基調とそれに付随する心理学的態度が、激しい攻撃にさらされている（おそらくわれわれは、西洋文学の組織が壊れやすいものであり、それを構成した歴史的、道徳的素材が繊細で、たぶん他に例を見ない独自のものであったことにもっと早く気づくべきであった）。

チョーサーからT・S・エリオット、『薔薇物語』からヴァレリーまでの詩歌や散文の営みが依拠してきた言葉による相互引証という基本的認識が、今日では少数の保守派の人々の所有物、それもますます現実味を喪失しつつある所有物と化している。アメリカ的教育が実施する組織的記憶喪失化――ヨーロッパの多くもこの轍を踏んでいる――が、われわれの文学の聖書、神話、歴史への引証の言葉を、わけのわからない象形文字に変えてしまった。ごく初歩の語句の引証の特定や意味解釈までもが必要になり、脚注が膨れあがる。こうした注解の竹馬の上で、やっとのことでバランスをとっている詩のテクストのほうが異質なもの、焦点のぼけたものになっている。われわれの言語遺産の総体はますます大衆市場の中途半端な文学性と専門家たちのビザンティン絵画なみの微細な視点へと二分化していく。以前は大衆の財産だった詩歌、戯曲、小説はいまではアカデミズムの倉庫のガラスの陳列棚に並べられ、隔離されて、染みひとつつかないような人工的な境遇にある。文学の権威自体――この権威こそ正式な伝統における核であり、源泉である――が大きく揺らいでいる。エズラ・パウンドの「新たにせよ」は、もともとルネサンス的な意味での革新を求める声であった。しかし古典、修辞法、なんにせよ難解なものに対して、新しく至福千年を唱える現代の人々の声はルネサンスのときとは大きく異なっている。その声は、歴史が根本的な無垢の段階に突入するとしたら、過去の文学は破壊され、爆破されねばならないとするダダイズムのテロリストの洞察にさかのぼる。

文学の殿堂に入り、永遠の生命を保ち、栄光に包まれたいという目的も同じく揺らいでいる。それはヒエラルキーとアカデミズムに関わる問題になっている。われわれは、過去と現在をどうみるかという価値観の転回点に立っている。現在がすべてなのである。若い世代の目には、未来に栄光を託すために現在の生活を犠牲にする詩人や思想家の伝統的戦法は、偽善、日和見主義、あるいはさらにそれより悪いものと映る。ミルトンやキーツ、ヘルダーリンらには自明のものであった自己滅却的主張は、現代では中身のない感傷の響きがある。先鋭な意識をもつ世代は、最高傑作〈書物〉（ル・リーヴル）こそが人間の営為の目的であり価値であると断ずるマラルメの信念に不純なものを読みとる。今日、「一足の靴はシェイクスピアよりもプーシキンよりも重い」とするピーサレフの言葉が現実のものとなる。

言語に対する疑念には、さらに広範囲で重要な源がある。これもやはり以前詳しく論じたことがあるので、ここでは要点を述べるだけにしておく。ひとつにはランボー、マラルメからダダ、シュルレアリスムにいたるまで、「反言語」運動が文学の内部から生まれている。過去の文学の抑圧的な修辞法や完全性に嫌気がさした新しい偶像破壊者、実験的文学者たちは言葉の再創造をめざした。彼らは新たな言語的、統語的形態のなかに正確さ、魔力、無意識のエネルギーの源泉、未踏の源泉を見つけようとした。「言葉の終わり」を求めたダダイズムは虚無にこだわる――人は使い古した言葉という皮をまとっているうちは新しく生まれることはできない――と同時に美学にこだわっていた。ダダはこれまでだれも手がけていない音声的、図像的、記号的意味の発見に尽力した。言語に対するふたつめの懐疑は、形式論理学と、論理実証主義とウィトゲンシュタインの著作から導かれたものである。これはムーアからオースティン、クワインにいたる現代哲学の大きな影響によるもので、言語はそれまでよりもさらに乱暴で、もろく、われわれの必要に対して不都合な部分が多いことが明らかにされた。これまでの哲学の記念碑的作品——カントであれ、ヘーゲル、ショーペンハウエル、ベルクソンであれ——を活気づけてきた言語という媒介に対する信頼がもはやまったく通用しなくなっている。言語への懐疑を導いた第三の要素は、厳密科学の驚異的な発展にある。感覚的、観念的現実の大部分が日に日に、数学的‐非言語的意味論体系の領分に組み込まれている。現代の作家が正確かつ妥当な用語で描きうる自然の現実や知的な分析は、シェイクスピア、ミルトン、ポープよりもはるかに少ない。第四点は、最初カール・クラウスとジョージ・オーウェルが明らかにした問題、すなわちマスメディアと現代の無教養な政治の虚偽性が生み出した言葉の安売り、非人間化、混乱である。言葉に対するこの野蛮化、冒瀆が、ネルヴァル、ランボーの時代からシルヴィア・プラス、パウル・ツェラン、ジョン・ベリマンまで西洋文学を覆っている自己破壊的潮流——みずから進んで沈黙するか、じっさいに自殺を選ぶか——の原因のひとつであると言い切っても大きな間違いではない。イヨネスコは言う、「わたしの口の言葉は死んでしまった」。

これらを総合すると、伝統的文学性に対するこれらの攻撃、芸術家や思想家の営為への超越論的見方に対する、また言語の有効性に対するこの攻撃が、書物に対する根本的批判のもとにある。いまや進行しつつあるのは〈カウンター・カルチャー〉というより〈アフター・カルチャー〉なのである。

しかし、こうした分析を得たあとに、こういう実際的な疑問が湧いてくる。読書する人の数はほんとうに少なくなっていっているのだろうか。出版される書物の活気が衰えの傾向にあることを証明する数字はあるのだろうか。

その証拠を手に入れるのはたいへんむずかしい。管見ではロベール・エスカルピの『出版革命』(一九六六)がこの問題を全面的にあつかった研究であるが、それもせいぜい入口の段階にとどまっている。情報は断片的であり、相互に関連のない統計やあらゆる種類の臆測で満ちている。

一九七〇年の調査によると、フランス人の男女が一年間に読む本は平均してわずか一冊以下である。識字率の低いイタリアでは、この数字はさらに少ないと思われる。一方、ドイツの数字はもっと高い。合衆国ではこの二十年間に書店――もっぱら文学の本を専門的にあつかい、優良な本の在庫を相当数抱えている書店――の数が劇的に減少した(また、「複合形態」書店の閉鎖数は五〇パーセント以上に達するそうである)。大変革はとくに小説において加速度的な速さで進行している。売れそうもないとわかると、その小説はすぐに本屋の棚から取り去られてしまう。おおよそ三十から四十冊の割で毎週のように発刊される英語の小説の出荷量に比して、棚に残される小説の割合はきわめて小さい。純文学のハードカバーを出す費用は、もう常識の域をこえている。同じ全集やシリーズものでさえ、第一回配本とそれに続く巻の値段の開きが三倍、四倍になっている。どこかと複合した、しばしば秘密の助成金計画に助けられたり、ペーパーバック市場との直接のタイアップがなければ出版の多くはもう立ちいかない。ハードカバーの商業的出版と限られた地域での流通の未来が危殆に瀕していることは、言い古されたことであるが、現在生々しい現実性を帯びている。アメリカの出版経営者のめまぐるしい交代劇、繰り返される買収劇、偉大な在庫リストを捨てて熱に浮かれたように俗悪な品揃えに走るありさま、これらは書物の世界全体を蝕む病の外面的徴候にすぎない。

これに加えて個人的な見解を、もちろん主観的であり非常に狭い見方になるが、一、二述べておきたい。ペーパーバックというものはいくらより集まっても図書館の全集にはふさわしくない。この二十年間、いろいろな国で知りあい、教えた多くの学生たちのうち、本の蒐集家と呼べる人が年々少なくなってきている。また多くはひとりの作家の完全な全集を持とうとはせず、簡便にペーパーバックに収められたいくつかの作品で事足れりと考えている。こうした若者はまた、孤独で他人を寄せつけない場所での読書の習慣も失いつつあるように思われる。彼らが文学をそらんじることもますます少なくなっている。彼らは音楽を聞きながら、また人と一緒になって本を読んでいる。彼らは古典的な読書に自明の、空間と沈黙を利己的に占有しようとする唯我主義を本能的に排除する。彼らは共感的な意識をもち、他人を排除しようとは思わない。個人的であるとともに、同時刻に同一場所で他人と共有することができる音楽は、本などに比べてはるかに、参加しながら反応するという現代の理想に適合している。町を行きかう人のポケットに入っているのは、もはや、「ページの隅の折れた本」ではなく、トランジスタラジオなのである。さらに音楽は幅広いレベルの人々――音楽への高等な洞察から半意識的な雑音のもつ響きまで――を対象としており、文学とりわけ高尚な文学が拒否している感情の民主化を達成している。要するにわたしのみるところ、孤独、静謐、コンテクストの認識力という古い意味での読書に没頭するために必要な諸条件が、まさにそれをもっとも備えてほしい階層でみることがまれになっている。すなわち大学生のレベルにおいて。

繰り返すが、これはあくまで場当たり的で断片的な印象である。定量化して論証することは不可能に近い。われわれはこうした新しい傾向、問題にあまりに近くにいるので、ぼんやりとした姿をかいまみる以上のことはできない。わたしの考察は、しかしソビエト連邦においては当てはまらないのではないかと思う。ソ連は現在中央集権的に決定された文学性、ほとんどヴィクトリア朝的な文学環境の段階にある。また東ヨーロッパの国々では読書が体制への反抗を示す唯一の方法であり、競合する電波メディアはまだ発展段階にあるため、やはり私の考察は部分的にしか当てはまらない。しかしながら、われわれ自身の状況においては、やはり読書人の世界は大幅に縮小しているといえる。

以上の前提を理解することで、いよいよ書物の後に来るであろうもの、文化的変動の時代に書物はどうなっていくのかという問題を考察――考察以上のものではないが――する機は熟した。

今日よくいわれることであるが、以前印刷の領域であった情報、論説、娯楽の広い範囲にわたってオーディオ・ビジュアルを使ったコミュニケーションが優勢になっている。半端な文学性、初歩の文学性（真の文学性は、先に示してきたように減少を続けている）が世界的規模で増大する時期には、オーディオ・ビジュアルを使った〈文化パッケージ〉――カセットテープの形を装う――が主流を占めるであろうことはほぼ間違いない。事態はすでに、日々吐き出される印刷物の大部分が、少なくとも語の広い意味において写真や絵、音楽、映画につけられる説明のキャプションになりさがってしまっているところまで来ているとわたしは思う。それは基本的には映像記録である素材に随伴し、その周りに鎮座し、相手をめだたせる役目を果たす。ラジオで、またとりわけテレビで発せられるとき、その言葉はとくべつな、おそらくは補助的地位を与えられる。この事態はもっと誇張されうる。マクルーハンの予想と異なり、ラジオは、とりわけ討論やドラマといった台詞の多いジャンルにおいてその地位を保っている。しかし、現在人間を主題とした大部分の作品は、映像や写真という信号形式によってその主要な情報を得、刺激を喚起されている。驚くべきはこの事態というより、それにもかかわらず古い意味での言葉がいまだにみずみずしい生命力を保っているということのほうである。ここにあるのはきわめて不思議な現象といえる。どんなに優れた映画でも、繰り返しみることができる回数（せいぜい五、六回か）は限られている。そのあとはただ古臭くなり、退屈な印象だけが残される。なぜだろうか。映画の画面に比べて印刷された作品の一節——詩、小説の一章、戯曲の一場面——が「固定的」でなく、静的でも変化に乏しくもないのはどうしてだろうか。他方、われわれは同じ詩を死ぬまでに百回読むこともあるし、そのたびにそれは文字どおり新しい。この違いはいずこに由来するのだろうか。純粋な視覚的素材が、書き言葉に備わる本質的に繰り返しの鑑賞に耐えうる性質、同一ながら読むたびに変化するという性質をもっていないのはどういうことなのだろうか。わたしの知るかぎり、この問いを満足させる答えはどの美学も心理学も出していない。しかし、その意味は明らかであるように思う。それは、印刷媒体は競合するどのメディアもなしえないような生き延びる力をもつことを意味する。

めだつ変化ではないが、さらに根本的な変化が、材料を伝えるというレベルではなく、その保存、分析的操作というレベルで起こりつつある。データバンクとコンピュータを使った情報の蓄積、引き出しにはたんなる技術以上の意味がある。それら、まさに新しい意味での人間の知識の総合化、現在の問題と過去の作品との新たな関係の総合化を意味する。すべての分類学は基本的に哲学である。本の大きさによるのであれ、デューイ法によるのであれ、図書分類システムは、世界をどう構成するか、人間精神と現象学的総体を結ぶのにもっとも適した視線（サイトライン）はなにかという問題の公式的見解を表している。電子目録化と記録、さまざまに網羅された意味上の分別記号による即時の情報提供、これらは図書館の物理的構造のみならずそれを動かす手続きの部分も根本的に変えることになるだろう。参照行為の適合性やコンテクスト（棚の端のほうにある本。もっとも必要としているが、それを探していることに気づかなかった本のたぐい）のキーコンセプトも変わることになる。データバンクは、本のブラウジングには適していない。さらに多くの分野で、年代的有用性の切れ目がコード化、制度化され明確になるだろう。ごく最近の時期以前の目録テープに収められた情報はそれを引いたり、その存在を意識する必要もなくなる。こうして洞察は蓄積されていき、感情や観念の表現には必然的に進歩と目的論が備わるとする幻想――これは多くの人文科学に共通することであるが、まさに幻想である――に抵抗することはますます困難になっていく。未来の電子図書館における知識の「プログラム化」はわれわれの感受性の変化、なにかを発見するときの仕組みの修正をもたらす。そしてそれはわたしが思うに、可動活字の発明以来の重要性をもつ。これらの変化を一言で定型化すると、危険、無駄、過剰の最小化への動きといえる。しかし、われわれの文化の最良部分の大半を決定してきたのは、こうした動きとは逆の、伝統的な読書のもつ反実利的側面なのである。

出版される書物にとってもっと差し迫った予想を出してみよう。おそらく予想するのは無謀であろうが、ある変化の傾向がすでに明らかである。今日の、とりわけ小説における高率の生産過剰により、少部数出版、経常経費の膨張に加え、他産業では常識の数字率での原価償却ができなくなるという愚かで自己破滅的な悪循環が起きている。出版社の数はますます減少するだろう。現在、とりわけアメリカでは本の編集と出版は、しばしば他産業や株式所有会社とつながりをもつ、資金援助を受けた少数の大企業体の手に委ねられたかの様相を呈している。現在みられるパターンは、一方に巨人、一方に小さい少数の専門化した出版社が共存したかたちである。そのじっさいの構造はマスメディアに対する「リトル・マガジン」の対立に似ている。出版コストにおける技術的突破口を探る試みは激しさを増すだろう。出版業における制限的かつ膨張的な経営はまさに反合理的、終末的様相をみせている。業界は、その最後の日が定められていることを感じている。根本的に新しい写真製版技術が生まれるか、電子タイプライターが道を開くことになるかは定かではない。しかし、伝統的な手工業で印刷されるハードカバーは（挿絵付きのものはもとより）ますます時代遅れになっている。ハードカバーは大型本にしか生き残る道はない。しかし、その場合はもちろん、年刊発行される本のうちほんの少数の割合を占めるだけになる。

さらに重要だと思われるのは、本と読書という言葉が意味するものに対するわれわれの理解がはっきり分極化するであろうということである。巨大な氷山のような数の、ながら的読書——公告塔から三文小説まで——と真の「完全な」読書のあいだに、今日よりももっと明確な一線が引かれることになるだろう。後者の読み方はますますそうした訓練を受けた少数の者の、おそらく自分でも本を書こうという希望をもっている者の技術、目標となるであろう。両者のあいだの重要な相違点を曖昧にしてしまったのが合衆国だけでなく、ほかの高度に発達した消費者主導型体制をとる国々における大衆教育の惨憺たる実情である。初等、中等学校システムを通過した人々の大部分が、文字を「読む」ことはできるが読書ができない。彼らの読み書き能力は見せかけだけである。さまざまな数字がそれを表している。たとえばアメリカの成人の大多数がもつ語彙と文法の理解力は、十二、三歳のレベルで発達を止めてしまうという推計がある。おそらく成人の三〇パーセントは従属節を理解するのに困難を感じている（公告会社や雑誌、三文小説、連邦、州条例の文案編集者にとってはなんら目新しい事実ではないが）。もはや読書は、学校教育において前提として当然あるべき直接的な才能ではなくなっている。そのために、文章の指し示すものをはっきり認識して、文法にも気を配りつつ集中して読むという完全な意味での読書というものが、とくべつな技術として教えられねばならなくなるだろう。平均的な高校の卒業生に文学であれ、歴史、哲学であれ、教えた経験のある者は、まずそうした読書法を教えこむことが自分の仕事なのだと証言してくれることだろう。ここで、完全な意味での読書はいつの世もエリートの特権であったし、われわれが描く失われた文学性の姿は理想化されていて、それは少数の教養ある者にしか当てはまらないのだという反論がおそらく出るであろう。しかし、それは事態を正しく伝えていない。少数の教養ある者が権力と模範の中枢を握り、彼らの規範が文化全体の規範になったという見方はもはや正しくない。それより、完璧な読み書き能力の基準、理想は自明のものではなく、それは人民社会では大多数に当てはまるものではないし、むしろ特殊技能を表しているというとらえ方のほうがもっと歴史に忠実であり、実りがある。つまるところ、市民のだれもがみな芸術という空中ブランコに乗れる必要はないのである。われわれが心を配らなければならないのは、真剣な読書を学びたいと欲する人々にそうさせてあげること、彼らの望みをかなえるようなだいじな空間と他の競合する騒音からの自由を保証してあげることである。現代の途方もない騒音環境、注意散漫の状態では、個人的に書物と関わるこうした最小限の空間さえ容易には手に入らない。

以上のような臆断、暫定的提言は悲観的に思えるかもしれない。しかし、そういうつもりで書いたのではない。この減量状況には非常に健康的な要素がある。いままであまりに多くの書物が印刷され、多くの書物が見かけ上は人々の手にわたってきた。ある書物を手に入れるため、また一部を書き写すために何マイルもの道のりを歩いたというリンカーンやカーライルの例をいまこそ考慮すべきである。また、農村から都会に出て、たまたまエディンバラの書店でその後の彼の人生の内面と外面を変えることになった読み古しの『ツァラトゥストラかく語りき』に出会ったエドウィン・ミュアの例を。読書というものが容易になったために、われわれの読書行為に対する感覚はしばしば安直になっている。高度な読み書き能力を誇った時代の始まりにおいて、エラスムスは、ぬかるんだ道に落ちていた本の切れ端を拾いあげ、驚きと幸運の叫び声をあげた体験を語っている。それはもしかすると明日の読書人の運命かもしれない。しかし、それはそれでまったく悪いことというわけでもない。

訳者あとがき

"...we did it to prove you had souls at all."
(Kazuo Ishiguro, *Never Let Me Go*)

本書は George Steiner, *On Difficulty and Other Essays*, Oxford University Press, 1978 の全訳である。

著者ジョージ・スタイナーは英米文学批評の枠組みを超えたグローバルで領域横断的な批評・創作活動を半世紀以上にわたり展開しており、次のようにほとんどの著作が出版後、ときを経ずして邦訳されている（以下にあげるのはおもに批評関連であり、創作や編著などは割愛している）。

1 *Tolstoy and Dostoevsky: An Essay in the Old Criticism*, 1959.（『トルストイかドストエフスキーか』中川敏訳、白水社、一九六八）
2 *The Death of Tragedy*, 1961.（『悲劇の死』喜志哲雄、蜂谷昭雄訳、筑摩書房、一九七九、ちくま学芸文庫版、一九九五）
3 *Language and Silence: Essays on Language, Literature and the Inhuman*, 1967.（『言語と沈黙』由良君美ほか訳、

せりか書房、一九六九—七〇、新装版、二〇〇一）

4 *In Bluebeard's Castle: Some Notes Towards the Redefinition of Culture*, 1971.（『青ひげの城にて』桂田重利訳、みすず書房、一九七三、みすずライブラリー、二〇〇〇）

5 *Extraterritorial: Papers on Literature and the Language Revolution*, 1972.（『脱領域の知性』由良君美ほか訳、河出書房新社、一九七二、再版、一九八〇）

6 *After Babel: Aspects of Language and Traditions*, 1975.（『バベルの後に』亀山健吉訳、法政大学出版局、上一九九九、下二〇〇九）

7 *Heidegger*, 1978.（『ハイデガー』生松敬三訳、岩波書房、一九八〇）

8 *On Difficulty and Other Essays*, 1978.（本書）

9 *Antigone: How the Antigone Legend Has Endured in Western Literature, Art, and Thought*, 1984.（『アンティゴネーの変貌』海老原宏・山本史郎訳、みすず書房、一九八九）

10 *Real Presence: Is There Anything in What We Say?* 1989.（『真の存在』工藤政司訳、法政大学出版局、一九九五）

11 *No Passion Spent: Essays 1978-1995*, 1996.（『言葉への情熱』伊藤誓訳、法政大学出版局、二〇〇〇）

12 *Errata: An Examined Life*, 1997.（『G・スタイナー自伝』工藤政司訳、みすず書房、一九九八）

13 *Grammars of Creation: Originating in the Gifford Lectures for 1990*, 2001.

14 *Lessons of the Masters*, 2003.（『師弟のまじわり』高田康成訳、二〇一一）

15 *My Unwritten Books*, 2008.（『私の書かなかった本』伊藤誓、磯山甚一、大島由紀夫訳、みすず書房、二〇〇九）

16 *George Steiner at the New Yorker*, 2009.（『「ニューヨーカー」のジョージ・スタイナー』工藤政司訳、近代文藝

社、二〇一二）

17 *The Poetry of Thought: From Hellenism to Celan*, 2011.

スタイナーにとって、文学とは生きることであり、彼は息を吸うように本を読み、批評を吐きだす。「作品に惚れこまなくては文学批評などということはできない」、「批評家の仕事はよい本とよくない本を区別することではなくて、よい本ともっともよい本を区別することである」、「いまこそ文学批評が西洋文学の比類なき偉大な血統を呼び起こさなければならない」などと記した最初期の仕事『トルストイかドストエフスキーか』から現在まで通底する反（あるいは没）時代的な姿勢は、新批評から構造主義、ポスト構造主義へと変幻してきた批評理論の栄枯盛衰を横目に厳として揺るがない。それは西洋文学キャノンへのすがすがしいまでにどこか突き抜けた信頼心であり、ある時代の書物は、それ以前の書物の影響を受けて書きつがれ、時の審判を受けて残った古典が真の西洋文学となるとするスタイナーの文学的信念は徹頭徹尾ぶれないし、スタイナーのよき読者は、それから外れた「周辺」に対してはあえて沈黙を通すそのスタンスぐるみで彼の見解を受け入れねばならないのだろう。

さて、諸般の事情で翻訳が原著刊行の三十六年後となり、ここまで遅れると一周遅れで見えてくる風景でもゆっくり楽しもうかと開き直るほかはない。そうした絶景のひとつが、科学をめぐる問題であり、コンピューターと医学の領域である。「ふたつの文化」論をもちだすまでもなく、通俗科学は中世は白魔術・錬金術が、十九世紀は生物学とそれに続く進化論が、二十世紀はキュリー夫人、アインシュタインとアポロ11号が、二十一世紀はインターネットとｉＰＳ細胞が最前線に登場する一方、文学の側は一時的に、シュルレアリスムやポストモダニズムなどを動員して梃入れを図るものの、結局は守勢一方に立たされることになる。

またスタイナーは、新しいメディアとしてのコンピューターの可能性について「そのうちには、多目的コンピューターが電話線に、またさらに複雑高度な通信網に結合されて、あらゆるオフィス、一般家庭できわめて普通な存在になってくるだろう」（『青ひげの城にて』一四二ページ、以下、参照ページは訳書より）と言及し、現在のインターネット環境を正確に予見している。アマゾンもグーグルもJSTORも存在しなかった時代に「未来の電子図書館」（本書二七五ページ）を予見する想像力もさることながら、そうした「危険、無駄、過剰の最小化への動き」（同）に潜む陥穽を鋭く見据える洞察力にこそ注目する必要がある。また、今後の医学の発達は、胎児の性の選択や、遺伝子操作、臓器移植手術の発達がわれわれの生に大きな影響を与えるだろうという指摘（『青ひげの城にて』一四〇―一四一ページ）は、カズオ・イシグロ『わたしを離さないで』のヘイルシャムの子供たちにとって、芸術作品をつくり、鑑賞することは彼らが「普通の」人間であることを示す唯一の方法である（キャシーがいみじくもたまたま芝生に寝転んで読んでいるのが『ダニエル・デロンダ』なのだ）というもうひとつのイングランドの仮想現実に投影されている。宗教に代わり、人間を教化する手段としての文学研究（『言語と沈黙』八三ページではシジウィックの言葉「真に人間を人間たらしめる教養の源と本質」が引かれる）はアーノルド、F・R・リーヴィスなどの「大いなる伝統」の屋台骨をなしているが、それは労働者階級を教化し、有色人種を教化し、ついにはヘイルシャムの子供たちへと至る一筋の道となる。そこでは、芸術とは、そもそも彼らに魂（soul）があるかないかを示すための試金石なのだ。

その「偉大なる伝統」が取り返しようもなく崩れ去ってしまったという悲しみの現状認識がスタイナーの批評を貫いている。しかし、自然科学の躍進と文学の凋落、饒舌の横暴、読書行為の末期的症状、教養（記憶）の衰退といった悲観的状況にもかかわらず、彼の筆致はいつもどこかしら、明るくさわやかなのだ。「楽観論的悲観論」（高田康成「ジョージ・スタイナー氏訪問記」『図書』二〇一一年十月）という彼の自己定義を援用すれば、『世界』（一九七四年八月）の対談における加藤周一との不協和音は政治人間と文学人間という違いではなく、気質的な部分でのすれちがいだったのかもしれない。

だからこそ、「非実用性がもっとも高貴な人間の活動」なのだというユーチューブ（"How To Reform The Humanities?"）での彼の発言には、王様の裸体を暴く破壊力がある。「われわれは頭ではなく心で学ぶ（=暗唱する）」、「暗記することはテクストに対するわれわれの感謝の気持ちである」という信念は「遅れてきたルネサンス人」（A・S・バイヤット、Wikipedia より）の面目躍如といったところであろう。科学との数百年にわたる抗争でつねに失点を重ね続けていた文学からの反転攻勢が行われうるとするとそれは文学の「反実利的側面」を全面に打ちだすという捨て身の戦略しかないが、これはスタイナーだからできることで、われわれ凡人のまねできることではない。それは昨今の大学の英語教育をめぐる「仕事で英語が使える」、「グローバルに活躍できる人材の養成」をめぐる状況に明らかであり、文学をめぐる攻防はもはや、永遠の後退戦なのだ。

以下、本書所収の論文について概観する。

本書の主題はとくに統一を意図したわけではないが、ふたつに大別できると序文は述べる。ひとつはプライバシー、すなわち内的発話と外的発話のせめぎあいと、後者の進出による教養の貧困という問題である。われわれの内面を豊かにしていた記憶や沈黙が、明晰性や公的発話（さしずめ学校でのプレゼンテーション授業などが思い浮かぶ）によって浸食され悲哀をかこつ存在に（まだなっていないとしても早晩）なるかもしれないのだ。たとえば、秘してこそ花のはずだったエロチカが、恥じらいもつつしみもあらばこそ、まったくの即物的な展示物と化してしまったことなどが強調される。もうひとつは、「読書行為の技術的、心理的、社会的地位の変化」によって読書の楽しみが危機に瀕しているということである。過去と比して現在の体たらくを嘆き、さらに悲観的な展望の中にも希望の光を提示するというスタイナー節が冴えわたる論文集に仕上がっている。第一の主題はたとえば「言説の流通」や「エロスと用語法」で扱われ、第二の主題は「むずかしさについて」や「ダンテはいま」であつかわれるものだが、もちろん相互排他的ではなく、相補的にそれぞれの論文のなかに看守される。

「テクストとコンテクスト」

テクストはそれを取り巻く社会・文化的状況（コンテクスト）により規定され、コンテクストはテクストの存在によって変容する。こうした解釈学的循環の袋小路をわれわれはどのように解消すればよいのだろうか？　とりわけ、なにがテクストでなにがコンテクストであるかを区別する権威が失われてしまったようにみえる今日において。

現在、もっともテクストとの健全な応答関係が息づいている国としてはソビエト連邦があげられる、とスタイナーは幾分皮肉まじりに指摘する。コンテクストに席巻され、テクストが雪崩をうって非テクスト化していく欧米の現状とちがい、マルクス主義は本質的な書物中心主義を堅持しており、それだからこそ地下出版される一篇の詩に政府がたじろいだりもするのだ。しかし、こうしたテクスト観に支えられた「書物重視主義」および、それを基礎とした西洋的教養主義は、引用・コメンタリー・暗唱・ミメーシスなどの知識を放棄した学校教育の「組織的健忘症」（organized amnesia　本書二〇ページ）によってあとかたもなく毀たれ、「価値観のヒエラルキーがいまや浸食され」（同）る次第となる。その代わりに現在至高の教養となっているのは「科学」であり、「音楽」であるとスタイナーは嘆く。こうしてテクストとなりきれなかった非テクスト、大衆消費され何百万トンのパルプの山へと変貌する即物的な読み物群が量産されることになる。

こうした価値観の変容にたいして、われわれは何をなすべきか？まずは、テクストを支えるコンテクストの権威（形而上学的であれ、宗教的であれ、政治的であれ）を認定すること。これは民主的なものや、平等・社会正義の実現などとはそりがあわないことであると認めてしまった上で、両者の中の現実的な一致点を模索するほかはない。

ダダイズムのような偶像破壊衝動に身をゆだねるのでなく、むしろハイデガー、フィリップ・リーフ、カーン゠ロスら古典に戻れと主張する「ストア哲学的」立場によりそうこと。テクストとは、それを読む人が作者の技量と同じ水準で読書行為を行うときに、生成される協働的な現象である。すなわちテクストはそれだけで成立するのではなく、常に読書行為と共起する「応答するテクスト」であり、テクストをまっとうに読むことは、「著者と読者の、作品と読者の、テクストと読者の共同行為、共同運動」とならねばならないし、読書には「恐ろしい責務」（本書二二五―六ページ）がともなうというシャルル・ペギーの言明をよすがとすることが、理論的枠組みとなり、こうした読みのスペシャリストの養成が現実の課題となる。すなわち「われわれは、読むことを教える大学や学校をつくらねばならないだろう」（本書三一ページ）。

「むずかしさについて」

「階層性の崩壊、価値体系の根本的な変化と個人の創作と死の問題との間には関連がある。これらの変化が、今日、古典的教養に終止符を打ってしまった。……西欧の文学はこの二千年以上の間、きわめて微細な相互連関をもって持続してきた。つまり、ひとつの作品は伝統のなかで先行する作品と互いに響きあい、映しあい、照らしあいながら続いてきた。こうした西欧の文学が、今、急速にわれわれの手の届かぬところに姿を消しつつある」（『青ひげの城にて』一〇九ページ）

　手に届かなくなったゆえに、生まれるギャップが「むずかしさ」なのであり、スタイナーはそれを「付随的」（contingent）、「様式的」（modal）、「戦略的」（tactical）、「存在論的」（ontological）の四つに区分する。

「付随的」とは、本質的ではなく、作品の意味を把握するために刈り取らねばならない周辺の調査すべき事項であり、これが「山のように」あるのだ。たとえば、語義であり、概念であり、固有名詞のたぐいである。もちろん、解釈的循環の観点から言うと、本質的でないものが理解できなくては本質的なものも理解できないのは理の当然であり、どちらが上位にあるという話ではないし、細部にはきっととても大事なものが宿っている。パウンド『詩編（キャントーズ）』第三十八番、シェイクスピア『アテネのタイモン』で付随的なむずかしさが紙上解剖されていくさまは、これだけで一篇の講義に仕立てあがっているが、むずかしさは第一のドアが開いたばかりである。第二の「様式的なむずかしさ」は、たとえばラヴレイス「美しき一品」でマーモセットと娼婦の二重写し、いわば「性的な処方箋」が読み込まれるところから始まり、読み手がこれを詩の様式（モード）としてどこまで共感できるのかという感性における困難性を指す。読み手の主観が決め手となるため、そこには、当然ながら正解も不正解もない。

調べるべきものが調べられ、読み手の心の整理がついたところで、書き手の意思・意図が表現手段と適合していない場合に現れるのが「戦略的なむずかしさ」であり、スティーヴンズの「つぼのおはなし」で例示される最後の二行の、非文法的でさえある屈折した表現がその典型として提示される。

以上のむずかしさは、書き手と読み手、テクストと意味の間でなんらかの意味のおとしどころがあるという点でまがりなりにも「契約」の体をなしているが、最後の「存在論的なむずかしさ」はそうした了解がもはや存在しない状況であり、「人間の言語の本質とは何か」という問題に鋭く切り込むような作品（たとえばパウル・ツェラン。なお、ツェランとハイデガーをめぐる緊張関係は最新の *The Poetry of Thought: From Hellenism to Celan* に引き継がれており、この本は詩における存在論的むずかしさを説いているといっても過言ではない）にみられるものである。

「言語と精神分析に関する覚え書き」

フロイトの精神分析における言語材料は文字資料としては文学作品から多く取られているが、口述資料は有閑中産階級、ユダヤ人、女性といった歴史的特殊的な事例からとられたもので、これらは彼の仕事が局所性を前提にしていることをあらわにしている。

スタイナーは、こうしたきわめて歴史的に特定された材料を用いたというフロイトの弱点にたいして、これを「超克」しようとしたのが、無意識の「深層構造」を言語的に分析したラカンであるとする。無意識の中に「構造」が発見された結果、精神分析と言語分析は急接近し、「精神分析は応用言語学である」（本書八八ページ）というラカンの発言が引き合いに出されてくる。

ここでスタイナーは言語の内的発話（圧倒的に外的発話より深い広がりを持つ）の「内閉性」、「自己中心性」の重要性に注目し、近代性の台頭を「内的言語の減少とそれに伴う…「公然性」の膨張」と位置づける。近代化の歴史は内的発話の漸減過程であった。精神分析は心の「海底近くに生息する常軌を逸した形状のほとんど怪物のような生き物」を言語化させることで馴致する術を提供した。その代わりに、「すべてを口にすることでわれわれの意思伝達の媒体は、語る内容が乏しく」なり、「すべてを聞くことで、われわれの聴力は鈍く」（本書九三ページ）なるという代償を払うことになる。


「言説の流通」


スタイナーの議論が、複雑な論証にもかかわらず、なんとなくよくわかったという気になるのは、その二項対立の設定の巧みさであろう。内的・外的発話の歴史をたどった本章も例外ではない。

ヴィゴツキーの三段階モデル（外的発話から自己中心的発話、内的発話へといたる。なお、外言、内言の訳語があてられることもある）では、内的発話から外的発話に向かうというピアジェの見解とは逆に、内的発話は自己完結的なものではなく、外的発話が入ってきて内面化されたものであるという社会的要因を重視する。スタイナーはこうした個別的な発達概念を、あらゆる可能的なリソースを用いて（ローマ・ギリシア人の慣習、シェイクスピア『コリオレーナス』『じゃじゃ馬ならし』、シャトーブリアン、ベン・ジョンソン、ジェイン・オースティンなどなど）われわれの言語の歴史へと接合させ、内的発話が外的発話にその地位をゆずる壮大なドラマを十七世紀から二〇世紀の時空の中に描いてみせる。

内的発話の本来の重要性とその零落をテーマとする点で、本論は前章をひきつぐとともに、次章の秘すれば花のエロス論への架橋となっている。この点で遅れてきたものが見ることのできる一つの景色はブログやSNSなど、インターネットにおける言語の流通状況であろうが、この件にかんして、三大ネットワークは「今日は放送するに値するものはありませんので、何もお見せしません」（Kathleen Hirsch, "A Conversation with George Steiner," *Mississippi Review*, 1981, pp. 75-84）という時間を設けるべきだと述べたスタイナーの見解はあらためて聞くまでもないだろう。

また、本論ではさまざまな論考のなかで散発的に述べられていた教育手段としての記憶術と「暗記」の重要性についてもまとまって論じられている。

「エロスと用語法」

薄暗いプライバシーの領域から、燦々と輝く太陽のもとに引きずりだされた、Explicit! と大書されたエロチカ群へのとまどい。『言語と沈黙』所載の「夜の言葉」に始まり、後に『私の書かなかった本』（エロスの舌語）に引き継がれる息の長いテーマでもあるが、本論でも、内的言語の弱体化によって失ったものが再確認される。偉大な作品がすべてを言い尽くすのではなく、読者の想像力を信頼し、表現の寸止めをおこなうように、偉大なポルノグラフィは寝室の中にまでカメラを持ち込むことはない。ジェイン・オースティンからジョージ・エリオット、さらにはヘンリー・ジェイムズあたりまで持ちこたえていた防波堤に、「最適の一語」を追求するフローベールがうがった一穴が、ゾラ、モーパッサンによって拡大されたあとは、D・H・ローレンス、ジョイスを経由し、ジャン・ジュネ、『ブルックリン最終出口』まで一本道となる。しかし、『オリンピア読本』とメイラーの文章の並列（二七八―九ページ）が示すように、文学の戦線は一方面とは限らない。正面の検閲と戦いながら、後方の自由の名を借りただけの芸術未満の作品とも戦線を拡大しなくてはならないのだ。

「ウォーフ、チョムスキーと文学研究者」

「トルストイかドストエフスキーか？」という二項対立にやはりすべては淵源していたのかと思わず膝を打ちたくなるような、「相対主義か普遍主義化か？」という対立項を論じている。スタイナーの議論のスリリングな展開はこのように、きわめて単純化した見取り図から始め、それを反転、再転換するところに真骨頂がある。すなわち、ウォーフに代表される相対主義は、モナド主義、すなわち分裂した言語には「窓がない」ため、お互いのコミュニケーションがはかれず、それぞれが相互理解不可能な状況にあるという立場にたつ（すなわち「バベルの後」の状態）。しかし、もしそうであれば外国語の習得も翻訳も原理的に不可能になってしまうわけで、すべての言語構造の中に通分可能な基本構造を読み込もうとするチョムスキーの普遍主義との折り合いをどこかでつけなくてはならなくなる。その意味では翻訳者の仕事はつねに「原文を忠実に再現しなくてはならないという衝動、同時に、然るべき形で自ら力による創造をも行いたいという気持ちの昂まり」(『バベルの後で』四一九ページ)は弁証法的関係にあり、「どこで、いつわれわれが文学テクストの研究をしていようとも、われわれはウォーフ的方法論とチョムスキー的方法論のあいだで選択している」ということになるが、みずからを「超ウォーフ主義的」と規定するスタイナーは、チョムスキーの「深層構造」よりは、相対主義の立場に立っていさぎよく「無尽蔵なまでに複雑」な表層を選択するのだ。

「ダンテはいま——永遠の相における噂話」

本論はかつてトルストイとドストエフスキーをめぐる論考の中で「時代の状況に深く根をおろしたダンテ」(一二八ページ)という見立てを具体化した試みといえる。三つの軸によって有機的に構成された、この一万三千面体は、間テクスト的、およびテキスト内の呼応関係によって結び付けられているとともに、日常のゴシップレベルの噂話で埋め尽くされているとスタイナーは見る。『神曲』は『失われた時を求めて』と並んで「細々とした正確な細部がより集まって強い説得力をもって迫る。…テクストは、特定の時間と場所を与えられているがゆえに、時間性も空間性からも解き放たれて」おり、それはダンテとプルーストのみが達成した「永遠の噂話」なのだ。

なお先行訳として山路龍天氏による「ダンテの現在形——不朽のゴシップ」(『同志社大学文学研究』71巻、一九九五年)があり、参照して多くの示唆を得た。

「書物の後には?」

本論の要点を箇条書きにすると以下のような論旨がたどれる。
(1)印刷媒体が弱化し、ラジオやテレビなど、他の視聴覚メディアが隆盛する。
(2)さらに根本的な変化として、コンピューターによる情報蓄積・引き出し能力が向上し、電子図書館時代が到来する。
(3)ブロックバスターを量産できるコングロマリットと、少数の専門的出版社に二分化する。
(4)リテラシーの概念が変容し、完全な読書と、ながら的読書の分極化が起きる(この区別は外山滋比古「日本人の読書」(『岩波講座日本語2 言語生活』所収、一九七七年)のアルファー読みとベータ読みを想起させる。この論文は黙読や読みの速さ、暗記の重みなどの異文化比較の視点から、スタイナーの読書論と対にして読むことができる)。
一九七八年の時点でのこれらの予想がほぼすべて的中していることにわれわれはあらためて脱帽せざるを得ない。「言葉からの退却」が始まり、華氏四五一度をまたずして本が姿を消していく(たとえば日本でも一九九九年に二万二千店あまりあった書店が二〇一四年には約一万四千店に減少している現実がある——日本著者販促センター)。

「ぬかるんだ道に落ちていた本の切れ端を拾いあげ、驚きと幸運の叫び声あげた」エラスムスへの回帰を「それはそれでまったく悪いというわけでもない」と断じるスタイナーの「楽観的悲観主義」(本書二七八ページ、これは『青ひげの城にて』ではニーチェの「悦ばしい知」になぞらえられている)——それをこそ、われわれは受け継ぐべきだろう。たとえ現在がヘイルシャムの後での後退戦の真っ最中であったとしても。

最後に、本書刊行までの経緯を大まかに記して筆を擱きたい。

大河内と加藤が本書の翻訳に最初に手をつけたのは一九九〇年代の初めだったかと思う。その間、二十年近い空白期間ののち、二〇一〇年より岩田が加わり時計が動きだし、ようやく出版にいたるという「遅れてきた」翻訳ではあるが、そのおかげで「そのとき見えなかったことが見えてくる現在という地点」（本書一六八ページ）を確保することができたというと、苦しい言い訳になるだろうか。とはいえ、名にしおうスタイナーの文章は「むずかしさについて」の生きた実例であった。インターネットによる検索エンジンの普及により調べものの手間と時間は改善されたものの、ダンテの章の登山者の比喩のように、つねにからかうように立ち現れる尾根また尾根（そしてつかの間開ける雄大な風景）の連続であった。最善はつくしたが、思わぬ誤解や間違いも「落ちる滝のごとくあふれている」ことと思う。読者諸氏のご指摘と叱声を請うしだいである。

本書は岩田が序文、一章、二章、大河内が三章、四章、六章、加藤が五章、七章、八章を担当し、三人で原稿をチェックしたのち、最終的に加藤が全体の調子をできるだけ統一した。また、一章（二四―二六ページ）のペギーからの引用文は東北大学文学研究科の今井勉氏の労を煩わした。感謝いたします。その他、お名前を挙げることはしないが、訳者たちの質問に快く答えてくれた東北大学と神戸大学の同僚諸氏に厚くお礼を申しあげる。

二〇一四年九月

加藤雅之

ジョージ・スタイナー
むずかしさについて
加藤雅之
大河内昌
岩田美喜
共訳

2014年 9 月 15日　印刷
2014年 9 月 25日　発行

発行所 株式会社 みすず書房
〒113-0033 東京都文京区本郷 5 丁目 32-21
電話 03-3814-0131(営業) 03-3815-9181(編集)
http://www.msz.co.jp

本文組版 キャップス
本文印刷・製本所 中央精版印刷
扉・表紙・カバー印刷所 リヒトプランニング

Printed in Japan
ISBN 978-4-622-07821-0
[むずかしさについて]
落丁・乱丁本はお取替えいたします

著者略歴

(George Steiner, 1929－)

1929年パリに生まれる．1940年，ゲシュタポの追及を逃れてニューヨークへ脱出，シカゴ大学で学士号，ハーヴァード大学で修士号，オクスフォード大学で博士号を取得した．「エコノミスト」誌編集員（1952-56），プリンストン高等学術研究所研究員（1956-58），ジュネーヴ大学教授（1974-94），オクスフォード大学客員教授（1994-95），ハーヴァード大学ノートン詩学講座教授（2001-02）等を歴任．現在はケンブリッジ大学チャーチル・カレッジ特別研究員（1969-）．英語，ドイツ語，フランス語を話す環境に育ち，イタリア語，古典語にも通じるポリグロットにしてポリマス．古典古代から現代までの文学・哲学・芸術・科学にわたる該博な知識を基盤に独自の世界像を提示する脱領域的知性．主著に『トルストイかドストエフスキーか』『悲劇の死』『言語と沈黙』『青ひげの城にて』『アンティゴネーの変貌』『バベルの後に』『真の存在』『言葉への情熱』『師弟のまじわり』などがある．

訳者略歴

加藤雅之〈かとう・まさゆき〉 東北大学大学院文学研究科修士課程修了．文学修士．神戸大学国際コミュニケーションセンター教授．共訳ヒリス・ミラー『イラストレーション』（法政大学出版局 1996），ジェイムソン『アドルノ』（論創社 2013）ほか．

大河内昌〈おおこうち・しょう〉 東北大学大学院文学研究科博士課程中退．文学博士．東北大学大学院文学研究科教授．訳書バーク『崇高と美の起原』（英国十八世紀文学叢書4『オトラント城／崇高と美の起原』研究社 2012，所収），共訳ド・マン『理論への抵抗』（国文社 1992）ほか．

岩田美喜〈いわた・みき〉 東北大学大学院文学研究科博士課程修了．博士（文学）．東北大学大学院文学研究科准教授．著書『ライオンとハムレット』（松柏者 2002）共著『ポストコロニアル批評の諸相』（東北大学出版会 2008）『イギリス文化入門』（三修社 2010）ほか．

索　引

ア行

カ行

サ行

タ行

ナ行

ハ行

マ行

ヤ行

ラ行

ワ行